〈螺旋《らせん》プロジェクト〉とは

What is the RASEN Project?

「共通ルールを決めて、原始から未来までの歴史物語をみんなでいっせいに書きませんか?」

伊坂幸太郎の呼びかけで始まった8作家=**朝井リョウ、天野純《すみ》希《き》、伊坂幸太郎、乾《いぬい》ルカ、大森兄弟、澤田瞳子《とうこ》、薬丸岳《がく》、吉田篤弘**による競作企画。本作はこの企画から生まれた。

ルール1

「海族」vs.「山族」の対立を描く

ルール2

共通のキャラクターを登場させる

ルール3

共通シーンや象徴モチー す

1冊で い！
〈螺旋〉に隠 けるか。
コラボレ から。

〈螺旋〉の秘密を解くカギ

Keys to unlock several secrets of the RASEN

謎めいた「伝承」

本篇の前後に置かれた「海と山の伝承」は、
全作品が共有する〈螺旋〉のエッセンス。

対立する一族の特徴

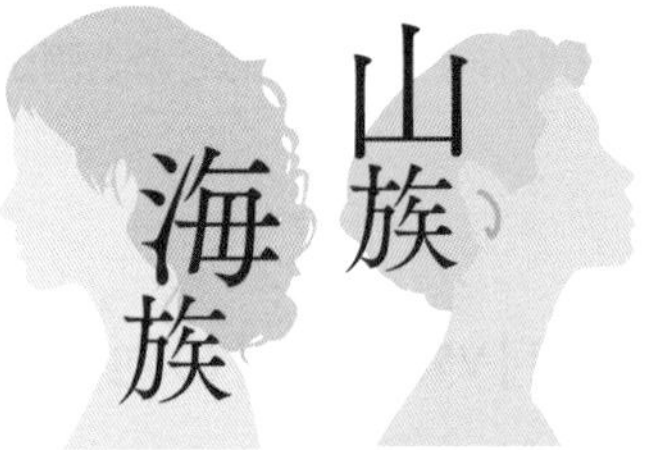

海族

- 瞳が青い
- 水に強い
- 猫が好き

山族

- 耳が大きい
- 野山に強い
- 犬と仲良し

どの物語にも出てくる「超越的な存在」

「海族」「山族」の対立の歴史を
知るキャラクターで、物語によって
性別や年齢、姿形は異なる。

それは誰なのか?

共通のシーンが必ずどこかに

時は夕暮れ、何かが壊れるとき、
8作家8様の演出で「対立」を
めぐる会話が始まる。

物語の後半に出現?

作品をまたいで見え隠れするモチーフ

作家が互いの伏線を拾い合い、物語をつなぐ重要な役割を果たすことも——

クジラ

エビ沼

絵本

八王子

謎の壁画

宮子

渦巻きのお守り

螺旋階段

つむじ

平蔵

カタツムリ

分断の壁

「おおる、おおる……」

ウェレカセリ

鬼仙島

RASEN PROJECT

Chronology

〈螺旋〉年表

★この年表はネタバレを含みます

年表の見方
青の文字……海族
緑の文字……山族
オレンジの文字……主な共通アイテム

原始

BC

3000
寒冷化が始まる
イソベリが海岸で集落をつくる
ヤマノベが山から海辺へ押し寄せる
ウナクジラが**イソベリ**の聖地・シオダマリに座礁する
イソベリと**ヤマノベ**の対立、激化
ウェレカセリの描いた壁画が発見される

昭和後期に再発見され、ニュースに!?

古代

AD

724 **聖武天皇**即位、**光明子**が皇后に
729 **長屋王**の変（**藤原**四兄弟の陰謀）
740 **藤原広嗣**の乱、その後遷都が相次ぐ
752 東大寺大仏開眼供養
753 鑑真来日
756 **聖武天皇**崩御

940 **平将門**の乱、終結
1185 屋島・壇ノ浦の戦いで**源氏**が**平家**を滅ぼし鎌倉幕府開設

『ウナノハテノガタ』
大森兄弟

『月人《つきひと》壮士《おとこ》』
澤田瞳子

イラスト：スケラッコ

中世・近世

1192　源頼朝、征夷大将軍となる
1198　頼朝、落馬（平教経による襲撃？）
1333　鎌倉幕府滅亡　足利尊氏、楠木正成ら活躍
1336　室町幕府開設
1369　足利義満、征夷大将軍となる
1399　応永の乱　大内義弘ら、義満に討たれる
1560　桶狭間の戦い　織田信長台頭
1582　本能寺の変　明智光秀、信長を討つ
1586　豊臣秀吉、太政大臣に
1600　関ケ原の戦い　徳川家康勝利
1603　江戸幕府開設
1837　大塩平八郎の乱　息子・格之助、鬼仙島へ
1863　新選組結成　土方歳三ら活躍

瀬戸内海のどこかにある島。江戸時代以降、迫害された海族の人間が集まるようになる。

明治

1868　明治維新
1877　西南戦争　西郷隆盛死去（『もののふの国』ここまで）
平蔵、鬼仙島へ
1890　呉鎮守府開庁
山神司令長官のもと、榎木新太郎らが勤務
新太郎の妹・鈴、鬼仙島へ
1891　海軍、鬼仙島を襲撃　灯ら海賊が迎え撃つ

『もののふの国』
天野純希

山　明智光秀など
海　織田信長など

『蒼色《そうしょく》の大地』
薬丸 岳

山　榎木新太郎
海　灯《あかし》

昭和前期

1937 日中戦争勃発

1941 真珠湾攻撃、太平洋戦争勃発

1942 ミッドウェー海戦／戦局悪化

1944 **浜野清子**、お守りとともに宮城県にある高原寺へ疎開、**那須野リツ**と出会う

1945 **清子**、帰京／東京大空襲

渦巻き状の模様が彫り込まれた木製の首飾り。各時代で登場する。

昭和後期

1951 サンフランシスコ平和条約締結／冷戦激化

1980頃 国内情報機関の強化／**宮子**、スパイとして活躍

1982 **宮子**と北山直人、出会う

バブル景気はじまる

宮子と直人、結婚／**宮子**と直人の母**セツ**の対立激化

1989 紀元前の壁画が発見される

直人夫婦、**セツ**と別居

絵本『アイムマイマイ』の制作開始

螺旋を背負ったカタツムリのヒーローが活躍する。

平成

1989 平成に改元

1992 **南水智也**、**堀北雄介**、北海道で生まれ、幼なじみとしてともに育つ

絵本『アイムマイマイ』、漫画『帝国のルール』流行

2011 智也、雄介、北海道大学に進学
2012 古文書に鬼仙島の記述が確認される
2014 「嬉泉島」が海山伝説の聖地に
雄介は渡航を計画

近未来

2030頃 人工知能ウェレカセリの研究が進む
バンド・γ《ガンマ》モコ流行、作曲担当の田中カタナ死去
2032 水戸直正、檜山景虎、自動車事故で家族を失う
大停電により、情報のアナログ化が進む
2050 γモコの杏アント死去
ウェレカセリの開発者・寺島テラオ死去
水戸直正、寺島テラオの最後の手紙を運ぶ
2071 壁が建設される

東京を東西に分断する長大な壁。

未来

2085 SSS(スーパー・シミュレーション・システム)が未来を予測、
その後、映画『眠り姫の寝台』の脚本が作られる
2089 〈レイドバック〉施行により技術の進化がとまる
2092 東京に不眠症が蔓延
壁の崩壊がすすむ
2095 シュウ、睡眠コンサルタント〈ドリーム8〉に勤務、
眠り姫の秘密を追う

『死にがいを求めて生きているの』
朝井リョウ

山 堀北雄介
海 南水《みなみ》智也

『スピンモンスター』
伊坂幸太郎

山 檜山《ひやま》景虎《かげとら》
海 水戸直正《なおまさ》

『天使も怪物も眠る夜』
吉田篤弘

山 フタミシュウ
海 姫

〈螺旋〉の舞台

RASEN Map

8つのバトルが燃え上がる!

海族 vs. 山族

昭和前期

都会っ子 vs. 山っ子

乾 ルカ

コイコワレ

疎開先の村で出会った二人の少女による宿命の対決!

平成

「生きてるだけ」vs. 生産性

朝井リョウ

死にがいを求めて生きているの

平成を生きる若者たちの絶望と祈りの物語

伊坂幸太郎

下記2篇は『シーソーモンスター』に収録

近未来 **配達人 vs. 国家**

スピンモンスター

ある天才科学者が遺した手紙を携え、二人の男が世界を救うべく激走する!

昭和後期 **嫁 vs. 姑**

シーソーモンスター

バブル期の気弱な勤め人の悩みは嫁姑の過激すぎるバトル

古代

藤原氏 vs. 天皇家

澤田瞳子

月人《つきひと》壮士《おとこ》

母への想いと、出自の葛藤に引き裂かれる若き聖武天皇

未来

吉田篤弘

眠り姫 vs. 睡眠薬開発者

天使も怪物も眠る夜

2095年、東京は不眠に悩まされていた。睡眠薬開発を担う青年は謎の美女と出会う

織田信長 vs. 明智光秀

中世・近世

天野純希

もののふの国

千年近くにわたりこの国を支配してきた武士、その戦いの系譜

明治 **海賊 vs. 海軍**

薬丸 岳

蒼色《そうしょく》の大地

明治海軍と海賊の戦いの中で、少年と少女の運命が交錯する

原始 **イソベリ vs. ヤマノベ**

大森兄弟

ウナノハテノガタ

不明

生贄の運命から逃れた女の登場に、死を知らない海辺の一族が戦慄する

中公文庫

天使も怪物も眠る夜

吉田篤弘

中央公論新社

C O N T E N T S

目次

01

どうして
こんな遠くまで
来てしまったんでしょう

11

02

百年の眠りについた
お姫さまを〈王子〉が
目覚めさせるお話です

49

03

この都にはいま
アクビが
蔓延しています

87

04

あら、
アンタはもう
死んだのかと思ってた

127

05

親知らずを抜く
というのは、つまり
そういうことなのです

167

06

アタシたちは、
ちょっとだけ未来を
知ってる

205

07

体から抜け出た記憶が
まだそのあたりに
浮かんでいるみたいに

249

08

どうして
男湯と女湯のあいだには
壁があるんだろう？

285

09

ようするに、
すべては、
おとぎ話なんですよ

321

10

眠り姫が、
あなたが来るのを
待ってる

369

11

なんて
おかしな
大きな耳

407

あとがき

445

もうひとつのエピローグ
右手と左手が握手をする
ということ

448

登場人物紹介

フエノ〔笛野〕
〈西島温水プール〉
のインストラクター。

カマンザ〔釜座〕
古書修復師。あらゆ
るものを剥離する。

早瀬順平
ポスター制作者。
チェリーを欲している。

森川ブルー
ラジオDJ。
夜どおし喋り
続けている。

ハブカ〔羽深宏〕
謎の脚本家。

滝沢
「黄金色の酒」を
つくった醸造家。
隠遁している。

トオル
元は腹話術師だったが、
相棒の人形に逃げられて、
ポスター・ハンターをしている。

キリバヤシ・フウ
〈ドリーム8・オスト
アンデル課主任〉。
シュウの先輩。

コドモ博士〔児玉博士〕
生物学者。「魂」と「剥製」
の研究をしている。

五夜〔ゴヤ〕
特別調査機関〈ガーデン〉の
二等調査員。バラ線地帯の
警備を担当している。

マユズミ〔黛犀二郎〕
小説家。面白くない小説
ばかり書いていたが、
「不眠の時代」の到来を機に、
一躍、人気作家になる。

シュウ〔二見集〕
睡眠コンサルタント
〈ドリーム8〉で新商品
の開発を任された青年。

美冬
〈クモリゾラ〉で
働いている
ドゥーブル。

美衣
〈クモリゾラ〉で
働いていたが、
行方不明に。

ギンガミ
〈ホノルル書房〉の
編集者。

ジョー・バンセン
〈ホノルル書房〉に
預けられた雑種犬。

ミズシロ
〈ガーデン〉の
解析班のチーフ。

春三
八王子〈廿世紀浴場〉
の大将。大きな耳と
蒼い瞳をもつ。

タドコロ [田所オサム]
未来予測システムの
研究者。〈ニモ〉で「もみ
消し屋」をしている。

グスコーとブドリ
愛読家秘密結社〈ロンリー・
ハーツ読書倶楽部〉の部長。

大ママ [市川民子]
〈市民食堂〉の店主。
若いころはナースの見習いだった。

谷口さん [谷口京子]
〈ドリーム8・第三資料館〉
の館長。そっくりな妹がいる。

サル
コーヒー・バー〈北北西に
進路を取れ〉の店主にして、
バラ線地帯の「冒険王」。

ホシナ [保科アキヲ]
音楽家。スキンヘッド・オーケ
ストラのバンドマスターにし
て作曲家。幻の酒〈ゴールデ
ン・スランバー〉を探している。

ナツメ [二見ナツメ]
シュウの姉。探偵。
若いときから不眠症で、
〈クモリゾラ〉に通っている。

ブックデザイン
*
クラフト・エヴィング商會
［吉田浩美・吉田篤弘］

天使も怪物も眠る夜

少年が息を荒らげ、山を登ってくる。
砦で女が彼を迎え、どうしたのかと訊ねると、「これ、何？　下で見つけたんだ。カタツムリの殻かな」と言う。

女はそれを節くれだった指で受け取り、かざす。

日が透けた。

「これはたぶん、貝殻。貝」

「貝って」

「貝は、海のもの」

その途端、隣で寝そべっていた黒犬がむくっと頭を上げた。

少年は分かりやすいほどにおびえ、顔に手をやらんばかりだ。

「海のものがどうして山にあるの？　海と山はまざらないんじゃないの」

「まざるとかまざらないじゃなくて、ぶつかるの。わたしたちは海の人と会えば、衝突するようになっているからね」

海にあるはずの貝がどうして山にあったのか。昔、海の人間がこのあたりに来た印なのか。もしくは海に行った何者かが持ち帰ったのか。

確かなのは、そこで大なり小なりの争いが起きたことだ。

山の者と海の者の対立は、太古から未来まで繰り返され、その衝突のひとつひとつに物語がある。

海と山、両者を自在に行き来する唯一の者、争いを見届ける者がいつかそう語ったという。

「仲良くやればいいのに」

少年が言った時、海の集落でも、海の子供が海の大人に同じことを口にしていた。

仲良くやればいいのに。

「会ったらいけないんだ」

どちらの大人もそう答えるほかない。

——海と山の伝承「螺旋」より

01

天使も怪物も眠る夜

どうしてこんな遠くまで来てしまったんでしょう

夜の海を本が漂流していた。

嵐が去って月がのぼり、波間を漂う何千何万という本が月明かりにきらめいて見えた。

二〇九五年三月二十二日、午前二時十五分。晴れ。

すでに日本のはるか東の沖合へ去った大型ハリケーンは、八万五千冊の本を積んだ輸送船を、いともたやすくひっくり返した。

「続報です」とラジオが伝えている。

ラジオは常に続報を伝えていた。現場の生々しい声から瑣末《さまつ》な噂にいたるまで、放送局には情報が集まりすぎて、一度では伝えきれない。

半世紀前であれば、ラジオが「続報です」と告げたら、ぴりぴりとした緊張が走った。

いまやもう、「続報」は日常茶飯事になっている。

マユズミは、ラジオ受信機から聞こえてくる人間の声が好きだった。直接、耳もとで囁《ささや》かれるのは御免だが、電波にのった人間の声が、機械を通して耳に届くのがちょうどいい。だから、ラジオはつけっぱなしにしてあった。

夜ふけに東京をかきまわしたハリケーンも季節はずれだったが、マユズミは嵐の去った春の夜中に、アパートのベランダでクリスマス・ツリーの電飾をかざっていた。それが彼の趣味のひとつだった。

「どういうこと？ クリスマスでもないのに」

これまで、多くの女たちが不審げな顔で彼にそう訊《き》いた。そのたび、マユズミは（ああ）と胸のうちで嘆いてきた。

八歳のときの初恋に始まり、通算二十一人の女性に恋してきたが——あるいは、ふられてきたが——すべての女たちがマユズミのおかしな趣味に眉をひそめた。

「三十七歳にもなって」と最近は年齢を持ち出されて、いじられる。

（それでも、空は西から晴れてくる）

マユズミは胸のうちにセリフをつぶやいて満足した。ことあるたびに、もっともらしいセリフをつぶやくのは、趣味というより癖で、もしくは、年季のはいった職業病だった。

彼は二十一世紀末の東京でもてはやされているペーパーバック・ライターすなわち三文《さんもん》小説家である。

ひと月に十二冊もの新作をリリースする売れっ子で、言いかえれば、東京で五本の指に入る「面白くない小説」を書く男だった。それゆえ、数年前までは仕事がなくて、くすぶっていたのだが、東京が慢性的な〈不眠の都〉と認定されるや否や、事態が一変した。

人々は眠りをもとめていた。

みんな、眠りたかった。

ただただ、眠りをむさぼりたかった。

しかし、「眠り」は掃除機で吸いとられたように寝台のまわりから消え、「まぁ、そのうち眠くなるだろうよ」と呑気《のんき》に構えていた連中も軒並《のきな》み顔色を変えて、真剣に睡眠をもとめ始めた。

（それでも、空は西から晴れてくる）

次第に募《つの》ってゆくそこはかとない危機感など、どこ吹く風で、マユズミは相変わらず、のんびりとした楽天的な小説ばかり書いていた。信念を曲げなかったというより、単にそれしか書けなかったのである。

しかし、それが思わぬ功を奏した。

マユズミの楽天的小説は、何のひねりもなければ、鮮やかなどんでん返しもない。魅力的な主人公など、まず登場しなかった。登場人物の多くはマユズミ本人が反映され、

（世界なんてまだ終わらないというのに、人は世界を終わらせたがっている）

といったような、もっともらしく聞こえる意味のないセリフを、しばしば、胸のうちにつぶやいた。設定も展開も凡庸で、読者の大半は、絶望的なまでの退屈さに大きなあくびを繰り返した。

　誰もが眠気をさそわれていた。

　皮肉な話だが、「面白くない小説」こそ、どんな眠り薬よりも素晴らしい効き目がある。作品としてではなく、不眠者たちの睡眠導入アイテムとして重宝されていた。

　すっかり〈不眠の都〉の名が定着したこの街において、ついつい夜を徹して読みふけってしまう「面白い小説」は、ただちに睡眠妨害と見なされて発売禁止になった。しまいには、焚書《ふんしょ》の憂き目にあい、広場という広場に集められて、華氏四五一度の炎で焼き払われた。


「続報です」

　ラジオの声が背後から響いてくる。マユズミは七階のベランダから街を見おろした。

（嵐に洗われたあとの、荒々しくも瑞々《みずみず》しい都会が好きだ。そこには、とうに失われた野性が輝いている――）

　口もとにニヒルをたたえながら胸のうちにつぶやいた。ツリーの電飾が明滅し、マユズミの記憶もまた明滅する。

（もっとたくさんの言葉が必要だ）

（わが頭脳から「消えゆく言葉」をとどめたい――）

（私の父は、ほかでもない避雷針《ひらいしん》屋だった。稲妻を集めて商売をしてきた。その血をひいた自分が言葉ごときを集められなくてどうする）

嵐のあとに晴れた空はふたたび暗雲を呼び、たちまち星を隠して、霧のような雨を都会にばらまいた。明滅するツリーの電飾が、みるみる雨に濡れてゆく。

（まったく気が遠くなるような霧雨《きりさめ》だ）

（もし、この霧雨のひと粒ひと粒が自分の知らない言葉だったら、どんなにいいだろう。私は一本の避雷針になって、そいつを集めよう。でなければ、いよいよ、本と一緒に言葉が消えてゆく）

マユズミはベランダから部屋に戻り、聴くともなくラジオから響く声を耳で追っていた。

その女の声は、森川《もりかわ》ブルーだ。

いくら、「不眠の時代」だと云《い》っても、彼女は一体、いつ眠っているのだろう。それとも、森川ブルーというディスク・ジョッキーは何人もいるのだろうか。

「森川ブルーの崖《がけ》っぷちラジオ〈ググーグ・ジューブ〉」というおかしな番組だった。毎晩毎晩、夜どおし深夜放送をつづけている。彼女はひたすら喋《しゃべ》りつづけていた。あるいは、ブルーもまた、言葉が消えていくことに危惧を感じているのかもしれない。

（そうか）

マユズミは、ふと思い当たった。

（彼女はラジオを通して、言葉の雨を絶やさないようにしているのか）

ふいに空腹を覚え、マユズミはキッチンの流し台でスプーンを洗って、傷だらけのコップに水をついだ。食器棚から一九七〇年につくられたアルミ製の給食用トレイを取り出し、丁重にうやうやしくテーブルにセットした。

（一九七〇年。伝説の年。オオサカ万博。太陽の塔。ミシマユキオの死。「なるようになるさ」と歌ったビートルズの解散――）

そんな歴史的時間から生きのびてきた百二十五年前の遺物だった。

最近は、「未来の声」を採取することに世界中が躍起《やっき》になっているが、マユズミは未来よりも過去を愛していた。未来から学べることなんて何ひとつない――そう思っている。

（私に云わせれば、過去が未来なのだ）

（どちらも同じこと。どちらも、ここからやたらに遠い）

マユズミはナカムラ屋の〈ナカムラ式缶詰カレーシチュウ〉を輸送用段ボール箱から取り出して蓋《ふた》をあけた。間違いなく、二十一世紀が生んだ最良の発明のひとつだ。缶詰の蓋をあけた途端、中身が適切な温度にあたたまる。マユズミはこのシチュウの愛好家で、一日三食、一週間食べつづけても飽きなかった。

もっとも、無闇にそんなことをつづけていたら、たちまち〈ミラー〉からレッド・カードの警告を食らう。

〈ミラー〉は二十一世紀が生んだ身体管理装置である。発明者は「傑作」と自賛したが、利用者の評判は決して一律ではない。

「まったくベンリ。鏡にあなたのカラダを映すだけ」

そんな謳《うた》い文句で大々的に売り出されたものの、映したら最後、延々と鏡に説教される。

「食道に異変の兆候レベル1が見られます。飲みすぎに注意しなさい」

「声帯に濁《にご》りと翳《かげ》りがあります。つまらないつぶやきは、ほどほどにしましょう」

「脳の活動が著《いちじる》しく鈍っています。機械に頼らず、自分の頭で考えること」

「何度も云っているとおり、早く右足の親指の爪を切りなさい」

「脂肪の増量は、昨日と同じオーマイガ・レベルです」

「いい気にならずに、知られざる頭髪の減少に注目しなさい」

「もっとバランスよく食事をしましょう。ごまかしてもバレています」

「たいへん残念ながら、右下最奥部の親知らずが、およそ一週間後に激しく疼《うず》き始めるでしょう。御愁傷《ごしゅうしょう》さま」

鏡に映した全身をくまなく透視し、前日までのデータと照らし合わせて、瞬時に問題点を指摘してくる。

「余計なお世話だ」とマユズミは毎朝のように、〈ミラー〉とやり合っていた。


「続報です」

ブルーの声が部屋に響き、マユズミはスプーンを宙に止めて、大げさに喉《のど》を鳴らしながらコップの水を飲んだ。

「横浜港をめざしていた輸送船〈マヤ〉が、ハリケーンの巨大な渦巻《うずま》きによって転覆し、搭載していた、いわゆる〈面白い本〉八万五千冊あまりが水没したと、先ほど正式に確認されました。なお、乗組員は全員無事とのことです」

ブルーの放送では明かされなかったが、夜の海を漂流する本はこれすべて秘密裡《ひみつり》に運ばれてきたものだった。密輸の手筈《てはず》を整えたのは愛読家秘密結社〈ロンリー・ハーツ読書倶《ク》楽部《ラブ》〉の二名の部長である。

「信じられん」とグスコー氏。

「心待ちにしていたのに」とブドリ嬢。

ラジオが伝える続報を聞くと、二名は読書倶楽部の事務室で、フクロウの鳴き声を思わせる「おおおお」という呻《うめ》きをもらした。

この都における〈レイドバック〉以降の風潮で、いっときなりをひそめていたドッペル・スタイルが復活し、彼らのような役職をつとめる者の多くが自らの分身とみなした人物を従えていた。すなわち、〈ロンリー・ハーツ読書倶楽部〉の部長はオオタ・グスコー氏とオオタ・ブドリ嬢の二名で、二人あわせて「グスコーとブドリ」。彼らは常にペアで行動し、お互いを自らの分身と定めていた。

二人は容姿も声色《こわいろ》もじつによく似ていて、彼らは二人で一人であり、ドッペル・スタイルの要である「対話による確認」も欠かさなかった。

「この都に生きる愛読家たちは、皆、嘆いている。そうだな？」

「いかにも、そうです。眠りを誘うためにつくられた面白くない本ばかりが横行し、わたしたちが愛してやまない、あの面白い本が都から姿を消しつつあります」

「そこでだ。われわれ〈ロンリー・ハーツ読書倶楽部〉は、世界中の愛読家にＳＯＳを発信したのである。そういうことだな？」

「ええ。そして、ついにこのたび、八万五千冊にものぼる、素晴らしく面白い本を取り寄せることに成功したのです。ですよね？」

「そのとおり。しかし、それがこんな結果になるとは」

「わたしたちは」――グスコーとブドリは声を合わせてユニゾンで確認し合った。「わたしたちは、どうしてこんな遠くまで来てしまったんでしょう」

マユズミはスプーンを止めたまま神妙な顔でラジオの続報に聞き入っていた。食べかけのシチュウは冷め、胸のうちに灯《とも》っていた蠟燭《ろうそく》の火も細って、アパートの部屋の空気が一気に冷え込んだように思えた。

（まったく残念な話だ。私だってなにより面白い本を愛している。だよな？）

彼は自分に訊いて自分で答えた。

（当たり前じゃないか。誰が好きこのんで面白くない本など書くものか）

彼はラジオの声から逃れるようにベランダへ出た。

霧雨にけむる街をうつろな目で見おろすと、新宿四番エリアの大時計が、いつもどおり眠気を誘うように、ゆっくりゆっくり午前三時の鐘を打った。

＊

大時計の鐘の音を聞いて、トオルは思わず首をすくめた。

〈壁〉にあてた手を引っ込め、いまいちど辺りをうかがってから、霧雨を吸った新作映画のポスターの四隅にカッターの刃を走らせる。手なれた素早さでポスターを〈壁〉から剝《は》がし、手品師のような手つきでくるりと巻いて、背中に担いだ黒い箱に投げ入れた。

箱にはすでに一ダースあまりのポスターが収まっている。

「今夜はもういいだろう」

雨にぬれた〈壁〉は危険だった。

バラ線地帯を横切るこのあたりの〈壁〉は、とりわけ劣化が著しい。いつ崩れ落ちてもおかしくない。それが証拠に、このあたりに巣くっていた連中は、そろって西側の居住区にねぐらを移していた。

トオルは街灯の途絶えた東側の〈壁〉に沿ってバラ線地帯の手前まで移動し、ポスター・ハンティングの仕上げに、「東０７８番」の〈壁〉に掲示された夜の壁新聞〈東京ファントム〉を音もなく引き剝がした。最新版であることを確かめ、おもむろに〈壁〉を見上げながらオニオン・スキンで鼻をかんだ。

(しかし、いつ見ても怪物のようだ)

高さは二階建てのビルぐらいだろうか。たいした高さではない。破壊や劣化によって崩壊したところもあるが、基本的に途切れることなく、その高さで延々とつづいていた。が、高架鉄道を思えば、それもさして特別なことではない。ただ、ビルや鉄道にはしかるべき機能があるが、〈壁〉にはそれがなかった。

意味もなく立ちはだかっている。それが不気味だった。

切り石を組み上げたクラシックな石壁で、風雨にさらされて表面はすっかりざらついている。落書きと掲示物の痕跡《こんせき》がおびただしく、そうした一切が混沌とした模様と化して、巨大な怪物の鱗《うろこ》に見えた。

「花粉の季節か」

トオルは鼻をかみながら、刷りたてのインクの匂いがのこる壁新聞を無造作に折って、小脇にかかえた。

〈壁〉に背中を向け、鐘の鳴った方角を目指して歩き始める。

虹色の光が放射状に夜空をいろどり、遠目に眺める新宿ビル街のシルエットは、〈不眠の都〉というより、まるで「おもちゃの都」だった。その子供じみたカラフルな輝きとは裏腹に、右手に広がる暗がりの領域――バラ線地帯の途方もない闇の広さにトオルはいまいちど首をすくめた。

(まるで、アレみたいだ――)

子供のころ、大森《おおもり》の映画館で観た古いモノクロ映画を思い出した。

題名は忘れてしまったが、たぶん百五十年くらい前の映画だ。どんな話で誰が出演していたかも覚えていない。

たしかファースト・シーンだった。画面いっぱいに夜の川が映し出され、ゆっくりカメラが引いてゆくと、川よりもはるかに広い川原があらわれた。暗い野原がどこまでもつづき、人影はもちろん、街灯のひとつもない。(どうやって撮影したのか)とトオルは驚嘆《きょうたん》した。まだフライング・レンズはもちろん、ドローンさえ存在しない時代である。にもかかわらず、カメラは羽虫のように広大な野原を自在に移動し、映画館のスクリーンに闇の深さと冷たさを正確に伝えていた。

トオルはその虫の目のようなカメラに同化した気分だった。彼のふたつの目だけが、バラ線地帯にひろがる沈黙の重さを読みとっている。


三年前に〈不眠の都〉と認定されて、東京は文字どおりの不夜城《ふやじょう》となった。その光の群れに押しやられた夜の暗さは、「闇だまり」の異名《いみょう》を持つ、バラ線地帯に滞留している。手つかずのまま名前もわからない植物がはびこり、野性の匂いを放つジャングルに化けて、そこだけブラック・ホールのようにひときわ闇が濃かった。

バラ線地帯は、すでに四半世紀を数える〈壁〉の歴史の負の産物である。〈壁〉がもたらした、ごく短い「争いの時間」の残骸だった。大昔に巨大な団地群があったこの広大なエリアは、〈壁〉による二分化にあおられた暴徒たちの戦場にもなった。

〈壁〉はいま、かつての思惑と役割から解放されて、すでに廃墟と呼ばれ始めている。しかし、廃墟となっても、人々を圧するその異様な迫力は変わらない。

〈壁〉が建てられたのは、二〇七一年のことだった。

「一夜にして建てられた」と、まことしやかに語り継がれているが、それは、低俗な尾ヒレがついた伝説である。正確に云えば、長い時間をかけて巧妙に準備され、目立たぬように建て増しを繰り返して、あたかも一晩で建ち上がったような印象を世間にあたえた。

建ち上がった日は、四月一日とも三日とも云われている。

大衆の目線で語りなおせばこうなる——。

それはある日、忽然《こつぜん》とあらわれた。なんのためにこのようなものがつくられたのか、誰ひとり理解できなかった。妙に風の強い日だったという。舞い散る桜の花にまぎれ、鼻の頭に花びらをつけて浮かれた花見客たちを、あざ笑うように建ち上がった。

その日を境に、厚さおよそ一メートル、高さ約六メートルの〈壁〉によって、東京の都心部が東と西に分断された。〈壁〉が建つ五年前に地下化した山手線の跡地を利用したもので、ネット上の衛星画像地図には、北区赤羽《あかばね》イワブチから大田区ロクゴウへといたる、蛇がのたうつような一本のラインが確認できた。

政府のスポークスマンは「分断」という言葉を避け、「二分化」という言葉を多用して、「〈壁〉はその象徴にすぎない」と念を押した。

「厳密に交通や流通を二分化するものではなく、施行されるのは、きわめてゆるい規制である。仮に〈壁〉を越えて東西を行き来しても、いまのところ、厳重な処罰が下るわけではないのではないかと思われる」

　じつに曖昧《あいまい》というか、お茶をにごしたアナウンスで都民をケムに巻いた。

「あの〈壁〉は、じつのところ、冗談で云ったことが本当になってしまったんです」

　建ち上がってまもなくもたらされた関係者のリークが、もっとも真実に近いのではないか、とひとまずは決着した。〈壁〉を計画して建設した側も意図が曖昧なまま、「あとに引けなくなってしまった」と記事は伝えていた。

「本当かどうか」――〈壁〉が建った年の流行語である。

「本当かどうか」と、世界中が首を傾《かし》げていた。

　しかし、彼らは首を傾げながらも好奇の目をもって続々来日し、以来、〈壁〉は期せずして、東京を代表する観光スポットになった。「それが真の狙《ねら》いだった」と断言する者もあったが、誰が何を云っても、「本当かどうか」と茶化《ちゃか》された。

　そうしたあれこれを総括し、「あれは壮大なナンセンスだった」と、いまではそう理解されている。

*

夜の海をわたるように、バラ線地帯を横目にしてトオルは足早に歩き、ようやく新宿五番エリアの〈舞台袖《ぶたいそで》横丁〉にたどり着いた。居並ぶ夜店をやり過ごし、行きつけのコーヒー・バー〈北北西に進路を取れ〉にもぐり込む。

この店、「コーヒー」の看板は表向きで、実際は法に触れるようなキツい酒と闇タバコを売りにしている。

もっとも、〈舞台袖横丁〉ではめずらしくもなかった。無法地帯とまでは云わないまでも、限りなくそれに近い区域なのだ。知る人ぞ知る名物酒場が、蟻《あり》の巣のような迷宮路地を成し、客は蜜にたかる虫の如くうごめいている。

逆立ちをしても同じ顔になる「逆さ親父」が店主をつとめるバー〈奈落《ならく》〉。

血のような赤い酒しか出さない〈赤い糸〉。

論争好きがあつまる過激なゲイバー〈王様の耳〉。

元プロレスラーの巨漢が営む〈ブーのおでん〉。

ハイボールしか出さないシンプルな酒亭〈拾った犬〉——。

このエリアは、東京が〈不眠の都〉となる以前から眠ることを知らなかった。メイン・

ストリートのビル街の裏手にあたる低層地帯で、吐き出された生ぬるい排気のせいか、いつでも熱を帯びている。

　表舞台から落ちこぼれた客を相手にしているので、〈舞台袖〉の名を冠しているが、トオルが通う〈北北西に進路を取れ〉に集まる客は、落ちこぼれというより、単に映画が好きなだけだった。もちろん、映画好きが嵩《こう》じて身を持ち崩した者もいたし、ヤバい奴らと云ってしまえばそれまでなのだが——。

　店主のサルはバラ線地帯の「冒険王」と呼ばれ、店をひらく前はモンキー・レンチ一本を腰から提《さ》げて果敢《かかん》にバラ線地帯を探検していた。不法投棄された電化製品を拾い集めては解体して組みなおし、〈無音トースター〉や〈回転加湿器〉といった、意味不明な「新製品」をでっちあげては叩き売っていた。


　ひとむかし前のバラ線地帯は、いまと違って、ところどころ、電流を仕込んだ物々しいバラ線に囲まれていた。「絶対立入禁止」の文字が並ぶ電子警告板がパノラマ監視カメラとセットで睥睨《へいげい》し、思いつきで近づいてきた侵入者を電気ショックの一撃で門前払いした。サルは張りめぐらされたバラ線の「ほつれ」を熟知しており、レンチでひねっては切断し、猿のようにしなやかな体でバラ線をくぐり抜けて、闇の森を冒険した。

　そうしてサルがひらいたいくつかの抜け穴から、ハイエナのような追随者と、業者からみの〈捨て屋〉が忍び込み、捨てるものと拾うものの需要と供給が成立した。管理組合も黙認し、いつからかバラ線地帯は「機械の墓場」とも呼ばれるようになった。

サルは墓場に捨てられた「極上」から「下の下」に至るさまざまな機械をモンキー・レンチでねじをゆるめながら物色した。

ひと呼んで、「モンキー・レンチャー」。

いまでも彼は、ヤバいブツが投棄された噂を耳にすると、店を閉めて、レンチを片手に森をさまよっている。

「あそこには、しびれるような魅力がある」

客に酒を出しながらサルは目を潤ませた。

カウンターだけの店内に顔をならべているのは常連客ばかりである。

撒水夫《さっすいふ》のノボリト、女蛇つかいのヨゾラ、ローセキ売りの鱶七《ふかしち》、それに、ポスター・ハンターのトオルだ。

ただし、彼らは他にいくつも名前をもっていた。仕事に応じて名前を使いわけている。名前の自由化が実施されてから、こうした生き方もめずらしくなくなった。

ノボリトは時計屋の「緒方《おがた》」でもあり、ヨゾラは五百均スーパーに勤める「和子《かずこ》」でもあった。鱶七はローセキを売りながら、そのローセキで〈壁〉にグラフィティ・アートを描く画家の「山口《やまぐち》」で、トオルには腹話術師の「八田《はった》」というもうひとつの顔があった。

わけあって、腹話術は休業中で、〈壁〉から盗んだポスターを地下市場に流して、日銭を稼《かせ》いでいる。

「まだ見つからないのかい、ツァラトゥストラは」

鱶七に訊かれて、トオルは「ああ」と短く答えた。ツァラトゥストラはトオルが操っていた腹話術の人形の名である。

「あいつは、ひとりで、どっかに行っちまったんだよ」

トオルはサルにチェリーを一本もらい、さっそく火をつけて目を細めながらうまそうに吸った。この店には、いまはもうないタバコがひととおり揃《そろ》っている。

「ラジオのニュース、聞いたか」

ヨゾラがゴールデンバットをくわえて顔をしかめた。

「面白い本を積んだ船がハリケーンにやられちゃったって。ああ、残念。アタシ、もちろん映画も好きだけど、本も大好物でさ、こう見えて、読書倶楽部の会員なのよ。せっかく、リクエストした『幻の女』が届くはずだったのに、いまごろ海の上を漂ってるわね」

「ああ、あれは面白い小説だった」とノボリトは陽焼けした顔に白い歯を光らせた。

「陰謀よ」とヨゾラは煙を吐いて首を振る。「誰の思惑か知らないけれど、不眠治療に乗じて、アタシたちから言葉を奪おうとしてるのよ」

「それって、何のためなの？」

「分からない。ホントに意味が分からなくて――」

「本を消すってことは、歴史を消すってことじゃないかな」

　サルが話を引き継いだが、トオルは頭がぼんやりして話が見えなくなった。

　ヨゾラが口にした『幻の女』という題名だけが、土星の環《わ》のように頭の中をゆっくりまわっている。

　誰にも話していなかったが、トオルには探しつづけている「幻の女」がいた。本当は商売道具であるツァラトゥストラを探すべきなのだが、毎晩、〈壁〉のポスターを狩猟しているのは、「あの女」にもういちど会いたかったからである。

　ポスターの女――映画のポスターの中にいたあの女だ。

『眠り姫の寝台』というタイトルの映画だった。おそらくは主役クラスを演じたはずで、ポスターに、その女の写真が大きくあしらわれていた。たぶん新作だろう。しかし、そんな映画が公開された形跡はない。サルの店に集まる連中にも訊いてみたが、誰もが「知らない」と首を横に振った。

　幻の映画の、幻の女だった。

トオルはそのポスターを旧メジロ駅に近い西側の〈壁〉の隅に見つけた。一見して、奇妙なポスターで、『眠り姫の寝台』というタイトルがシックな書体で控え目に置かれ、赤いドレスを着た女が寝台の上に横たわっていた。

女は目をひらいてこちらを見ている。ちょうどいま目がさめた――そんなふうに見えた。ドレスから覗《のぞ》く女の白い肌に触れようとして、指先をふるわせながらポスターの表面にあてると、トオルはそのまっすぐな女の視線に射貫《いぬ》かれた。

それ以外のことはよく覚えていない。配給元はどこか。どの映画館で、いつから公開されるのか。監督、出演者、音楽、すべて覚えていなかった。そもそも、そうした情報がポスターに記されていたかどうかも曖昧だ。基本的に、新作映画のポスターは急いでハントする必要がない。たいていの場合、その一枚を皮切りに、しばらくのあいだイヤというほど見ることになる。

だから、トオルはそのポスターを〈壁〉から剝がすことなく、ただ女の視線だけを目に焼き付けて、〈壁〉から離れた。

ところが、その日はそれきりそのポスターを見ることがなかった。それで次の日、同じ場所へもういちど見に行ったが、すでにそこには別のポスターが貼られ、

（何だ、おい、夢を見たのか――）

と頭の中が真っ白になった。が、目に焼き付いたものはあまりに鮮やかで、指先をあて

たときの紙の感触が冷たくよみがえってくる。

（やはり、あれは夢じゃない）

以来、トオルは探しつづけていた。もういちどあのポスターに出会えないものか。いや、あのポスターじゃなくてもいい。別の映画にあの女が出ているのなら、いずれ、何らかのポスターに、あの目が見つかるはず。

トオルは吸い尽くしたタバコを灰皿の上でもみ消すと、

「チェリーをもう一本」

サルに向かって、だるそうに人差し指を立てた。

*

霧雨がやんだ午前三時半、マユズミは湯を張った大ぶりな洗面器とガタついた椅子をベランダに持ち出した。靴下をぬいで足を湯にひたし、そうして足湯をしながら読書をするのが眠れぬ夜の習慣になっていた。

彼のこの「足湯読書」における定番は、コーネル・ハックバックの短編集『ヴィヴィアン・リーの頭蓋骨《ずがいこつ》』と決まっていたが、ここ何日か、彼はある一冊の本を軽いめまいを覚えながら何度も読み返していた。

四六判のハードカバーで、全二五六ページ。厚くも薄くもない手の中にちょうどよくおさまる体裁だ。ただし、刷り上がったばかりの新刊ではなく、それどころか、いかにもくたびれていた。

著者の名は黛犀二郎――マユズミサイジロウ。

（私じゃないか）

その本は何の変哲もない事務封筒で送られてきた。中から出てきた本に、「ん」と息を呑み、マユズミは、瞬間的に（おかしいぞ）と直感が働いた。

知らない本だった。中身はどうやら小説だったが、はじめて読むものだ。著者名は間違いなく自分であるのに、書いた覚えがない。

黛犀二郎という名前はそうあるものではなかった。

百年くらい前なら可能性がないこともないが、マユズミは自分と同じ名前の著者が過去にいたかどうか、すでに調査済みだった。となると、自分以外に考えられない。なにしろ、彼はひと月に十二冊もの新刊を世に送り出していたので、自著の見本が出版社から送られてきたときに、「ん？」となることが稀《まれ》にあった。とはいっても、ページをめくれば、「ああ、この本か」とすぐに思い出す。いくら何でも、自分が書いた本をすっかり忘れてしまうことなどあり得ない。

しかし、その本には覚えがなかった。まずもって、タイトルに覚えがない。

『眠り姫の寝台』――。

　奥付の発行年月日を確認して納得した。

二〇五七年五月二日。いまからおよそ三十八年前、マユズミの生まれた年に刊行された本だ。どう見ても新刊ではない。カバーの端がすり切れて破れもあり、天と小口《こぐち》に染《し》みが浮き出ていた。

　版元は数々のヒットを送り出してきた二十一世紀を代表する出版社、〈ホノルル書房〉だった。決して、自費出版やゴースト・エディションの類《たぐい》ではない。

が、大手の出版社から刊行されたのなら、これまで完全無欠を誇ってきた〈全日本著者録〉のデータベースに抜けがあることになる。これまでの絶対的信頼性からして考えにくいことだったが、念のため、「黛犀二郎」の名で検索してみたところ、結果はやはり一件のみ。マユズミ自身だけだった。他に同姓同名の著作者は存在していない。

　ついでに、『眠り姫の寝台』というタイトルも、いくつかの検索にかけてみたが、こちらもヒットしなかった。奥の手として、〈エクストラテリトリアル〉の過去検索、大過去検索にも当たったが、見つからない。

「じゃあ、どういうことだ」

　マユズミは途方に暮れる前に冷静さを取り戻し、この本が誰から送られてきたのか、いまいちど封筒をあらためた。

封筒の裏に住所と差出人の名前がある。

「本町ミナミ商店街〈市民食堂〉二階、〈ルーフォックス・オルメス探偵事務所〉内、フタミナツメ」

ややっこしいが、おそらく最後に記された、フタミナツメが差出人の名前だろう。

「さて――」

マユズミは足湯につかりながら口を歪《ゆが》めて首をひねった。

気持ちを落ち着かせるために、ハリマオ薬局の〈クールダウン・スプレー〉を顔にふりまく。が、カミソリ負けで血がにじんだ頬の傷にひりひりと沁《し》みただけだった。

なんだか落ち着かない。というか、落ち着くわけがなかった。書いた覚えのない自分の小説が、自分の生まれた年に刊行されていたのだから。

しかも、その内容は素晴らしく面白いものだった。

*

ナツメはときどき、自分が「女探偵」と呼ばれることに不満をいだいていた。

「女とかなんとか関係ないでしょ、ただの探偵ですよ」

ナツメは眉間にしわを寄せて、きっぱりそう云うのだが、依頼人からしてみれば、ナツメを「ただの探偵」とは思わない。大体、〈ルーフォック・オルメス探偵事務所〉とは何のことなのか。

「それは長谷川《はせがわ》所長に訊いてください」

ナツメがそこでさらに不満げな顔になるのは、所長がいつも「不在」だったからだ。

「いま、大事件の捜査中なんだ」

ボイス・キャッチャーに届いた所長の声が耳の内奥に響くたび、ナツメは横向きざまに「ふっ」と口をとがらせて空ガムを吐いた。

大事件など起きているはずがない。所長はたいてい、あるはずもない大事件をでっちあげてはサボっている――。


ナツメは階下へおりて、大ママにアジフライ定食を注文した。探偵事務所の一階は食堂になっていて――というより、食堂はこの町の住民なら誰もが知っている名店だったから、この場合、「食堂の二階が探偵事務所になっている」と紹介する方が正しい。

ところで、この食堂、おもてに〈市民食堂〉という看板を掲げているが、ここは東京なのに「市民」とはこれいかに、とたびたび質問を受けてきた。

答えはいたって簡単で、店主の大ママの本名が市川民子《いちかわたみこ》というのである。余計な装飾や気取った物云いを好まない大ママは、自分の店なのだから、〈市民食堂〉と名づけるのがふさわしいと、まずは考えた。しかし、それではあまりに味気ないと思いなおし、不本意ながら、〈市民食堂〉と略したまでである。

　大ママは、およそこのようなひとで、気取らないがゆえに、客を迎えるときも、

「あら、ひさしぶり。アンタはもう死んだのかと思ってた」

とまるで容赦なかった。

　これは、たとえ毎日通っていたとしても同じことで、大ママに云わせれば、「毎日生きてるなんて奇跡の連続」であり、「だから、死ぬつもりで生きなさい」と筋が通っているのかいないのか分からない言葉で客の尻を叩いた。

　ナツメは学生のときからこの食堂の常連で、物ごころつく前に両親を亡くしていたから、大ママが母親代わりのようなものだった。

「どう？　誰か死んだ？」

　顔を合わせるたび、大ママはナツメに訊いてくる。

　探偵というのは、殺人事件を解決するのが仕事であると大ママは思い込んでいるようだ。あらかた間違ってはいないが、ナツメがいま解こうとしている謎はコロシではない。

「そうじゃなくてね——」

　ナツメは客足が途絶えた午後三時の〈市民食堂〉で、アジフライを咀嚼《そしゃく》しながら大ママに説いた。

「コロシじゃなくて、眠りに関わることなの」

「ああ」——大ママはすぐに理解したようだった。「眠れない眠れないって、どいつもこいつも情けないったらありゃしない。あたしは、眠れないなんてことはないね。あたしに云わせれば簡単なことよ。起きているあいだに、目一杯、体を動かすだけ。頭もね。フル回転よ。それだけのこと。夜が来たら、安いシェリー酒でも呑みながら、ラジオで昔のワルツを聴けばいいの。それでもう、いつのまにか眠ってる」

（そうよね）とナツメも胸の奥で同意した。だけど、いつからかみんな、そうもいかなくなっている。考えごとが異様に増えて、忘れることが難しくなった。

「そう。みんな、不安が両手いっぱいで抱えきれなくなってきた」

　そう云ったのは、弟のシュウだ。

　もし、弟が〈睡眠コンサルタント〉で働いていなかったら、ナツメはいまごろコロシの現場で、「女探偵って呼ぶの、やめてくれる？」と顔をしかめながら空ガムを吐いていただろう。

　両親を失ってから、ナツメは八つ歳下のシュウと二人きりで生きてきた。弟が抱えている問題は自分の問題でもあり、問題を解くことで弟が楽になるのなら、誰が誰を殺《あや》めたかなんて、とりあえずどうでもいい。

「何かわたしに手伝えることはない？」

ナツメはたびたびシュウにそう訊いたが、彼は黙って首を横に振るだけだった。

（自分は、あまりに姉に頼りすぎた）

そうした自覚がシュウにはあった。

歳のはなれた頼もしい姉は、これまでずっと母親代わりにして父親代わりでもあった。自分ひとりでは何もできない。

現に、いまの仕事に就くまで、彼はろくに名刺を持ったこともなかった。春と夏にアルバイトをして金を貯め、秋と冬は部屋にとじこもって、古本屋で買いあさったフィリップ・K・ディックの文庫本をひたすら読んで過ごした。

仕事以外でも何ひとつ得られず、しいて云えば、自動車の免許証を取得したが、車を買うこともなければ、乗ったこともない。

「ペーパー・ドライバー」——それが彼の唯一の肩書きだった。

（結局、助手席に座るだけの人生になる）

そう思っていたある日、〈壁〉の西側にあたらしく敷設《ふせつ》された鉄道に乗る機会があった。それぞれの駅名が、〈図書館前〉〈病院前〉〈工場前〉〈科学研究所前〉となっている。町の名前ではなく、なんらかの施設がそのまま駅名になっていた。

ほかの鉄道に比べてずいぶんと短い路線図を眺めるうち、〈温水プール前〉という駅名を見つけて興味を覚えた。特にプールで泳いでみたかったわけではないのだが、魔が差したように、彼はその駅で降りた。

駅前には、まさに温水プールの施設があるばかりで他には何もない。サワー・ドリンクを飲むところさえなかった。

仕方なく、彼はその〈西島温水プール〉という名の小ぶりなドーム型の建物のゲートをくぐった。専用の特殊なウェット・スーツとゴーグルを借り、おそらく、生まれて初めて温水プールというものに身を浸《ひた》した。

「おそらく」と思ったのは、温水に体が包まれたとき、以前にも、こんな温度のこうしたやわらかい水に浸かったことがあると感じたからだった。

しかし、いくら記憶をたどっても、それがいつのことだったか思い出せない。釈然としないままインストラクターの青年と話すうち、

「それはきっと、羊水《ようすい》の記憶でしょう」

青年の言葉に彼は少なからぬ衝撃を受けた。というのも、彼には母親というものの記憶がまったくなかったからである。

彼はそれからすっかり温水プールに夢中になり、ある日、プールから最も近いところにある会社が、睡眠コンサルタントの〈ドリーム8〉であると知った。そこがどんな会社なのかよく分からなかったが、プールから近いことが気に入り、「募集」の貼り紙に誘われ

てアルバイトを決めた。

仕事の帰りに欠かさずプールに寄り、「羊水」に体を浸すたび、充《み》ち足りた心地になった。「羊水」に身をまかせると活力がみなぎり、彼はいつしか仕事を活き活きとこなすようになっていた。まかされた仕事は、そのほとんどがキーボードを打つことに終始していたが、指先の指紋がつぶれるくらいキーを打って、上司から高い評価を得た。

いつもは春夏だけで済ませていたアルバイトを丸一年つとめあげ、彼は社内で「指紋をなくした男」と呼ばれるようになって、ついに正社員として迎え入れられた。

はじめて「勝ち得た」という実感を彼は味わった。

仕事帰りに「羊水」に浸かって全身の力を抜くと、指先からイカれたバネのように指紋がほどけて螺旋《らせん》状に流れ出す――。

いや、まさかそんなはずはないのだが、そんな幻覚を「羊水」はもたらした。あたらしい自分に――あたらしい指紋をもった別の自分に生まれかわるのだと彼は予感した。

しかし、その先で彼を待っていたのは、思いがけない「眠り」との戦いだった。

どのようにして、「眠り」の特性を見きわめて手なずけられるか。そして、その手なずけた「眠り」を、いかにして人々に届けられるか。

問題は山積みだったが、一方で明白になったこともあった。

それは、〈ドリーム8〉の内部においては、当然のこととしてまかり通っていたのだが、ようするに、この都に「不眠」が蔓延《まんえん》した一番の理由は、もとをたどれば、〈壁〉にあったという認識だった。

いまはすでに、「〈壁〉はこれといった目的もなく建てられた」という説が常識になりつつあるが、そうしたひとまずの結論を見る前は、さまざまな憶測や仮説が乱れ飛んでいた。

それらのほとんどは、都民を不穏な思いに誘うもので、中でも最も大きな影響力をもった仮説は、〈壁〉が「争い」を引きおこすためにつくられたというものだった。

「〈壁〉による二分化は、あくまでもゆるい規制に過ぎません」

公式アナウンスがそう伝えていたのに、〈壁〉が建ったことによって、人々のあいだに「争いの予感」とでも云うべき灰色のもやのようなものが立ちこめた。

そのうち、短いあいだながら東と西の小ぜりあいが起き、その結果、争いの場としてバラ線地帯が誕生することになった。その唯一の例外をのぞけば、そもそも争いなど起きるはずもない。〈壁〉が建つ前は「予感」すらなかったのだから――。

ただ、この小さなアイランドの住民は、たとえば大陸に生きる人々が日常的に阻《はば》まれたり越えたりしてきた、あの「国境」というものを、目に見えるたしかなものとして認めたことがなかった。見上げるような壁や、禍々《まがまが》しいバラ線といったものによって、自由な往来や流通が分断される悲しさを久しく忘れていた。

歴史をひもとけば、「戦国時代」と呼ばれる波乱に充ちた内戦の季節を経験してきたのだから、遠い乱世の記憶が遺伝子によって、おのおのの体の中に埋め込まれていないとも限らない。いずれ、〈ミラー〉が解き明かしてくれるときがくるかもしれないが、〈壁〉が建てられた四半世紀前、地図上に突然あらわれた一本の線にあおられたのは、闘争心ではなく、微妙な重さをもった不安と不穏だった。

やがて、その微妙な重さがじわじわと効いてきて、この都は、街ごと厄介な不眠症を患った。

表面化したのは五年ほど前である。

人々はいかにして安らかに眠るかを追求し出し、老若男女、誰もが、「眠りこそ人生で最も重要な関心事である」とあらゆるアンケートにそう答えた。〈寝室〉〈寝台〉〈寝具〉〈寝間着〉といったものが吟味《ぎんみ》され、街のいたるところに〈睡眠コンサルタント〉や〈睡眠コンシェルジュ〉の窓口が設けられた。

どの窓口も、連日行列ができ、睡眠ビジネスはめざましく興隆をきわめて、その象徴として、業績を競い合うふたつのカンパニーが、〈壁〉を隔《へだ》てた東と西に、それぞれ壁よりも遥かに高い社屋を建ち上げた。

壁を隔てて、にらみ合っていた。

壁を隔てて、争っていた。

＊

最初は南の空に小さな黒い点としてあらわれ、明け方のまだ暗い空の中で黒い点はしだいに大きくなり始めた。

マユズミはそれが小型飛行機であると気づくと、洗面器から湯をしたたらせて足を抜きとり、ベランダの手すりを右手で握りしめながら、その行方を目で追った。

その時間に、小型とはいえ飛行機が飛んでいるのを見るのは初めてのような気がした。

そのうち、機体の様子が、〈不眠の都〉から発散される虹色の光に照らされて浮かび上がった。小型ではあるが、旧式の輸送用ボックス・タイプであることが見てとれる。

「もしかして」

マユズミはつぶやいた。

「どうしても、面白い本を読みたいと願う愛読家たちが、海だけではなく、空からも本を呼び寄せたのかもしれない」

マユズミは思わず口もとがゆるんでいた。「面白くない本」の書き手としては複雑な思いがよぎらないでもないが、（そうなのか）とマユズミは体の中がむずがゆくなるような奇妙な快感をおぼえた。

眠ることを忘れた東京の空に、「面白い本」を積んだ飛行機が飛んでいく——。

（それにしても、どこに着陸するんだろう）

同じ思いを、小型飛行機のパイロットも抱いていた。

指定されたのはビルの屋上に設けられた円型のヘリポートで、依頼者はおそらく見込み違いをしたのだろう。最新型のエアー・トラックであれば、ヘリポートへの着地も可能だが、旧式のボックスは、たとえ短くても滑走路を必要とする。

パイロットとしても、まさか円型とは思いもよらず、そのうえ依頼者からは、「飛行場は避けてほしい」と強く云われていた。万事休すである。

ただし、旧式のボックスは緊急医療用に開発された輸送機を改造したものなので、直線が保たれた舗装道路であれば、難なく着地できる。なにしろ、ハリケーンの影響による迂《う》回《かい》で、予定を大幅に上まわる燃料を使っていた。

もう時間がない——。

パイロットは腕の見せどころとばかりに見当をつけ、道幅と直線の具合から、迷わず〈銀座通り〉を選んだ。

もともと予定していたヘリポートも銀座エリアの端に位置し、輸送日に三月二十二日が選ばれたのは、銀座エリア全体が、年に一度のメンテナンス・デイだったからだ。全域が道路を閉鎖し、作業員以外の立ち入りが二十四時間、規制されている。

「なるべく目立たないように」が依頼者の条件だったが、医療用の特殊な弱音器をフル稼働しても、エンジン音が完全に消えるわけではなかった。

幸いだったのは、まだ明け方で、メンテナンス作業員が誰ひとり到着していなかったことだ。もちろん、フライング・レンズやサーチ・カメラが一部始終をとらえていただろうが、優秀なパイロットに操られた輸送機は、ゴミ清掃車なみのエンジン音で銀座通りの南側から着陸態勢に入った。

むしろ、目撃者が皆無であったことが惜《お》しまれるほどの見事な着陸で、七丁目のあたりで着地し、四丁目の交差点を過ぎたころにはゆるやかに減速されて、一丁目の理髪店〈バーバー白石〉の前あたりに、音もなくぴたりと停《と》まった。

もし、メンテナンス・デイでなかったら、〈バーバー白石〉は、ちょうど早朝営業の準備を始める時間で、「禿頭《とくとう》の理髪師」として名を馳《は》せた店主の白石氏・七十八歳は、店先に到着した巨大な怪物に腰を抜かしただろう。

自らの汗の匂いが充満したコックピットの中で、パイロットは手袋をはずしながら目を閉じた。すぐにでも飛行機をおりて熱いコーヒーを飲みたかったが、風防ガラス越しの青ざめた銀座は、めずらしく寝静まっていた。

眠ることを忘れた都の中心街は、いま、いっときの眠りの中にあり、エンジンをとめた輸送機は深く青い空気をまといながら、ため息をつくように機体をぶるっと震わせた。

02

天使も怪物も眠る夜

百年の眠りについたお姫さまを〈王子〉が目覚めさせるお話です

厳重に梱包《こんぽう》された巨大な荷物は、次第に夜が明けてゆく〈銀座通り〉で、旧式のボックスから大型輸送車に移された。

「まさか、コーヒーはないよね」

とパイロットが訊くと、運送会社から派遣された六名の配達員のひとりが、「ありますよ」とポットと紙コップを差し出した。

「すばらしい」

パイロットは紙コップにコーヒーをつぎ、香りを楽しんでから、目を細めて口をつけた。熱いコーヒーが食道から胃に流れ込んでいくのに満足し、「依頼人の自宅はここから遠い？」と配達員のドライバーに訊いた。

「いえ、それほどでも」

「それはよかった」

パイロットはあらかじめ上空からオーダーしておいた帰路用の燃料スティックを受け取

り、周囲を見まわして、監視に気がついた。

「急いだ方がいい」とドライバーに声をかけ、「あとはよろしく」と紙コップを手にしたまま輸送車を見送った。

　そうした一部始終が複数のサーチ・カメラにキャッチされ、〈ガーデン〉の検閲モニターに鮮明に映し出されていた。

「こいつは見過ごせないな」

　検査官が目を光らせた三分後に、〈ガーデン〉の本部からレッド・カーが出動し、五分後には輸送車をとらえて追走態勢に入った。

　マークされたことに気づかないまま、輸送車の運転席では若い二人の配達員が確認作業をしていた。

「依頼人の名前は」「保科《ほしな》さんです」

「到着は」「およそ十分後」

「作業時間は」「十五分の予定です」

「追走車は――」

　助手席に座っていた配達員がバック・モニターを見た。

「追走車あり。〈ガーデン〉の赤パトです」

二人は顔を見合わせた。

「では、作業時間は二十分に変更だ。〈ガーデン〉の検査官が立ち会うことになる」

十分後。配達員の予想どおり、ガレージでの荷ほどきには、インディゴブルーの制服を着た二名の検査官が立ち会った。どのような密告によるものか、本の密輸に関わるブツではないかと疑われたらしい。

ホシナは終始、憮然《ぶぜん》として、否定するのも面倒になった。

ただ、あらかじめ配達員から、「赤パトにつかまりました」と連絡があったので、〈ガーデン〉の検査官から質問攻めにあうことは覚悟していた。

「保科さんは、お仕事は何をされているんでしょう？」

「仕事というか、まぁ、演奏をしたり作曲をしたり――」

「こんな大きなものが？」

背の高い方の検査官が、ジャバラ式段ボールに包まれた巨大な荷物を指さした。

「こんなものが曲をつくるのに必要なんでしょうか。中身はなんです？　コンサート・ホールか何かですか」

検査官は冗談を云ったつもりだったが、ホシナはつまらなそうに首を振って、

「クジラですよ」

と低い声で答えた。

「クジラ？」

「モビー・ディックです」

「ああ」と背の低い検査官がメモをとりながら、「ハーマン・メルヴィルの」とつぶやく。

「誰だ、そいつは」と背の高いのが訊き、

「アメリカの作家です」と低いのが答えると、

「やっぱり本なのか」と高い方が眉をひそめた。

「違いますよ」とホシナは苦笑する。「開けてみれば分かります」


この日のために、ホシナは二台の愛車を駅前の立体駐車場に移動し、「クジラ」を迎えるべくガレージをすっかり空にしておいた。

荷台から慎重におろされた「クジラ」はガレージにちょうどよくおさまり、配達員が手なれた様子で端から梱包を崩していく。台風一過の朝の太陽が東の空を薄紫にぼかし、シャッターを上げきったガレージに新鮮な光をもたらしていた。

時間外の急な仕事だったので、マリンブルーの作業着を着た配達員は、なるべくさっさと終えて引きあげたかった。誰に命じられたわけでもないのに、スポーツ・ロボットのように機敏に動き、ほどなくして、梱包の裂け目から「クジラ」の白い横腹がのぞいた。

「あ」と背の低い方が声をもらした。「本当に白鯨《はくげい》です」

「はくげい？」と高い方が復唱する。

「モビー・ディックというのは、白いクジラのことなんです」

「お前」と高い方が右の眉をつり上げた。「お前、その本を読んだことがあるのか」

「ええ。学生の頃ですが――」

「それはアレか、面白い本なのか」

「そうですね、かなり面白かった記憶があります」

「覚えていないのか」

「ええ、ほとんど覚えてないです」

「じゃあ、なぜ読むんだ？」

問答をするうち、わずかにのぞいた白い腹はみるみる露《あらわ》になった。のっぽの検査官は息を呑んで、さらに眉を上げる。

「何だこれは」

「だから、モビー・ディックですよ。ピアノです」

この世に一台限りのその白い名器は、この一世紀あまり、数々の音楽家のもとを転々として、ようやくホシナのものとなった。彼はこの一台のために父が遺した蓼科《たてしな》の別荘を売り、保険を二つ解約して、どうにか金を工面した。

（まったく、何をいまさら）と思うところも、あるにはあるのだが――。

のっぽの検査官は小さく舌打ちをすると、Gの一文字が刻印されたレシーバーに向かって独り言のように報告した。

「不時着は本当らしい。中身は楽器だった。白鯨とかいう名前の白いピアノだ。一応、来歴を当たっておいてくれ」

夜中の嵐と同様、それぞれ濃紺と水色の制服を着た男たちは、影ひとつ匂いひとつ残さず、すみやかに立ち去った。ガレージには白いグランド・ピアノだけが居座り、

（本当にいまさらだ）

ホシナは複雑な表情で立ったまま鍵盤に指を走らせた。


ホシナはスキンヘッドだった。

ファッションや思想を託した「剃髪《ていはつ》的スキンヘッド」ではなく、いささか商業的ではあったが、純粋に、ネイティブかつナチュラルな、じつに形のいい禿頭だった。

彼が二十八年前に通っていた小学校の教師は、黒板に「長い友達です」と書きながら、「髪」の一字を子供たちに教えた。しかし、どういうわけか、「長い友達」はホシナの頭からことごとく消え、どういうわけか、リアルな友人たちとも、思うように仲良くできなかった。

彼は孤独な青春時代を過ごし、ひとりで音楽を聴いて、ひとりで鍵盤を叩くことだけが慰みとなった。

だが、人生は何が起きるか分からない。

この世には、「長い友達」を失った男たちが数多く存在し、〈ミラー〉の予測診断を仰ぐまでもなく、あらかたの男たちが、いずれ友達を失う運命にあった。

そうした予備軍も加えれば、ひとつのオーケストラの楽団員すべてをスキンヘッドの男たちで構成することは可能ではないか――ホシナはあるとき、そんな奇妙なアイディアを思いついた。十年ほど前のことだ。

彼はそのときすでに、「スキンヘッド仲間」とでも云うべき何人かの演奏者と親しくなっていて、自分は「長い友達」を失ったことと引き換えに、こうして新たな仲間を得たのだと、ようやく理解した。

「スキンヘッド・オーケストラというのはどうだろう？」

彼はある日、仲間たちにそう提案したのだ。

「何のことだ？」

スキンヘッドのビオラ奏者が不安げな顔でホシナを見た。

というか、彼に限らず、その場にいた仲間の誰もが、一瞬、顔を曇らせたが、同時に、とても素晴らしいことが始まろうとしているのを予感した。

予感はそのとおりになった。

いまや、スキンヘッド・オーケストラの地下鉄オペラは、世界中を見わたしても、最もチケットがとりにくいコンサートのひとつである。

インディーズ楽団から出発した彼らは、廃線になった地下鉄のターミナル駅を利用して独自な音楽会を開いている。折よく、日本全国の地下鉄が、〈マイティ・マウス〉によって運営統合され、徐々に人気を博しつつあったこの「禿頭楽団」は、その強大なパトロンを得て、名実ともに第一級のオーケストラに成り上がった。

保科アキヲはこのおかしなオーケストラのバンドマスターである。ピアニストである前に彼は作曲家であり、これまでに演奏された、すべての楽曲を産み出してきた。二台の車と共に愛用してきたレーニッシュのアップライト・ピアノを相棒とみなして励んできた。

が、すでに相棒にガタがきていることに調律師よりも早く気づき、あたらしいピアノを購入すべきだと思いながらも、未練がましく足踏みをしていた。

そんなところへ、背中を押されるきっかけが、ふたつ同時に飛び込んできた。

伝説のピアノ〈モビー・ディック〉が売りに出されたと楽団の仲間から教えられ、その同じ日に、長らく探していた楽譜が、「見つかった」とロンドンの古書店からスピード・

ボイスが届いた。

とりわけ、楽譜の発見はホシナにまとわりつく、「いまさら」という否定的感情を払拭《ふっしょく》し、少々くたびれかけていた創作意欲をひさしぶりに刺激した。

「ぜひ、欲しい」

と返事をすると、楽譜は三日後にロンドンから到着した。

もどかしげに封を切って、百ページほどの古びた歌曲集を取り出したところ、ホシナが探していた肝心な曲のページが湿気にやられて貼り付いたまま開かなかった。無理に開こうとすると、酸化した紙がもろもろと崩れ落ちる。特殊な剝離《はくり》液に刷毛《はけ》をひたして、ページ全体におそるおそる塗布したが、よりいっそう紙がこわばっただけだった。

万策尽きて、楽団の仲間の知り合いだという八王子《はちおうじ》の古書修復師をたずねた。

壁の西側の——それも東京のはずれに近い街まで出かけていくのは稀なことだったが、背に腹は代えられない。新宿から楽譜を抱えて、特別急行に飛び乗った。

その修復師は、釜座——カマンザなる玄妙《げんみょう》な響きを持った苗字を玄関に掲げていた。

「何が、いまさらなんです？」

事情を聞いた、修復師カマンザは、意外なところからこわばったものをほぐし始めた。

「ええ——」

ホシナは肩の力を抜き、これまで誰にも語らずにいたことをカマンザに打ち明けた。

「八年ほど前のことです。とある大きな仕事の依頼を受けて、この楽譜を探し始めたんです。依頼されたテーマの源泉が十七世紀に書かれたこの曲にあると知って、世界中の古書店と古物商に、もし、見つかったら連絡をくれるよう頼んでおきました。でも、なかなか見つからなくて。そのうち、その仕事は中断を余儀なくされて——まぁ、よくある話です。この業界の中断は中止を意味します。だから、本当を云うと、この楽譜はもう必要ないのです」

「では、どうして？」

「どうしてでしょう。普通、中断した仕事はそれまでです。でも、この仕事だけは、いつまでもわだかまりが残って、なんとか形を変えてでも実現したかったんです」

「それはつまり、この古い楽譜をもとに、あらたな作曲をするということですか」

「ええ。ちょうど、次の仕事で同じようなテーマを扱うことになったので」

楽譜は十九世紀の後半にイギリスで出版されたものだった。

カマンザは何度も紙面に指先をあてて接着したページの具合を確かめ、窓がひとつあるだけの作業場に貼られたカレンダーを二日酔いのにごった目で眺めた。

「二週間ほど時間をください。完璧に剝離してみせます」

断言だった。

ホシナはこわばっていたものが柔らかくほどけ、「よし、それなら」と自分を鼓舞《こぶ》して、

〈モビー・ディック〉を売りに出したピアニストの代理人に、「ぜひ買いたい」とスピード・ボイスを送りつけた。競売になるのではないかと思われたが、案に相違して、即決でピアノはホシナのものとなった。

（あのとき、あの音楽をつくるためには、またとないモチーフと、またとない楽器が必要だった。そのふたつが、いまになって同時に手に入るなんて）

すべてが運命的であり、自分はやはり、この宿題を終えるまで、本当の安らぎを得られないのだとホシナは左胸をおさえた。

（いや、安らぎじゃない。それはやはり「眠り」だ。いまだかつて誰も経験したことのない、最上、極上の「黄金のまどろみ」だ）

ホシナのつぶやきに共鳴するように、左胸に埋め込まれた永久的ペース・メーカー〈ブリキのハート〉がドキリと疼いた。

＊

「王子？」

シュウは上司である山岸《やまぎし》に、もういちど確認した。

「おい」と山岸があわてて口の前に人差し指を立てる。「大きな声で云うんじゃない。いや、小さな声でもダメだぞ。これは一度しか云わないが、たとえば、〈覚醒《かくせい》タブレット〉といった言葉は決して口にしてはならない。その代わり、〈王子〉を使え。〈王子〉はこの極秘プロジェクトのコードネームで、社内でも、まだ一部の人間しか知らされていない」

会社で働くということは、結局のところ、その会社の上層部の人間たちが決めた方針に従うことを意味していた。

ただ、命じられた任務が何を目的としているのか、どんな利益を会社にもたらすのかを正しく理解するには、それ相応の時間がかかる。理解したつもりが、まったく見当はずれであったということも多々ある。シュウは率直に云って、わずか十五分程度の口頭による説明だけでは、充分に理解できたとは思えなかった。

突然、山岸に呼び出され、

「あたらしいプロジェクトに参加してほしい」

と云い渡された。

「こんなチャンスはめったにない」「君の才能を見込んでのことだ」「つまり、君は次世代のエースになる」「いずれ、会社を担ってゆくことになるんだ」

次々と並べられた言葉が、どれもしっくりこなかった。

それに、山岸は「参加」という言葉を使うことで、このプロジェクトが、いかにも数人の精鋭たちによるチーム・プレイであるかのような印象を与えた。しかし、じつのところ、このあたらしい部署に配属されたのはシュウひとりで、〈覚醒課〉という名前が一応ついてはいるものの、これもまたコードネームと同じで、海のものとも山のものとも知れない企画に急場しのぎでつけたものに過ぎなかった。

ただ、これまでシュウがいた部署にしても、〈誘眠課〉という、まるでそのままの名前であったので、〈覚醒課〉もまた読んで字の如くのネーミングに違いない。

それで、説明をひととおり聞いたシュウは、

「つまり、安眠ではなく、覚醒を促《うなが》すタブレットを開発するということですね」

自分なりに要約して、シンプルに訊き返した。

「ああ、まさにそのとおりなんだが」

山岸はいかにも小さな声で答えた。

「いま云ったことは、二度と口にするな。上から、重々云われてる。おれだって口にできないんだ。だから、遠まわしな説明になっているが、どうか察してくれ」

「ということは」とシュウはさっそく声をひそめた。「〈覚醒課〉という部署の名前も」

「二度と口にするな。あってないようなものだ。名前だけじゃなく、部署自体があってないようなものになる。表向きは――なんでもいい、〈バブルガム課〉とでもしておけ。君も知ってるだろう？ 〈ソフトボール課〉とか〈給水課〉とか〈オストアンデル課〉とか。ああいう、あってもなくてもいいような部署のひとつに見せかけたい。実際は――一度し

か云わないぞ——実際は、うちの社運がかかったスーパー・プロジェクトだ」

「どうしてそんな——」

「云うまでもないが、〈ニモ〉に悟られないためだ」

「ああ」とシュウはその一言で、すべてを理解した。

〈ニモ〉は壁の東側に、通称〈タワー〉と呼ばれている社屋を構えた巨大睡眠コンサルタントである。

睡眠ビジネスの百貨店といわれる睡眠コンサルタントは、不眠が深刻化した四年ほど前から、都内に大中小とさまざまな規模の会社が林立していた。

その後、併合、統合、乗っ取り、つぶし合い、が繰り返され、その結果、壁を隔てた西側の〈ドリーム８〉と、都内最大手を謳う東側の〈ニモ〉の二社に淘汰《とうた》された。

以来、この二社は競合することで業界を牽引《けんいん》している。

「今日から君は、その地図にある別館へ行け」

フローティング・プリントされた立体地図を山岸から渡され、３Ｄポインターで検索すると、温水プールにほど近い、冗談のように小さなビルだった。そのオフィスで、シュウはただひとり社屋からも離れて、「〈覚醒タブレット〉の開発をせよ」ということらしい。

「いまは、うちも〈ニモ〉も、眠り薬の開発が最優先だが、いずれ、われわれの薬が不眠の時代を制するときがくる。どういうことか分かるか。不眠の時代が終わって、眠りの時代がやって来るということだ。つまり、都民の大半が、今度は眠りから抜けられなくなる。そのときに真っ先に求められるのが、いまから君がつくるあたらしい——その、つまり〈王子〉ということになる。すみやかに目覚めるための薬だ」

シュウは自分のデスクを片づけて荷物をまとめると、廊下の社内案内板で、〈ソフトボール課〉と〈給水課〉と〈オストアンデル課〉の位置を確かめた。アルバイト期間を合わせると、かれこれ一年半になるが、間違いなく一度も行ったことがない。

「ためしに」とつぶやき、シュウは三つの中で最も謎めいた、五階の〈オストアンデル課〉を見学しに行った。

あらためて、（大きな会社だ）と思う。が、ライバルである〈ニモ〉の社屋が、どれほどの規模であるかシュウは知らない。

〈ニモ〉は一見、ひょろりとした塔のようだが、周辺に散らばったサテライト・オフィスを含めると、総床面積は〈ドリーム8〉の数倍になるという。ビルディングひとつきりの〈ドリーム8〉ですら未踏の部署があるのだから、〈ニモ〉につとめる社員の多くは、自分たちの会社の細部をよく知らないだろう。

もっとも、家庭用〈ミラー〉が普及してからというもの、誰もが自分の体の中に見知らぬものを抱えているのだと達観するようになった。このいかにも頼りない薄い皮一枚の下に、どう見ても、フラジャイルな小さな部屋がいくつもある。そして、部屋と部屋をつなぐ糸のように細い回路の中を、絶えまなく血液が循環している。

この世には、まだ知らされていないことが気が遠くなるほど沢山あった。

「いや、知らないことだらけだ」と思い知らされ、「知らない方がよかった」と切実なため息が巷《ちまた》にあふれている。

都市に生きるとは、そういうことだった。

「こんなところに、こんなものが」と二度見するのが日常茶飯事で、指輪や義歯や眼鏡のねじといったものにまで、超高速〈ブレイン・システム〉が埋め込まれ、部屋と部屋を仕切った白い壁の中で、極限まで圧縮された密度の高い情報が細菌のようにうごめいていた。しかも、そうした認識もすでに過去のものとなり、アップデートされた最新システムが、どのようなところにどういうかたちで潜《ひそ》んでいるのか、およそ誰も知らなかった。

シュウは五階のセンター通路を突き当たりまで進み、〈庶務課〉の裏手にあるロッカーを過ぎると、化粧室の半分にも充たない地味な小部屋にたどり着いた。

ドアに、〈オストアンデル課〉と書かれたプレートが貼られていなかったら、誰もがそこを物置きと思うだろう。

「すみません」

ドアをノックすると、「はい、どうぞ」と思いがけず若い女性と思われる声が返ってきて、シュウは妙な緊張を覚えながら、そっとドアをひらいた。

「〈誘眠課〉の二見《ふたみ》集というものです」

かしこまって名乗ったシュウを、机に向かって作業していたダークスーツの女性が迎え入れた。

シュウは手早くリストバンドのフロート・ボタンを押すと、拡大されたＩＤ板が彼の右肩に空中投影され、受け取ったボールを投げかえすように、女性もまた自らの右肩に基本情報を投影した。

（キリバヤシ・フウ。二十四歳。社歴三年。剣道五段。東京都出身。オストアンデル課主任）

素早く読みとって頭に叩き込み、シュウはこの一年半のあいだに習得した「対人用スマイル」を両頬に浮かべた。

「じつはこのたび、あたらしい課を任せられまして、ついては参考のために、こちらへ見学に参りました」

口が勝手にそう動いた。

内心、（よくもこんなに、すらすらと言葉が出てくるものだ）と自分の適応ぶりに自分で驚いた。一年半前のシュウは名乗ることさえ覚束《おぼつか》なかったのだ。

「部署の名前は何というんですか」とキリバヤシ・フウが鋭く指摘した。「いまフロートしたＩＤ板は〈誘眠課〉のままでしたが」

「ええ。今日付けの異動でしたから、まだ更新されていないんです。部署名は、〈バブルガム課〉で、いまはまだ開発中ですが、ゆくゆくは子会社をつくって、七色の風船ガムを〈クロマイ〉に並ぶヒット商品に仕立てようという計画です」

（よくもこんなデタラメを思いついたな）

シュウは自分に舌打ちをしたくなったが、「へえ」とキリバヤシは意外にもバブルガムに関心を示した。

「うちがお菓子をつくるとは予想外でしたが、〈オストアンデル課〉としては、もちろん大歓迎です」

「あの」とシュウはこのタイミングを逃すものかと、すかさず質問した。「失礼なことを、お訊きして申し訳ないんですが、〈オストアンデル課〉というのは、いったい何をしている部署なんでしょうか」

「ええ」

キリバヤシは、その質問に何百回と答えてきたと云わんばかりに相槌《あいづち》を打った。。

「フタミさんは、うちの四階に〈トライアングル〉という休憩室があるのはご存知ですか」

「ええ、もちろん」

本当は二度くらいしか行ったことがなかったが、知っていることは知っていた。

「せまっくるしい三角形の部屋で、社員から落ち着かないと不評なんですが、あの休憩室には日替わりで無料のお菓子が用意されています。そのお菓子のセレクトをこちらでしているんです」

「ああ、なるほど。そういうことでしたか」

シュウはどうにか「対人用スマイル」をキープしたまま、なるべく穏やかに頷《うなず》いた。

そこで初めて気づいたのだが、デスクと整理棚があるだけの部屋には、よく見ると、いたるところに菓子の箱や袋が並べられている。

「せっかく見学に来てくれたんですから、何かアドバイスでもした方がいいですよね」

キリバヤシの言葉に、「ええ、できれば」とシュウが答えると、

「たぶん、ガムなんてつくっても、眠り薬となんの関係もないじゃないか、と社員に野次《やじ》られます」

キリバヤシの声には、いささか怒りが含まれていた。

「これは、お菓子のセレクトを担当してきたわたし自身の経験ですが、もし、そう云われたら、あなた知らないんですか、〈クロマイ〉のタブレットはサクマドロップスがヒントになっているんですよって、そう云ってやったらいいんです。これ、わたしが先輩から聞

いた話で、おそらく、来年つくられる社史にも掲載されるはずです」

「そうだったんですね――」

そう応えたものの、シュウはそもそもサクマドロップスを知らなかった。それが菓子の名前であることは見当がついたが、シュウと同様、知らない者が多いのではないかと思いやられる。

ついでに云うと、〈ドリーム8〉のヒット商品である〈クロロホルム・マイルド〉を、〈クロマイ〉と呼ぶのは前時代的な古い社員で、入社したての新人たちは、揃いも揃って、〈クロホ〉と呼んでいた。ただし、彼らはシュウがサクマドロップスを知らないように、〈クロホ〉の元ネタであるクロロホルムを知らない。

「毒物に指定された麻酔薬の名前だ」

前時代的な社員の一人が解説したところ、新入社員諸君は悲鳴すらあげて、「マジですか」と引いていた。「マジ」ではあるが、「マイルド」と付け足しているとおり、もちろんそのものではない。成分の詳細は企業秘密だが、「クロロホルムを思わせる威力《いりょく》である」というイメージ戦略にもとづいたネーミングだった。市販されている麻酔系眠り薬の中では群を抜いて効果があり、「本物のクロロホルムが使われているのでは」と噂されるほど、「効く人には効く」と絶賛されていた。

この西側のヒット商品に対抗すべく、東の雄である〈ニモ〉が送り出したのが、〈エクストラ・ライト・アブサン〉である。クロロホルムに太刀打ちできる材料として、多くの死者や中毒者を生んだ緑色の魔酒〈アブサン〉を持ち出した。こちらも、実際の〈アブサン〉とは「別ものである」と〈ニモ〉の開発部はコメントしているが、「ノックダウン並みの眠り」という宣伝文句はあながち大げさでもない。

*

弟の前では内緒にしていたのだが、じつのところ、ナツメが愛用してきた眠り薬は、弟のライバル会社がつくる〈アブサン〉一辺倒だった。

ナツメの不眠症は、東京が〈不眠の都〉と呼ばれる前からの持病で、そのころはまだ、〈クロマイ〉も〈アブサン〉も存在せず、探偵の仕事で耳にした〈ダーク・ルーム〉を、もっぱら利用していた。

「ひとむかし前に流行《はや》った〈懺悔《ざんげ》室〉を改造したものです。外部から隔離されているし、基本、窓もなくて、防音も万全。眠りを誘う部屋としてちょうどいいですよ」

その噂どおり、〈ダーク・ルーム〉はナツメの嗜好《しこう》に完璧にフィットした。

通い始めたときはまだ二十代だったが、ひとりで眠るのではなく、添い寝をしてくれるドゥーブルたちの存在に、とりわけ魅かれた。中でも、美冬《みふゆ》という名の、おそらくはナツメよりも歳上のドゥーブルに出会ったことが大きい。

初期の〈ダーク・ルーム〉は、その名のとおり、部屋ありきで始められた癒《いや》し系睡眠導入ビジネスで、それゆえ、個室サービスの風俗店と混同されたが、東京に不眠が蔓延してからは、名称を〈クモリゾラ〉に変えて、従業員をすべてドゥーブルに統一していた。

　ドゥーブルは男にして女、女性にして男性の体に改造された人為的な両性具有者で、「アンジェル」や「ふたなり」とも呼ばれ、ある哲学者は、彼／彼女たちを端的に「ゼロゼロ」と称した。

「ゼロゼロとは、対戦結果がゼロ対ゼロであったときに云う、あのゼロゼロです。壁による首都の二分化以降、われわれには、《潜在的二項対立》とでも呼ぶべきものが刷り込まれました。右か左か、白か黒か、子供か大人か、男か女か。こうした風潮に小気味よく風穴をあけてみせたのがドゥーブルです。彼／彼女たちは、男でも女でもなく、晴れでも雨でもありません。いつからか、〈クモリゾラ〉と名乗り、曇り空をいろどるグレイ・トーンの豊かさを体現しました。彼／彼女たちは、東と西のどちらが勝ったのか負けたのかに、ハナから関心がありません。すなわち、その勝負は永遠にゼロ対ゼロであるべきだと主張しているのです」

「主張なんかしてませんよ」

　彼／彼女はナツメの背中に手をあてて甘い声を出した。

「あたしたちドゥーブルは、ただひっそりと静かにしていたいだけなんです」

「あの、ほのかな光の照明器具は、どこの国のもの？」

ナツメの問いに、「行灯《あんどん》ですよ」と彼／彼女は微笑した。「照明よりもね」あたたかい指先が、ナツメの肩甲骨《けんこうこつ》をゆるやかになぞってゆく。

「大事なのは、この闇の方です」

どの部屋も広さは四畳半にも充たず、天井はほどよく低めにつくられていた。

まるで、昔の屋根裏部屋で、隣の部屋から聞こえてくるような音量で、三味線の響きに似た弦楽器を誰かがつまびいていた。ひとつ音が鳴り、次の音が聞こえるまでの間合いが絶妙で、こころよい。

決して裸になる必要はないのだが、時間が経つほどに自然と衣服は体からはなれ、部屋の隅に焚《た》かれた控えめな香を身にまとう心地になって、ゆっくりと流されていった。流れているのか流れていないのか、夜の川辺で月をうつした水面の動きを見きわめるように部屋の中で少しずつ動いてゆくものを全身で感じとる。

そのうち、動いてゆく時間さえ消え、誰かが手綱《たづな》を手放したように、いっさいの約束ごとから切りはなされた。

ここがどこでもなくなって、ドゥーブル特有の輪郭のぼやけた声が、近くなったり遠くなったりする。彼／彼女たちの夜伽《よとぎ》は、いつでもそうして始まりも終わりもなかった。ただ長い物語を語り継いでゆくことで流れてゆく。

が、あとになって思い出そうとしても、それがどんな話であったか、ナツメはひとつも思い出せなかった。

耳の穴に注ぎこまれた声の感触だけがのこり、いつからいつまで眠っていたのか、もはや確かめようもない。深い水の底から息をとめながらあがってきて、ようやく水面へ顔をつき出したところで、かならず目が覚めた。窓のない部屋であっても、清浄な朝の空気が感じられ、いつのまにか着せられた木綿の寝間着の肌ざわりに日常へ戻された。

通うたび、ナツメの相手をするドゥーブルはうつり変わり、十人をこえた何人目だったかに、ようやくナツメは美冬と出会った。それからは美冬だけを指名し、手順も声も指のあたたかさも同じだったが、美冬には、それまでのドゥーブルにはなかった無邪気さが感じられた。

「どうして、あたしなんですか」

美冬は何度目かの夜伽が始まる前に、消え入るような声でナツメに訊いた。

「探偵の勘かな」とナツメはうそぶく。

「探偵さん——なんですか」

（しまった）と心の中で舌を出したが、もう遅い。それに、〈クモリゾラ〉では——というより美冬の前では、なるべくありのままの自分でいたかった。

「ということは、ナツメさん、もしかして——」

美冬は睡眠導入のための施術の手をとめ、

「誰かにたのまれて、美衣《みい》を探しているんでしょうか」

「ミイ？」

「いなくなってしまったんです。もうずいぶん経ちますが——あのお話のとおりで」

（噂は本当だったのか）とナツメは一瞬、体をこわばらせたが、

「あのお話って？」

と無関心を装った物憂げな声のまま訊いてみた。

「あのお話です——あの本に書いてあった」

「あの本？」

本のことは知らなかった。


たまたま食堂の大ママと「不眠」の話になったとき、あいかわらず大ママは不眠におちいる脆弱《ぜいじゃく》な都民を鼻で笑っていたが、流行り出す前から長らく不眠に悩まされていたナツメには、「どう、眠れてる？」とやさしく声をかけてきた。

「食堂のお客さんがね、アンタが通ってる添い寝屋の話をしていて——その店には伝説があって、もうずいぶんと昔のことだけど、〈姫〉って呼ばれてた子がいなくなったとか何

とか。アンタ、その〈姫〉って子、知ってる？」

「いや、知らないけど」——それは本当だった。

「その子はどうも、毒を盛るように客に酒を飲ませていたんだって。それで、みんな最高の眠りが得られたと錯覚して——そうなの？　そこって、添い寝をしながら客にお酒を飲ませたりするわけ？」

「いや、お酒は出ないけどな」

　ナツメはそう答えたが、本当を云うと、思い当たることがないわけでもなかった。

　あからさまにそれとわかる罎《びん》やら盃《さかずき》やらが目の前にあらわれることはない。が、たとえば、眠りのとばくちに口から口へ移されるやり方で、わずかな湿り気を感じるときがあった。なんら不審にも思わず、ひたすら身をゆだねているので、ともすれば、記憶にものこらない。仮に、眠りを誘う酒や薬が口の中に注がれていると気づいても、相手が美冬なら自分は拒まない——そう思って、ナツメは顔を赤らめた。

　個人的な事情に動揺したせいか、探偵的興味が後退して、「〈姫〉の失踪」という、本来なら身を乗り出してもいい話を右から左へ受け流していた。

　そのツケが、いまになってまわってきた。

「あのお話」や「あの本」といったオマケまでついて、ひとまとめになって一気に突きつけられた。

「教えて」とナツメは探偵に戻りつつあるのをおさえ、あえて、気だるそうな声色のまま美冬にせがんだ。寝物語の延長として聞くともなく聞いているふりをし、美冬の次の言葉を、いつもどおり目を閉じて待った。

「そんなお話が書かれた本があるんです」

「そんなお話？」

「本当はだめなんです。云ってはいけないんです。つまりその——施術中に、他のお客さまの話はしないようにって」

「客というのは、〈クモリゾラ〉の客ということ？」

「はい。でも、詳しいことは云えません。ただ、本を置いていったのは男のお客さまで——つい、このあいだのことです」

「どうして、置いていったのかしら」

「それは——やはり、誰かに伝えようとしたからではないでしょうか」

「その、本に書かれた——」

「物語をです」

「それで、その本はいまどこにあるの？」

「いまは美咲《みさき》さんが読んでいるところです」

美咲という名前にナツメは覚えがあった。〈クモリゾラ〉に所属するドゥーブルたちは、みな揃って、名前に「美」の一字をもっている。

「その本、わたしも読んだりできるのかな」

「それは――さぁ、どうでしょう」

「でもね、もし、そのいなくなった美衣さんを探し出したいなら、わたし、さっきも云ったとおり、いちおう探偵だから、たとえば、その本に書かれていることを手がかりにして、本格的な調査を始めることもできるんだけど」

「ええ、そうですよね。きっと、そうするべきですよね」

美冬は云いよどんだ。

「でも、美衣さんがいなくなってからずいぶん時間が経っていますし、なにより、お客さまから、お預かりしている本なので」

そう云われて、ナツメは言葉を失ったが、しばらく考えて、「じゃあ、物語はそのあとどうなっていくの？」と食いさがった。

「いくつか短いエピソードが並んでいるんですが、どれも最後まで書かれていないんです。添い寝屋からひとりの天使がいなくなり、その正体は〈姫〉だった――それだけです」

「美衣さんは、みんなから〈姫〉って呼ばれていたのね」

「ええ、そうです」

「それはどうして？」

「それは——いえ、分かりません。ごめんなさい。わたしもうこれ以上、お話しすることはできません」

二人のあいだに静寂が戻ってきて、ナツメはその静けさをしばし味わい、「じゃあ、もうひとつだけ」と充分な間を置いてから静かな声で訊いた。

「その本の題名は何というの？」

美冬はゆっくり思い出すように答えた。

「『眠り姫の寝台』です」

*

毎日ひとつずつ空の段ボール箱を積み上げていくような手ごたえのない日々だった。何ひとつ生まれず、誰ひとりやって来ない。

シュウは社屋から歩いて十五分の距離にある無機質な二階建てビルに通っていた。とてもオフィスとは思えず、どこからどう見ても倉庫である。間に合わせの古い机を社屋から運んで二階に置き、一階には本棚を並べて資料を集めるつもりだった。しかし、何を集めていいか分からない。そもそも、シュウは化学者ではなかった。

「気にするな。欲しいのはアイディアで、技術はこちらにまかせてくれ」

山岸にそう云われたが、基本的な知識がなければアイディアの出しようがない。つくりたてのぴかぴかした〈バブルガム課〉のプレートが、日に日に白々しく見えてきた。

唯一の発見は、すぐ近くに〈ドリーム8〉の社員だけが利用できる資料館があったことだ。そんなものがあること自体はじめて知ったし、さらに云うと、資料館から五百メートルくらいのところに、〈クロコダイル・バーガー〉というハンバーガー屋があった。

外壁におびただしいひびが見られる資料館と、ほとんど客が来ないハンバーガー屋。それに、以前から通いつづけている温水プール。この三つを地図上でつなぐと、いかにもきっちりとした正三角形になる。

その三つの場所を行き来することで、シュウはどうにか時間をやり過ごした。空の上から眺めたら、彼の足あとが、三ヵ所を結ぶ点線のように見えただろう。

ある日、昼の休憩時間に、〈クロコダイル・バーガー〉の窓ぎわの席でチーズ・バーガーを食べていると、窓の向こうに、資料館の館長である谷口《たにぐち》京《きょう》子《こ》さんの姿が見えた。

なぜ、ろくに挨拶《あいさつ》を交わしたこともない谷口さんのフルネームをシュウが知っているのかというと、谷口さんはＩＤ板を空中投影することを嫌い、そのかわり、自前の古風な名札を胸に安全ピンで留めていたからだ。服装、髪型、話し方のどれをとっても、前時代的というより、絶望的なまでに地味で、その話し方は、画一的であることを身上とした〈窓ロロボット〉の口調によく似ていた。
「こんにちは」「ＩＤを提示してください」「ありがとうございます」「では、どうぞ」

資料館へは毎日のように足を運び、何か参考になるものはないかと、ひとまず一般書籍が並べられた書架をひととおり見てまわった。が、シュウには自分が手に取るべき本があるとは思えず、そもそも、「覚醒」の参考になるのは、どんな本なのか見当もつかなかった。

谷口さんが常駐するサポート・デスクで、シュウはＩＤ板をフロートさせ、彼女が確認しているあいだ、ボールペンで書かれた谷口さんの名札を見た。それだけが、資料館で繰り返される毎日の儀式だった。

ときどき、谷口さんが「こっくっけっ」と背を丸めて不思議な咳《せき》をするので、その様子に、あるいは彼女の年齢は四十歳を超えているかもしれないと踏んでいた。

ところが、胸の名札をよく見たところ、何度もなぞるように太書きされた「谷口京子」の四文字の下に、ほとんど消えかけた極小文字で基本情報が記されていた。

シュウはこういうときのために装着していた拡大機能付きコンタクト・レンズをリストバンドのコントローラーでこっそり操作し、二百五十倍に設定すると、ようやく、何が書いてあるか視認できた。

〈タニグチ・キョウコ。二十七歳。社歴六年。ユニバーサル暗算検定七段。東京都出身。

〈ドリーム8・第三資料館〉総合統括取締館長

シュウとさして変わらない年齢にも驚いたが、資料館はいつ行っても谷口さんしかいないのに、大層な肩書きがついているのが、可笑《おか》しさを通り越して、どこかもの哀しかった。

その谷口さんが、〈クロコダイル・バーガー〉の窓の向こうに姿を見せた。シュウが口へ運びかけたハンバーガーを宙に止めて見守っていると、驚いたことにシュウの方へ——店の方に向かってまっすぐ歩いてくる。

薄暗い資料館の中で事務的な手続きだけを交わしてきた谷口さんの姿を、シュウは初めて開放的な昼の光のもとで見た。ひと時代前の映画やドラマであれば、こうした場面で見違えるように輝いた谷口さんを見出すのかもしれない。

しかし、谷口さんは陽の光の下でも、そこだけモノクロ映像のようにくすんで見えた。店の前でぎこちなく足をとめ、それから意を決したように中へ入ってくると、店内のカラフルな装飾に縁どられて、なおさら谷口さんは色を失っていった。

何かつぶやいている——。

こういうとき、シュウの大きな耳は超人的な威力を発揮した。ID板に明記してもいいくらいで、その耳の特異さは、いったん取りはずした耳を百五十パーセントに拡大して付けなおしたみたいに見えた。

これは姉のナツメも同じで、さらに云えば、ナツメが首から提げている〈ルビー〉の中に封じられた父親の写真にも、そっくり同じ耳が見つかった。

何年かに一度、本当に面白くないことがあって、むしゃくしゃしたとき、シュウとナツメは〈ルビー〉のホールドを解いて、ビームを部屋の壁に投影した。古い写真から起こしたものなので、少しぼやけているが、ルビー色の光の中に浮かび上がる父親の写真を見るなり、二人は声をあげて笑った。みんな同じ大きな耳をしているのが、なんだか可笑しくて笑ってしまう。

その耳で、シュウは谷口さんのつぶやきを聞いた。

(ロイヤル・クロコダイル・バーガー。プレミアム・セット。ピクルス抜き。ハード・オニオン。クラッシュ・エッグ。オレンジ・マスタード。白オイルなし。黒オイルあり。ビギナーズ・ラック優待ドリンクはマダガスカル・コーラで)

おそらく、資料館からの道すがら、延々と唱えつづけてきたのだろう。

そのつぶやきどおり、谷口さんは無事にオーダーを済ませると、最後の仕上げのように、「持ち帰りでお願いします」と付け加えた。

シュウは谷口さんのオーダーを聞きながら、目の前に置かれた自分のプレートを眺め、これまでに経験のない奇妙な連帯感を覚えた。「ビギナーズ・ラック優待ドリンク」を除いて、すべて谷口さんのオーダーと同じだった。確率としては、同じ場所に二度、隕石《いんせき》が落ちてくるくらい稀なことだ。

谷口さんは見るからに緊張していて、オーダーを済ませると、直立不動のままカウンターの一点を見つめていた。シュウが店の中にいることにまったく気づかない。その姿を見ているうち、シュウはほんの少しだけ谷口さんに色や温度が兆《きざ》してくるのを感じた。

もし、このときの奇妙な連帯感がなかったら、シュウは谷口さんに声をかけることもなく、資料館に通うこと自体、やめてしまったかもしれない。

（もしかして――）

シュウは温水プールに体をゆだねているとき、啓示とも思えるものを見出した。

（あの人なら、自分が探しているものをピンポイントで云い当ててくれるかもしれない）

その希望的観測は三日後に現実のものとなった。

谷口さんが、〈クロコダイル・バーガー〉の入口で迷いながら一歩を踏み出したように、シュウはいつもどおり、ＩＤのフロートを済ませると、谷口さんの「では、どうぞ」を聞く前に「あの」と声をかけた。

「はい」と谷口さんは、ほとんど初めてシュウの目を正面からまっすぐに見た。

「あの、じつは探しているものがありまして」

「ええ」――谷口さんは拍子抜けするほど、あっさりと応えた。「ここへいらっしゃる方は、皆さん、何かしら探しています」

「ああ」とシュウはフロートしたままだったＩＤをあわててダウンさせ、「でも、何を探したらいいのか探してください、とお願いしたらおかしいですよね」

　そこで谷口さんは、一度はずした視線をいまいちどシュウに向けなおした。

　サポート・デスクのダウンライトの下で、例によってグレイ・トーンのカーディガンを着た彼女は、シュウと目を合わせるうち、その瞳が蒼《あお》みを帯びてきたように見えた。

　海の蒼さだった。

　途切れた雲のあいだから陽がのぞき、それまで色を失っていたモノクロの海が本来の色を取り戻したかのような蒼だ。

「ヒントをください」

　谷口さんの口がそう動いた。

「二見さんは、〈バブルガム課〉の主任でいらっしゃいますが、バブルガムの研究をなさっているわけではないですよね？」

「どうして分かるんです？」

「もし、本当にガムの開発をされているなら、二見さんからそれなりの甘い匂いを感じるでしょうし、そうした物理的なこともそうですが、これまでの経験からも分かります」

「それは、どういう経験でしょうか」

「一例を挙げれば、〈クロロホルム・マイルド〉を発明した山内《やまうち》さんは、開発がまだ極秘プロジェクトだったころに、〈チーズ・フォンデュー課〉という幽霊部署をＩＤ板に登録していました」

（そうなのか）とシュウは少しばかり驚いた。（こうした茶番はいまに始まったことではなかったのだ）（だとすれば、社員の多くは、自分が無謀な部署に飛ばされたことを察知しているかもしれない）（そうだったのか）（だったら、かたくなに秘密を保持する必要などないじゃないか）

「ヒントは〈王子〉です」

迂闊《うかつ》にもらしてはならないと念押しされたコードネームを、（茶番だと分かっているならいいだろう）と自分に云い訳をして、谷口さんにあっけなく吐露《とろ》した。軽はずみな気持ちで口にしてしまったという後悔がよぎったが、谷口さんは、「〈王子〉ですか」と急に小声になって、あたりを見まわした。

「それだけで、もう充分すぎるヒントです」

「そうなんですか」

「二見さんは、『いばら姫』をご存知でしょうか」

「イバラヒメ？」

その反応で、シュウが生まれてはじめてその言葉を口にしたことを、谷口さんは正しく見抜いていた。

「『いばら姫』はグリム兄弟が書いた童話の題名です」

「童話ですか」

「童話といっても、グリム兄弟が編纂《へんさん》したお話の多くは、古来、人の口から口へと伝えられてきた物語の——何と云ったらいいんでしょう——ちょっと大げさに云えば、物語の魂のようなものです。もし、〈ドリーム8〉が開発する商品に〈王子〉というキーワードが関わってくるのだとしたら、その〈王子〉とは、おそらく『いばら姫』の〈王子〉に違いありません。なにしろ、その物語は、百年の眠りについたお姫さまを〈王子〉が目覚めさせるお話ですから」

「百年の——眠り？」

シュウが、「眠り」という言葉に力をこめて谷口さんの目を見ると、その瞳はまた一段と蒼みを増しているかのようだった。

「『いばら姫』にはもうひとつの呼び名がありまして、もしかすると、そちらの方が知られているかもしれません」

「もうひとつ？　なんというんですか」

「『眠れる森の美女』——またの名を、『眠り姫』です」

この都にはいまアクビが蔓延しています

03

天使も怪物も眠る夜

「続報です」とラジオから森川ブルーの声が響いた。

先の台風で転覆した、輸送船〈マヤ〉に搭載されていた八万五千冊の本についてです。

その行方はいまだ不明のままですが、この件に関して、愛読家秘密結社〈ロンリー・ハーツ読書倶楽部〉より、関係各位にスピード・ボイスが届きました。

部長のグスコー、ブドリ両氏は、「それらの本は、あくまでわれわれがオーダーしたものではないのですが」とことわり置き、「とうてい見過ごせない事態です。これは単なる自然災害ではなく、すべては、〈ガーデン〉による陰謀に違いありません」と厳しい口調で抗議しました。「そもそも、この問題は〈ガーデン〉の行き過ぎた調査に起因し――」

「そんなはず、ないだろう」

渋谷区ヒガシ町のチャージ・スポットでラジオを聴いていた男がつぶやいた。

「〈ガーデン〉を、なんだと思っているんだ」

男は〈ガーデン〉の二等調査員である五夜《ごや》という名の若輩《じゃくはい》で、若輩ゆえの至らなさか、それとも、持ち前の気骨が空まわりしているのか、〈ガーデン〉という組織の中でひとり浮いていた。

〈ガーデン〉はもともと民営であったものを、国が名称と人材を継承して起《た》ち上げた特別調査機関である。検査部と調査部の二系統に分かれ、「自らを律するために」という名目のもと、いかなるケースにおいても、査察の対象は官民の分け隔てがなかった。

しかしそれゆえ、

「〈ガーデン〉さえ手なずけてしまえばこっちのもの」

といった風説が広まり、そうした見出しが躍る暴露記事が、ゴシップ・サイト〈サイレント・アローズ〉によって、何人もの政治家たちに突きつけられてきた。

結局のところ、官と民がおたがいを疑いつづけることに変わりはない。「そんなはずがないだろう」とつぶやいた五夜にしても、とりわけ裏事情に通じているわけではなく、彼にはただ、先祖代々、受けつがれてきた愚かしいほどの実直さが備わっていただけである。

ついでに云うと、彼はかねてより自分が愛読家であることを公言していた。

たまたま、スコーピオンの充電が底をつきそうになっていたのでチャージ・スポットに立ち寄り、時間しのぎにラジオを聴くうち、ふいに飛び込んできた「愛読家」という言葉に反応したのだ。

複雑な思いだった。彼個人としては、〈ロンリー・ハーツ読書倶楽部〉に名を連ねたいくらいで、しかし、〈ガーデン〉はすでにこの密輸に関して調査済みだった。海に消えた八万五千冊の本をオーダーしたのが、グスコー氏とブドリ嬢であることもいち早くつかんでいる。ようするに、〈ガーデン〉は彼らを黙認するべく、あえて見のがし、調査書には「検討中」と記すのみにとどめていた。

五夜は深呼吸をして気をとりなおし、てのひらに載せたスコーピオンのチャージ・メーターを目を細めて確認した。その小さな黒い筐体《きょうたい》は、二等調査員のみに支給される携帯型センサーで、およそ、あらゆる異変を正確にとらえる特殊な検知器である。

（フルチャージまで残り二十五％）

彼は、気合いをいれた調査のときは、かならずスコーピオンを万全の状態にして臨《のぞ》んだ。目的地がチャージ・スポットから近かったこともある。

そのビルは、〈渋谷サード〉を象徴する建物で、R階すなわち屋上に、一世紀前の記憶を呼び戻すべく、オールドスタイルのプラネタリウムを設置していた。

それなりに客を集めていた時期もあったが、ほどなくして壁が建ち、ノスタルジックな都市開発を目指していた〈渋谷サード〉は、話題と関心を壁にうばわれて未完のまま忘れ去られた。フラッグシップとしてつくられたプラネタリウムは早々に閉じられ、やがて、ビル全体からテナントが撤退して、いつからか幽霊ビルディングのひとつに数えられている。

それゆえ、そのほとんど廃墟と化したR階に、まさか高名な老博士の研究室があるとは誰も思わない。博士そのひとは研究の特異性が注目されて、たびたびメディアにとりあげられ、とても老博士とは思えない容貌と声色から、巷では「コドモ博士」と呼ばれていた。博士の本当の苗字が「コダマ」であったことも手伝っていたが、身長に限らず、すべてが小ぢんまりとした体型と、ときおりのぞかせる幼児的ふるまいが、そう呼ばれるのにふさわしかったからだ。

五夜はスコーピオンがフルチャージになると、コドモ博士に指定された午後十二時三十四分という微妙な時刻をめざして、幽霊ビルの非常階段をのぼっていった。

ビルの表口は閉鎖されて久しい。この先、朽《く》ち果ててゆくばかりのビルは七階建てという結構な高さで、ここ数年、東京にはこうした幽霊ビルが、年々、増えていた。そうしたビルの多くは先行きが見えず、改築も取り壊しもできないまま無惨に放り出されている。

東京はどこもかしこも傷だらけだった。老いを隠せなかった。

そのうえ、都民の大半が重度の不眠症におちいり、「因果関係は不明である」とされているが、いつからか、三面記事をにぎわす奇妙な小事件が多発していた。

中でも、都内の複数の動物園から、深夜、数回にわたって動物たちが脱走したという事件は、いかにも不可解な点が多かった。〈ガーデン〉としては、本腰を入れて調査すべき案件になっていて、五夜は、まさにこの「動物失踪事件」の担当だった。まだ報道はされていないが、脱走は何ものかが檻《おり》をこじあけて解放したものに違いなく、しかし、それ以上、何ら手がかりもない。

ところがある日、「消えた動物たちの行方」と題した論文が壁新聞〈東京ファントム〉に掲載された。その筆者こそコドモ博士で、「消えた動物たちは、いずれモンスターとなって帰ってくる」と博士は主張していた。博士の専攻は生物学であったから聞き捨てならず、失踪はあくまで「生物学的な淘汰を予告したもの」であり、人為的な解放ではなく、「動物たち自らの意志によるもの」と断定していた。

「研究室の入口は七階の非常口です」

五夜は博士からそう教わっていたが、非常口とは名ばかりのとんでもない代物《しろもの》で、ドア自体はとうに失われ、ドア枠すら、ほとんど痕跡がなかった。まるで爆破されたかのようで、ほの暗い穴が口をあけて、かろうじて「非常口」を示すぼんやりとした光が廊下を緑色に染めていた。

五夜は反射的にポケットの中のスコーピオンを汗ばんだてのひらで握りしめた。

とりあえず、危険を示す反応はない。

まずは安心して廊下を進むと、暗さはさして変わりなかったものの、懐古調の眠たげな照明によって、かつてプラネタリウムの券売所であったと思われるアーチ状の看板を掲げた窓口が見えた。その横には当然の如くエントランス・ゲートもあり、照明が万全ではないせいか、怪しげな蠟人形館の入口のように見えた。

さて、どうしたものか、とゲートの前で立ち尽くしていると、不意をついて、

「たっぷり」

という声が五夜の背後から聞こえてきた。振り向くとそこに、まさしく子供のような博士が立っていて、

「本日は、ぜひ、たっぷり」

と繰り返す声が受付を中心としたロビー全体に響いた。

どうやら、フロア全体が研究室に改造されているようだ。

声が響きわたるのと呼応するように、五夜の目も薄暗さに慣れ、あらためて見まわすと、ロビーには古びた椅子や机が雑然と並べられていた。奇妙なかたちの装置や道具らしきものも所狭しと配されている。

「おもちゃ箱をひっくり返したような」と昔の本にはそんな云いまわしが見受けられるが、まさにそれである。博士を中心としたその空間は、緻密《ちみつ》な銅版画でいろどられた古めかしい本をひらいたときのようだった。

「たっぷり、お話をしましょう」

その声もまた、たしかに子供のようで、子供の声に老人の声が重ねられたような——一人でありながら二人でもあるような——奇妙な声だった。

「ゴヤ君と云いましたか、君がここへ何をもとめていらっしゃったのか、ぼくはもうすっかり知っているんです」

　博士は話しながら手招きをし、並べられた椅子と机の一角を指差すと、

「どうぞ、そちらへ」

と五夜を促した。云われるまま、五夜は木製の古びた椅子に腰をおろし、畳ひとつ分ほどの大きなテーブルを挟《はさ》んで博士と向き合った。

「モンスターのこと、そして魂のことでしょう？」

　博士は頭髪を額になでつけながら、ゆっくりとそう云った。

　季節はずれではあったが、オーダーメイドと思われる上等なツイード・ジャケットを着ていて、きちんとプレスされたミント・グリーンのボタンダウン・シャツをあわせている。左の耳たぶには、くすんだ水色のピアスが光り、右手の親指と中指には凝《こ》った細工が施《ほどこ》された銀の指輪をはめていた。

「はい？」と五夜は訊き返す。「魂——ですか」

「だって、ぼくはもともとそっちの方を研究してきたわけです。生物学者なんて肩書きは、

世間が勝手につけたものでしてね、ぼくは、そうしたひとつの範疇《はんちゅう》におさまるようなことには興味がありません。あ、コーヒーをいれましょう。いいのが手に入ったんです。最近は、カフェインが蔑視されて、ろくにコーヒーも飲めないでしょう？　まったく、嘆かわしい限りです」

　博士は立ち上がって券売所へ入っていき、ひとしきり金属的な音を楽器のように響かせると、いつの時代の遺物かというような臘引きの紙コップを手にして戻ってきた。紙コップには湯気のたつブラック・コーヒーがたっぷり注がれている。

「ね？」

　博士はビー玉のような目を輝かせた。

「ぼくは、世間で噂されているような子供ではありません。お客さんがいらっしゃったら、こうして、おいしいコーヒーで歓待しますし、毎週、歯医者に通って、ほら、歯並びの矯正《きょうせい》だってしているんです。子供にはとうてい理解できない難しい本をたっぷり持っていますし、なにより、ぼくはこれまでに着用したすべての衣服を大切に保管しています」

　五夜は、めずらしげに紙コップを手に取ると、コーヒーの香りを吸い込みながら、ぎこちなく口をつけた。

「お見せしましょう」

　最初は、博士の云っていることが理解できなかった。

しかし、百聞は一見にしかずである。壁ぎわに垂れていた黒いビロード生地のカーテンが開くと、天井の高さのぎりぎりまで、びっしり、衣装ケースが積み上げられていた。ハンガーに吊るされた上着やシャツが、これまた天井まで折り重なるように陳列されている。

「ぼくの歴史です」

博士はそう云って、ハンガーにぶらさがった上着のひとつを引き寄せた。素早くツイードのジャケットを脱ぎ、ハンガーからはずした作業着らしき青いカバーオールを、うれしそうに羽織った。

「少し太ったようです。いささか窮屈だ。といっても、ぼくがこの作業着を着ていたのは二十代の終わりで、ちょうど、いまのゴヤさんと同じ頃です。その頃、ぼくは博物館の裏手にあった剥製《はくせい》工場で働いていました。毎日毎日、小さいのから大きいのまで、ありとあらゆる動物の剥製をこしらえていたんです。大変な重労働でした。かろうじて、指の先に載るような小さな生きものも、クジラのような化けものじみた巨大な生きものも、どれも、皆、同じでした。みんな、魂ってヤツを持っているんです。でね、剥製というのはつまり、その魂を抜きとること——ええ、そうです、しっかり確実に魂を抜きとってやらないと、剥製は完成しません」

青い作業着を着た博士は老人でも子供でもなく、たしかに五夜と同じ青年のような色つやの肌に戻っていた。もちろん錯覚だろうが、あたかも、そんなふうに見える。

「ここにある服は、どれもぼくの剝製です。そのときそのときのね。抜けがらですよ。逆に云うと、もし、失われた魂を呼び戻したいなら、戻ってきた魂の容《い》れものを――ええ、つまり剝製をです、こうして、しっかり保管しておかないと」

（このひとは一体、何を云っているのだろう）

五夜は大いに訝《いぶか》しんだ。

この雲をつかむような魂の話と、自分のもとめている「動物失踪事件」の手がかりが、どこで、どう結びつくのか。

「いや、本当にお見せしたいのは、これではないのです」

博士は肩をもぞもぞさせて、青い作業着を体になじませ、

「中へどうぞ」

博士に背中を押されるかたちで、五夜はエントランス・ゲートをくぐった。

「ここもまた、云わば、魂を抜かれた抜けがらです」

百年近く前の渋谷に存在していた、きわめて古典的なプラネタリウムを再現したものだった。ドームをぐるりと囲むドーナツ状の廊下も、防音仕様のやけに重たい扉も、いまではまず見られない。

扉を押してドームの中に入ると、そびえ立つ銀色の曲面が、わずかな光にぼかされて周囲に浮かび上がった。

昔はこうした巨大スクリーンを利用したバーチャル・トリップが流行し、複数の観客が同じ仮想体験をするのが主流だった。

この百年のあいだに、疑似体験の精度は極限まで引き上げられたが、「大衆」という言葉が実体を失っていくにしたがい、昔のように、皆が一緒に楽しむことが少なくなった。いつからか、「仮想見物」は個人の経験に根ざしたものとなり、決して共有できないという特性から、夜に見る「夢」とよく似たものになった。

「その夢もまた、この都を支配した慢性的な不眠によって、アクビと化しました」

博士がドームの真ん中に立って指揮棒のようなものをひるがえすと、ドームを照らしていた淡い光が消えて、場内は完全な闇に沈み込んだ。

「この都には、いまアクビが蔓延しています。おかしな話です。アクビは出るのに、いざ眠ろうとすると眠れない。夜に眠れないので、昼間は、いよいよアクビばかり出ます」

そう云って博士は――闇に沈んで姿かたちは見えなかったものの――大きな口をあけて、アクビをひとつしてみせた。

「ところでゴヤさん、このアクビというもの、こいつは一体なんだと思います？　こいつはですね、いいですか、ぼくの本当の研究はこのアクビというものにヒントがあるんです。なぜなら、このアクビこそ、魂の正体だからです。アクビをひとつ吸い込むたび、体から魂が少しずつ抜けていくんです」

五夜は博士につられて自分もアクビが出そうだったが、あわてて口を閉じて、出かかったものをぐいと呑み込んだ。

「いいですか、無防備に口から放出されるものに注意しなくてはなりません。アクビやクシャミやタメイキといったものです。もちろん、言葉もそう。声であり、歌もそうです。昔は本当に歌声に魂がこもっていました。その証拠に、魂という文字をよく御覧なさい。云う、という字が含まれているでしょう？」

五夜は暗闇のスクリーンに文字を思い描いて、「なるほど」と声をあげた。

「そして、これです」

闇の中で指揮棒をふりかざす気配がつたわり、次の瞬間、五夜を取り囲む視界のすべてが森になった。

見上げると、晴れた空が映し出され、ドーム内のスクリーンいっぱいに青い空と緑の森が投影されている。

フライング・レンズによるものだろうか、視界が少しずつ上昇し、緑の領域を脱すると、四方にあった植物群が五夜の足の下に見えた。

「オリジナルのプラネタリウムは、夜空を見上げることに特化したものでした。しかし、復元されたこのシステムは、現代のニーズに合わせて、足下にもドーム形スクリーンを追加しています」

透明セルロース・ファイバーでつくられた床の下に、それが透けて見えた。頭上のドーム形スクリーンが、そっくりそのまま床下にもあり、頭上と足下を合わせると、完全な球状のスクリーンになる。その全方位に映像が映し出され、まるで、巨大な球体の中に浮かんでいるようだった。

こうした「全方位映像」の進化は、３Ｄの時代を終えたあと、網膜《もうまく》調整型に移りつつあった。この前時代的で大がかりな仕掛けは、フィジカルに直接訴え、クローズド・システムしか知らない世代の五夜にしてみれば、実際に地上から空へのぼる心地になって、恐怖すら覚える。

「ここが、どこだか分かりますか」

博士の質問に五夜が答えあぐねていると、

「これは、リアル・タイムで受信している、ただいま現在のバラ線地帯です」

博士の話しぶりは、どこか得意げだった。

「フライング・レンズではなく、ぼくが開発した〈虫の眼〉という超小型滞空レンズを使用しています。肉眼では、まず確認できないほど小さなレンズで、二十四時間、休むことなく、三ヵ月は滞空が可能です。すでに一ヵ月ほど観察してきましたが、それでようやく判明したんです」

視点はみるみる昇りつめ、広大なバラ線地帯のほぼ全域をとらえていた。

五夜はこれまで、マルチ・マップで精査したことはあったが、実際の映像で俯瞰《ふかん》するのは初めてだった。

「動物たちは、ここに逃げ込んでいます」

「バラ線地帯にですか？」

「あそこを御覧なさい。ひときわ緑の濃いところから白い霞《かすみ》のようなものがのぼっているでしょう？　それが空の上に集まって、雲になっています。あれが何だか分かりますか」

五夜には想像もつかなかった。

「あれこそ、失踪した動物たちの魂です。アクビです。クシャミです。タメイキです。それらがひとつに集まって、ああして雲になる。もう、お分かりでしょう。雲という文字にもまた、云う、という字が含まれています。あの雲には彼らの声が含まれていて、ぼくにはそれが聞こえます。彼らはいま、助けてくれ、と叫んでいるんです」

＊

コドモ博士が上空に設置した〈虫の眼〉は、政府の巡視用フライング・レンズよりも、はるかに鮮明にバラ線地帯を映し出していた。

壁が建てられる少し前、このあたりは大規模な都市開発が予定されて広大な更地《さらち》になっていた。その更地を、まっぷたつに分断するように壁が建ち、最初は壁の存在そのものに反対する連中が、更地を横切る壁の一部をハンマーで壊しはじめた。

　小さな決壊は日増しにひろがり、人々はそこから自由に行き来をして、このエリアだけ都民自らの手によって分断を解いた。壁の向こうとこちら——東と西に分かたれた者たちが、この場所で顔を合わせて、もどかしげに言葉を交わした。抗議の思いをぶつけ合った。そして、それがやがて争いに発展していった。

　そうした一連の出来事が誰かの思い描いたシナリオどおりであったかどうかは分からない。しかし、壁の出現によって、たしかにそこで争いが起きた。

　いま、バラ線地帯を横切る壁は、ジャングルと化した一帯にとって、方角を見きわめるための貴重な目印になっている。その目印に疲れきった体をあずけ、「モンキー・レンチャー」のサルが、地中から掘り起こしたブツの品定めをしていた。

　数年前までは、〈捨て屋〉が落としていったものがどれも金になった。しかし、このごろは〈捨て屋〉自体が東京にいない。そのせいか、サルのガラクタ集めは、いつのまにか地中にまで及び、掘り起こされたものは、ガラクタとも呼べないゴミばかりになった。

　乾いた泥をぬぐい、そのあたりに生えている湿気を孕《はら》んだ大ぶりな葉をむしりとって、掘り出したブツを磨いてゆく。

思わぬものがあらわれて、ぎょっとすることもあった。

ついこのあいだも、拳銃が一丁出てきて、誰もいるはずがないのに、思わずあたりを見まわした。よく見ると、それは「銀玉鉄砲」と呼ばれる百年前の子供用おもちゃで、存在は知っていたが、サルが子供の頃、すでに過去の遺物になっていた。ところが、最近になって復刻されたらしく、ピストルに詰め込む弾丸——すなわち銀玉の生産が、「追いつかないそうです」と、森川ブルーが夕方のニュースで伝えていた。

そのときブルーは、つづけてもうひとつニュースを読んだ。

「動物失踪事件の続報です。昨夜また、東京都台東《たいとう》区の〈UB動物園〉から二頭のオオカミが脱走しました」

ニュースは動物たちの行方については触れなかったが、サルには、ひとつ思い当たることがあった。

二週間ほど前に、バラ線地帯のジャングルの奥で、聞いたことのない生きものの唸《うな》りを耳にした。動物はいくらでも見かけたが、これまでとは、あきらかに違う生きものの気配だった。姿こそ見なかったものの、その荒々しい息づかいは、すぐ近くまで迫っていた。

＊

「なんだ、休みか」

サルの店の前でトオルは顔をしかめていた。

（どうせまた、バラ線地帯でゴミあさりでもしているんだろう）

仕方なく路地を後戻りし、〈赤い糸〉の止まり木に落ち着いて、名物のブラッド・ジュースをあおった。いわく、「血のように赤い酒」とのことだが、じつは、「酒のような赤い血」が正体なのだと云われても、たぶん誰も驚かない。

（疲れたときは、こいつに限る）（実際、疲れた）（ひさびさに走らされた）（走るなんて）（おれも、どうかしてる）

ああ、チェリーが吸いたい。ちょっと前までは、〈ニコラ〉や〈藪蛇《やぶへび》〉でも置いていたのに、このごろは、サルの店でしか手に入らなくなった。こんなことなら、あの男にやるんじゃなかった。あともう少しだったのに——あの男。

トオルは、その男を旧オオクボ駅に近い東側の壁の近くで見つけた。

いや、見つけたのは、他でもないあの『眠り姫の寝台』のポスターで、時刻は夜の十時をまわった頃合いだったろうか。

「ようやく、キャッチしたぞ」とポスターに手をかけた途端、

「何をするんですか」

か細い男の声が背後から訴えてきた。

男は声に見合ったなで肩で、そのポスターをそこに貼ったのは自分であり、それも、たったいま貼ったばかりで、

「せっかく貼ったのに、なぜ、剝がそうとするのですか」

と、か細いながらも、たたみ掛けるようにトオルに詰め寄った。

「待て、落ち着いてくれ」とトオルは男の目を見返した。「おれはただ、この映画について知りたいだけなんだ」

「ええ、それはありがたいことです。こちらとしても、皆さんに知っていただきたくて貼り出しているわけですから」

「じゃあ、この映画はこれから公開されるのか」

「タバコをお持ちでしょうか」

男はトオルの勢いをそらすようにタバコを吸うしぐさをしてみせた。トオルが上着のポケットを探ってタバコを取り出すと、男は自分のマッチで火をつけて、「うまい」と目を潤ませた。

「これは、何というタバコでしょう？」

「チェリーだよ」

「チェリー、ですか」

　男は心なしか声が震えているようだった。

「教えてほしい」とトオルが壁に手をついて、間近にポスターを見ようとすると、男は、

「いや、ただ見せたくて」

　と横向きざまに煙を吐いた。

「見せたくてというのは、この映画のことか」

「いや、このポスターをです。もちろん、映画も観せたかったのですが」

「観せたかった？」

　物云いが過去形になったことをトオルは聞きのがさなかった。

「それはどういう意味で」――と云いかけたとき、壁の向こう側の、方角としてはバラ線地帯の方から、おそろしく低く野太い咆哮《ほうこう》が聞こえてきた。

　虎のような、象のような、熊のような、セイウチのような、そのすべてを足したような、聞きおぼえのない唸り声だった。

　トオルと男は、ほとんど同時に「え？」と声をあげ、次の瞬間、男はタバコを投げ捨てて、素早くポスターを破り取った。でたらめに折りたたんで脇の下にはさみ、意表をつか

れたトオルが、いまいちど「え？」と云ったときには、男はもう走り出していた。そのあいだに、咆哮は二度三度と繰り返され、気をとられて、おくれをとったトオルは、壁からはなれて百メートルほど走ったところで男を見失った。

「ちっ」

タバコを無駄にしたばかりか、あと一歩というところで、あのポスターを——あの幻の女を取り逃がした。

「なんだよ一体、あの叫びは」

トオルはバラ線地帯の方に目をやった。

その夜、この不気味な咆哮を耳にした者が何人かいて、どんな声であったかと訊かれて、

「怪物のようだった」

と誰もが答えたことは特筆に値する。

「苦しげな声ではなく、怪物がアクビをしたようでした」

そんな証言に、〈ガーデン〉の五夜はコドモ博士の話を思い出した。

「ぼくが思うに——」

と博士は云っていた。

「動物たちは、このくたびれた都で生きのびようとしているんです。自ら進化を望んで魂をひとつに集め、より強い生命力をもった怪物になろうとしている――」

「そもそも、バラ線地帯そのものがひとつの巨大な怪物のようなものです。ええ、夜中に〈虫の眼〉から送られてきた映像を見たら、ぼくの云うことが分かりますよ」

「あそこは、ご存知のとおり、周囲に有刺鉄線が張りめぐらされています。かつては鉄線の一部に電気を流していたと聞きました。しかし、いまはもう、そんな必要はありません。あそこにはびこる植物はバラ線のような棘《とげ》を持ち、たとえ、バラ線を乗り越えて侵入したとしても、きっと、棘だらけの植物に阻まれるでしょう――いや、これは話の順序が逆だったかもしれません」

博士は首を振って、人差し指を立てた。

「バラ線がそう呼ばれるようになったのは、棘をもった植物である〈いばら〉に似ていたからです」

「草木も眠るうしみつどき、と昔の人は云いましたが、さてどうでしょう、午前二時のバラ線地帯から送られてくる映像を見る限り、東京湾から吹きつのる海風にあおられた無数の〈いばら〉が、巨大な怪物の背中や尻尾《しっぽ》に化けて暴れているように見えます」

「あそこはですね、いつからか、〈いばらの怪物〉が棲《す》む〈いばらの森〉になったのです」

＊

「ごめんなさい」

谷口さんは、サポート・デスクのダウンライトの下で、しきりにシュウに詫《わ》びていた。

「いや、とんでもない」とシュウはかぶりを振る。

「いい気になって、『いばら姫』について、あんなにお話ししたのに——お恥ずかしいです」

谷口さんはそう云って、下を向いた。

「いいんです、もし谷口さんに教わらなかったら、僕は一生、『いばら姫』を知りませんでした」

「しかし、せっかくいい題材にたどり着いたのに、一冊もご用意できないのは、資料館として失格です」

「でも、それは、たまたま——」

「いえ、これはおそらく、偶然ではないと思います」

シュウが口にした「王子」という一言から、「何を探したらいいのか探してください」という難題に谷口さんは見事に応えてみせた。

が、いざ書庫をあたってみたところ、『いばら姫』および『眠り姫』に関する資料が、一括して別の資料館に貸し出し中になっていた。

　ことの起こりは、一ヵ月以上前にさかのぼる――。

　たまたま谷口さんは、健康診断を受けるために二時間ほどデスクを離れることになった。その間、図書室から応援に来た女性司書が留守番をつとめ、その二時間のあいだに、〈ミナト町資料館〉から、めずらしく一括オーダーがあった。

「私の方で手続きをして、送り出しておきました」

　健康診断から戻った谷口さんに女性司書はそう伝えたが、送り出した資料の詳細については、（あとで確認すればいい）と軽く流して、それきりになっていた。

　まさかそれが、〈王子〉に関わるものであるとは思いもよらなかった。

　もっとも、そのとき谷口さんがデスクにいたとしても、その時点では、請求された資料が次のビッグ・プロジェクトに必要になるとは気づかなかっただろう。

　いずれにしても、〈ミナト町資料館〉が根こそぎ〈王子〉に関わる資料を持っていったのは――、

「向こうも、それを必要としているからでしょう」

「向こう？」

「〈ニモ〉です。〈ミナト町資料館〉は、うちと提携している姉妹館ですが、〈ニモ〉のサ

テライト・オフィスからすぐ近くにあって、事実上の専用資料館になっています」

「ということは、ライバル同士なのに提携しているわけですか」

「文化には壁を立てるべきではないというのが、われわれの共通した理念です」

谷口さんは、過去の〈送本記録データ〉から顔を上げた。

「すべての学芸員と司書が、そう考えているはずです」

それはきわめて健全なことだった。

壁によって都民が分断を強いられたときも、文化的財産だけは自由な貸し借りができるよう、積極的に「兄弟」や「姉妹」を名乗って、提携を強調した。

「目録に残された書誌データを確認しましたが、どうやら、大変いい資料だったようです。いずれ、こうした事態になることを予期した先輩たちが、『いばら姫』の伝説に関するあらゆる資料を世界中から集めてくださったのでしょう」

谷口さんは唇を噛《か》んだ。

「〈ミナト町資料館〉へ送った資料は合計百二十三点で、これだけの数を収集したのは、世界中で、うちだけかもしれません。一応、向こうには、至急返却してください、とスピード・ボイスを送りましたが——期待しないでください、まず、戻ってこないと思います」

シュウにしてみれば、半信半疑だった。

ひとつの伝説をめぐって、それほど沢山の資料が存在することも想像できなかったし、覚醒用のタブレットをつくるヒントが、その中に隠されているとも思えなかった。

しかし、谷口さんは、「いや、きっと役に立ちます」と、ほとんど確信している。

「つい最近のことですが、本の密輸に関するニュースを読みました。それによると、寝る間も惜しんで、ひと晩で読みきってしまうような本を、〈面白い本〉とみなし、そうした本は、不眠を助長するので、焚書の憂き目に遭《あ》っているとか」

谷口さんは、見るからに不服そうだった。

「わたしは、そうは思いません。本はすべて面白いものです。すべての本が、その可能性をもっています。面白さというのは、刻一刻と移り変わっていくんです。たとえば、ほんの一ヵ月前まで、フタミさんにとって、『いばら姫』は何の興味もない本だったはずです。ついでに申し上げると、わたしにとっても同じことです。しかしいま、わたしは『いばら姫』に関するすべての本に興味があります。これはおそらく、学芸員としての屈辱からくるものでしょうが、本をもとめる理由は千差万別で、理由はどうあれ、ある日突然、こんなふうに本と自分とがつながるのです。本の中身が面白いのはもちろんですが、こうしたことが――つながるということが、本のもうひとつの面白さなんです。あ、すみません、つい喋りすぎてしまいました」

「いえ――」

「わたし、こんなにいっぺんに話したのって、ここに来て初めてかもしれないです。ちょっと疲れてしまいました」

それまで活き活きと話していたのに、急に谷口さんは肩を落とし、減速していくスピード・メーターのように、ゆるゆると元の彼女に戻った。

その浮き沈みぶりを、シュウは内心、微笑ましく思った。

「たぶん――」

と谷口さんは大きく息をついた。

「たぶん、アパートに帰れば、本棚のどこかに、グリム兄弟の童話集があると思います。明日、それを持ってきます。もちろん、他の資料館や図書館からも、かき集めてみます」

それきり、電池が切れたように谷口さんは口をとざした。

「ありがとうございます」

シュウは頭を下げてデスクを離れ、目的の本は手に入れられなかったのに、なぜか、足どりが軽くなっていた。

外はすっかり夕方で、夕陽が自分の影を大きくひきのばしている。

「つながる」

とシュウはつぶやいた。

「王子」とつぶやき、「姫」とつぶやき、「いばら――眠り――眠れる森？」と、まだ読んでいない、その物語を空想した。

どういう話なのか。眠れる森というものがあって、そこに眠り姫がいるのだろうか。

じゃあ、「いばら」とは何だ。

いや、その前に、王子はいったい何をするのだろう——。

足は自然と温水プールに向かい、シュウはいつものようにウェットスーツとゴーグルを身につけて、いつものように右から八番目の個室プールに浸って目を閉じた。

いっさいを忘れた。

それが毎日の儀式になっていたが、どうしたことか、「王子」、「姫」、「眠れる森」とつぶやきがおさまらない。

いつもと様子が違うことに、インストラクターの笛野《ふえの》が気づいた。

「お疲れのようですね」

笛野はシュウの担当をしている小柄な青年で、

「今日は、なぜかゲストが少なくて、ヒマを持てあましていたんです。ひさしぶりに筋肉をほぐしませんか」

勧められるまま、マッサージ・ルームで横になり、部屋に充ちた淡いミントの香りを浴びて、シュウは自然と目を閉じた。

「それにしても、福々しい耳ですね」

笛野が、ほとんど聞きとれないほど小さな声でつぶやいた。シュウに話しかけているというより、笛野の体のどこかに小さな穴があいていて、そこから内に秘めた声が漏《も》れ聞こえてくるようだった。

「部署が変わってからは、どうですか？」

シュウはしばらく考え、「いえ、特に」とあたりさわりなく適当に答えた。

「どんなことを、されているんです？」

屈託《くったく》のない質問にシュウは苦笑したが、「そうだ」と思いついて目をひらいた。

「フエノさんは、『いばら姫』というお話を知っていますか」

「『いばら姫』――ですか。そうですね、聞いたことがあるようなないような」

「『眠り姫』とか、『眠れる森の美女』とか呼ばれていることもあるみたいです」

「ああ――」

笛野は大きく頷いた。

「『眠り姫』なら知っています。姉がよく、寝しなに話してくれました。子供のころです。うちは、父も母も若いうちに亡くなってしまったので、姉とふたり――姉が母親がわりだったんです」

「僕も同じですよ」――シュウの声が少し大きくなった。「姉とふたりです」

「そうでしたか」

笛野はマッサージの手をとめ、その手をシュウの側頭部に置きなおした。

寝しなに物語を話すとき、姉はそんなふうに弟の頭にそっと手をあてて話した。声だけではなく、てのひらから物語が体の中へ染み込んでくるようだった。

「むかし、むかし」

笛野は小さな声で話し始めた。

シュウは目を閉じると、頭に置かれたてのひらのあたたかさを感じ、それからほどなくして深い眠りにおちた。

*

目が覚めたとき、美冬のてのひらはナツメの側頭部に置かれていた。

「めでたし、めでたし」と甘い声がすぐ耳もとで囁かれる。

さて、どれくらい時間が経ったのだろう。

その部屋にいると、時間が行きつ戻りつするようだ。一瞬、記憶がぼんやりとする。

そうだ、美冬から聞いた本のこと――『眠り姫の寝台』という本の話をしていたのだ、とナツメは思い出した。

「ぜひ、その本を見たいです」「見せてくれない?」「だめかしら」「ねぇ、おねがい」ナツメとしては、めずらしく甘え声を連発したが、美冬は、「ごめんなさい」の一点張りで、「そのかわり」とナツメの頭にてのひらをあてて声をひそめた。

「『眠り姫』のお話をしましょう」

　なるほど、とナツメは頷いた。

『眠り姫の寝台』というタイトルである以上、きっとその中身は、あの昔話の『眠り姫』と関わりがある。思えば、ナツメはあらたまって、『眠り姫』の物語を読んだことがなかった。映画やお芝居やアニメやダブル・ヴィジョンでも鑑賞したことがない。どこかで、あらすじを聞きかじった程度で、主人公が誰なのかも、正確には知らなかった。

(タイトルにもなっているのだから、たぶん、眠り姫が主人公なのだろう。でも、たしか、姫は魔法使いか何かの呪いで百年の眠りについてしまうはず。そんな、ひたすら眠りつづけるだけの主人公がいるだろうか)

(そういえば、眠りについた姫を目覚めさせるのは王子だった。となると、その王子が主人公ということも考えられる。どっちだろう。『眠り姫の寝台』も気になるけれど、その前に、『眠り姫』をおさらいしておく必要がある)

　ナツメは導かれるまま目を閉じた。

「むかし、むかし」と美冬が語り始めるのを夢見心地で聞き、次に意識が戻ったときには、

「めでたし、めでたし」と、お話が終わっていた。

だから、どんなお話であったかと訊かれても、やはり答えられない。

ただ、頭に置かれたあたたかいてのひらから、体の奥深くへ物語が充塡《じゅうてん》されたような心地になった。

「あの——ちょっと、お待ちください」

美冬は視線をはずして逡巡《しゅんじゅん》したあと、いったん部屋を出て、またすぐに戻ってきた。

「ナツメさんは、きっと夢でも見たんじゃないかと、あとになって思うでしょう。だから、こういう本が本当にあるということを、ちゃんとお見せしておきます。でも、いいですか、ほんの一瞬だけですよ」

そう云って、美冬は薄衣のガウンの下から一冊の本を取り出した。

「美咲さんの鏡台に置いてあったのを、こっそり持ってきちゃいました。すぐに返さないといけません。だから表紙だけです。中を見たらだめですよ」

ナツメにしてみれば、それはまさに一瞬のことで、手に取ることも許されなかった。

ただ、『眠り姫の寝台』というタイトルと天蓋《てんがい》付きの寝台に眠る姫の絵が、じつに鮮やかな色あいで目に焼きついた。

「これは夢じゃありません、これは――」

夜伽の翌日、ナツメの頭の中には、まだ美冬の声が残っていた。

その声が消えてしまう前に、シモキタザワの行きつけの古書店を訪ね、

『眠り姫の寝台』という本を探しているんです」

まずは、シンプルにそう訊いてみた。

「そんな本、聞いたこともないね」

博識な店主は即答し、

「ていうか、お嬢さんのことだから、検索はしてきたんだろう？」

と鋭く云い当てた。

「はい。ネット上のデータベースはもちろん、〈アイス・ボックス〉にも、〈ジョーカー〉にも見つかりませんでした。こうなったら最終手段だと思って、いま流行りの〈リサーチャー〉にも依頼してみたんですが、結果はノーヒットでした」

「あ？〈リサーチャー〉で見つからなかったら、それはもう存在しないってことだろ」

「いえ、存在はしているんです。この目でたしかに見ましたから」

「じゃあ、著者は何という名前だった？」

「マ」――とナツメはその一音を宙に置き、しかし、それきりフリーズしてしまった。

「マ、マ、マ」とそれしか出てこない。

「マ？」

店主は頭の中にある自前の検索機をフル稼働させ、

「マツオカ――マキタ――マサオカ――マトバ――マツイ――マツナガ――」

と列挙していく。

「どれも違います」

「あのさ、どっちにしろ、〈リサーチャー〉に頼んでタイトルがヒットしなかったら、それはもう、タイトルを間違えているか、でなければ――」

「でなければ？」

「夢でも見たんだろう。そういう、ありもしない本のことを、こっちの世界では、眉唾《まゆつば》本って云うんだけどね」

「あっ」

とナツメの目が輝いた。

「それです。マユツバです――じゃなくて、マユズミでした」

「マユズミ？　ほう。じゃあ下の名前はなんだろう」

「え、下の名前ですか――」

ナツメは自分の詰めの甘さに自分で野次を飛ばしたくなった。夢でも見たんだろう、と云われても仕方がない。

（でも、これはもう職業病なの）

ナツメは小さく首を振った。

根拠もないのに、「手がかりになるかもしれない」と勘が働き、そういうときは、とことん調べ尽くさないと、どうにも気がおさまらない。

大体、「手がかり」などと云っても、誰かに事件を解決してくれと頼まれたわけではなかった。本当に、事件と呼べるものが起きているかどうかも判然としない。

ただ、ナツメにははっきり分かっていた。

なんとしても、あの本を手に入れる必要がある——。

探偵というのは、ともすれば、まだ誰も気づいていない事件に輪郭をあたえるのが仕事なのだ。逆に云えば、探偵さえ現れなかったら、なんら事件など起きずに済むのである。探偵こそ不吉な存在であり、ゆうに百や二百を超える事件に携わっていることを考えたら、およそひとつの事件にしか関わらない犯人の存在など、じつに可愛らしいものだ。

ナツメは、そうした探偵の宿命が、もの哀しくも愛おしかった。

たとえ、この世からすべての犯人が消えてなくなったとしても、それでも探偵はなんとかやりくりして、無理にでも、「事件」をあぶり出すに違いない。

だから、「夢でも見たんだろう」と云われたわずか三日後に、シモキタザワの店主から、

「見つけたぞ」

　とスピード・ボイスが届いたときは、それこそ夢でも見ているんじゃないかと、ナツメは頬をつねった。

「こいつはホントに初めて見る本だ。掛け値なしに、めずらしい本だと思う。作者はいまをときめくペーパーバック・ライターと同姓同名だが、奥付の年月日が誤植《ごしょく》でないとしたら、生まれてすぐ書いたことになる。はたして別人なのかジョークなのか。もし、なんだったら、本人に訊いてみるのが一番だ。なにしろ、ネット上にも、〈アイス・ボックス〉にも書名が見つからないということだったんで、この世で最高のコミュニケーション・ツールである〈人づて〉を駆使して、ようやく見つけ出した。〈人づて〉万歳だ。当面、これに勝るものはないだろう」

　このボイスが届いた十五分後に〈エアー便〉で現物が届き、「これだろ？」と店主のメモが付いていたので、

「これです。間違いありません」

　とナツメはすぐにボイスを返した。

　夢うつつで、しかも一瞬しか見られなかった本が、たしかなものとして手の中にあった。

　ページをめくることができた。そこに印刷された文字を読むことができた。

　飛ばし飛ばしに、ざっと目を通しただけでも、いくつも興味深い記述が見つかる。手が

かりだらけだった。問題は、その手がかりが、どんな事件を暗示しているかだ。

あらためて、ナツメはじっくりと表紙を見た。

本の重さはさほどでもない。よくある重さ、よくある判型、よくある用紙に、ごくふつうのインクで文字やイラストが刷られている。特に変わったところは見られなかった。しいて云うと、「掛け値なしに、めずらしい」という店主の言葉の影響か、どこか丁寧につくられた本という印象があった。

表紙の全面に、古風ではあるが色あざやかなイラストがあしらわれ、画面のやや下の方に、寝台に横たわった姫の姿が描かれている。

姫は安らかに目をつむり、スモーキー・ピンクのドレスを着て、同じ色のヒールの高い靴を履いていた。寝台には天蓋があり、王女にふさわしく金色が施されている。天蓋を支える柱には薔薇《ばら》と思しき植物の蔓《つる》がからまり、ところどころに、やはりくすんだピンク色の花を咲かせて、それが美しくもあり、どこか不気味でもあった。

こうしたイラストの中心に、「眠り姫の寝台」という表題が白い文字で置かれている。そしてその下に、ごく控えめなフォントで、「黛犀二郎」と作者の名前がつづいていた。

「本人に訊いてみるのが一番だ」

店主のアドバイスが、ナツメの頭の中でリピートされていた。

リピートしながらページをめくり、つい拾い読みをして、いちいち、「これって、もしかして」と声が出る。

小説のようでありながら、シナリオのようでもあり、それでいて、事件簿のようにも読めてしまうのは、やはり、ナツメの職業病だろうか。

端的に云うと、その本に書かれていたのは、ここ十年ほどの東京の現実と思われた。人によっては、「三面記事を集めた本」であると見なすかもしれない。それはそのとおりなのだが、注目すべきは、つい一週間前のニュースでとりあげられた事件——いや、一週間前どころか、昨日起きたばかりの事件の詳細が書かれていることだった。

「予言本？」

ページを開いたままナツメが首をかしげたとき、シモキタザワの店主からスピード・ボイスの二信が届いた。

「そろそろ、本の中身を読み出したころだろうから、私なりの見解を伝えておこう。そいつは、いわゆる奇書というヤツで、大昔から繰り返し書かれてきた〈予言の書〉の類じゃないかと思う。こっちも忙しい身なんで、じっくり読んだわけじゃないが、ざっとページをめくったところでは、そんな印象だった。簡単に云うと、まさにマユツバ本だ。もし、お嬢さんが、この本をもとに捜査に乗り出してしまったら、大いに恥をかくだけだ。それだけは云っておきたい。お嬢さんは知らないかもしれないが、この手の本は、世紀末が近くなるたび、わんさか書かれてきた。百年前にも、二百年前にも、三百年前にもだ。まぁ、いまさらどういうつもりで書いたのか、作者を問い詰めたいところだが、うちの顧客の出版関係者によると、黛犀二郎は多忙につき、いっさい連絡がとれないらしい。というか、黛がそんな面白そうな本を書くわけがない、というのが大方の意見だよ。私もそう思う。そいつは、黛の名を騙《かた》ったゴースト本だ。奥付のデタラメさが、その証拠だよ」

つづけて、三信が届いた。

「いま思いついたんだが、その本を黛に送りつけてみたらどうだろう？　いちおう住所は聞いておいたんで、お嬢さんの連絡先を書いて送ってみたらいい。うまくいったら、ヤッコさん、血相を変えて飛んでくるかもしれないぜ」

＊

さすがに血相を変えるまでには至っていなかったが、マユズミは心なしか顔を歪めながら、ナツメのいる探偵事務所を目指していた。

もちろん、一笑に付すこともできた。

およそ調べられる限りのデータベースに登録されていないということは、じつによく出来たゴースト本に違いなく、少なくとも、一般流通しているものではないと結論した。

というより、出まわった形跡も見つからない。であれば、特別、マユズミが被害をこうむるわけではなかった。

しかし、その内容が見過ごせなかった。読みなおすたび、「これって、もしかして」と声が出る。いや、間違いない。この本に書かれていることのいくつかが、日々、現実になっていた。

その最たるものが、「動物失踪事件」で、本に書かれているとおりのことが、ラジオのニュースとして流れてくる。

サーチ・マップを頼りに、送られてきた封筒にあった「本町ミナミ商店街」にたどり着き、マユズミは本を抱えて、〈市民食堂〉の看板を見上げた。

その二階にナツメの探偵事務所がある。

見上げながら顔を歪め、おもむろに右の頬に手を当てると、なおさらマユズミは苦しげな顔になって、舌打ちをした。

〈ミラー〉に予告されたとおり、右下最奥部の親知らずが疼き始めていた。

04

天使も怪物も眠る夜

あら、アンタはもう死んだのかと思ってた

ナツメは最初、マユズミがいかにも不快そうな顔で事務所にあらわれたので、説明もなく本を送りつけたのは失敗だったかと、早くも後悔し始めていた。

そもそも、ようやく手に入れた貴重な本を送り出してしまったことも無謀だった。

しかし、「マユツバ」と鑑定された本を前にして、他に手の打ちようがない。

たしかに、いきなり見たことのない自分の本が送られてきたらどうだろう。そのうえ、そこに納得のいく説明が添えられていなかったら、「何だこれは」となる。

それで、「血相を変えて飛んでくる」というのが古本屋の店主の予測だったが、結果から云うと、ほとんどそのとおりになった。

ナツメとしては、もし、本に釣られてやって来るとしても、それなりに名の知れた作家なのだから、強面《こわもて》の代理人でも送り込んでくるのではと予測していたのだ。

ところが、実際は本人がいきなりあらわれ、血相を変えるどころか、この世の終わりを嘆くような顔で事務所の入口に立っていた。

「どうぞ」とナツメに招き入れられると、顔をしかめながら、用心深そうに部屋の中をうかがっている。

　事務机と椅子がふたつずつ、そっけない書棚がひとつに旧式の小型冷蔵庫、依頼人を応接するためのソファとローテーブルがひと組——それですべてだった。

　おまけとして付け加えると、南側に物干し台があり、いまや東京の家屋ではめったに見られない天然記念物だった。ナツメいわく、

「物干し台から街を見おろして飲む純ビールこそ、この世の天国」

なのだが、いまはそれどころではない。

「すみません」とナツメは頭を下げ、「不《ぶ》躾《しつけ》なことをしてしまって」と云いながら、マユズミにソファへ座るよう促した。

　マユズミは右の頬に手をあてがったまま、まるで、得体の知れない熱病にかかってしまったように額に汗を浮かべていた。

　その様子にナツメは黙っていられなくなり、「あの」と早々に口火を切ると、一気にまくしたてた。

「たしかに、いろいろと御不満、御不審はあろうかと思います。ですから、最初にこちらから申し上げておきますと、うちの〈ルーフォック・オルメス探偵事務所〉というややっこしい名前は、わたしが付けたものではありません。所長が考案したものなんです」

「あ、いえ、所長がオルメスさんというわけじゃなく、これは大むかしにカミという――あ、神様じゃなくて、そういう名前のフランスの作家がいたそうです。そのカミさんが、シャーロック・ホームズをもじってつけた名前が、ルーフォック・オルメスなんです」

「ええ。ホームズならぬ、名探偵オルメスが活躍する小説というわけです。どうして、そんな名前を自分の探偵事務所に引っぱってきたのか、わたしに云わせれば、それこそが最大の謎なんですが、理由を訊きたくても、うちの――長谷川っていうんですが、長谷川所長はホントにまったく仕事をしなくて、全部、わたしに押しつけて、ロクにその――」

と事務机のひとつを指差し、

「そのデスクに五分と落ち着いたことがないんです。おかげで、ワトソン役でよかったはずのわたしが、なぜかホームズの方を担当することになってしまって」

「いや、わたしは、もともと階下の食堂でアジフライ定食を食べていただけなんです。探偵になるつもりなんかなくて、所長のお手伝いをしているうちに、こんなことになってしまったんです。ですから、目下、ワトソン役を募集中という有様なんですが――」

そこでナツメは息が切れ、にわかに喉が渇いて、

「すみません、なにもお出ししていなかったですね」

あわてて冷蔵庫をあけると、中には、〈レモニール〉という名の微炭酸飲料水が、ゆうに三ダースは冷やしてあった。

ミドルサイズのボトルを一本取り出し、コップに二杯ついで、ひとつをマユズミに差し出した。もう一杯は、ナツメが喉を鳴らして飲み干し、マユズミはといえば、コップの中にたちのぼる気泡の群れを、うらめしげに睨んでいた。

口をつけようとしない。

というか、飲みたくても飲めなかった。顔面は苦痛に歪み、その顔にナツメは、いよいよ恐縮して、なおさら早口になった。

「本当にごめんなさい。いきなり妙なものを送りつけてしまって。あ、でも、妙なものっていうのも失礼かもしれないですよね。わたしとしては、その可能性は九十九パーセントないと思っていますが、もしかして、マユズミさんが、お書きになった本かもしれませんし」

「あ、でも、あの本を御覧になって、こうしていらっしゃったってことは、やっぱり、あの本に心当たりがなかったってことですよね」

「いや、そうだろうと思います。あれはマユツバ本と呼ばれているもので、そんな本をあなたが書くはずがないですし——でも、そんなに御不満そうな顔をなさらなくても」

「あ、そうでした、これだけは云っておきますが、あの本は、わたしがつくったものではありません。わたしが知りたいのは、あの本をつくったのは誰なのか、誰が書いたものなのか、それを知りたくて、マユズミさんの御意見をうかがいたかったんです」

「ああ」

マユズミはナツメが息をつくのを見はからって、自分も大きく息をついた。

「そうじゃなく――」

どうにか、そのひと言を絞り出し、

「私は、歯が痛いだけなんです」

とそう云った。

「え？」

ナツメは意表をつかれ、「歯が痛い？」と云いながら、ようやく事態を理解した。

「ああ、そうなんですね、そうでしたか」

身をひるがえすなり、事務所のドアをあけて声をあげた。

「ママ――」

マユズミはナツメの大声が親知らずに響くのか、それとも、いきなり飛び出した「ママ」に面食らったのか、複雑に表情をこわばらせた。

「ねぇ、ママ。もし聞こえていたら、〈ディシプリン〉を持ってきてくれない？」

すると、ほどなくしてドアの向こうの階段を、あきらかに巨体を持て余しながらのぼってくる気配があった。

「どうしたんだい」

気配どおりの大柄な女性が部屋に入ってきて、

「あ、このひとは階下の食堂のママです。正確には大ママ。本名は市川民子だけど――だから〈市民食堂〉なの。それで、こちらはマユズミさんといって――」

ナツメが云い終わらぬうちに、

「ああ、この人だね、痛がってるのは」

大ママは恐怖にかられたマユズミを仁王《におう》立ちで見おろし、ニヤリと口の端に笑みを浮かべると、

「目を大きくあけな」

右手に持ったスプレー式〈ディシプリン〉を掲げてみせた。

「なんにも、こわがることなんかない。こいつは、あたしがこれまでに出会った中で、最高に効き目のある痛み止めの即効薬なんだから。本当は錠剤にしたヤツを尻の穴から叩き込むのが、いちばん効くんだけどね」

マユズミは身をすくめて大ママを見上げ、云われたとおりにするつもりなどなかったのに、恐怖のあまり、目を大きく見ひらいていた。

「あ?」

ママが浮かべていた笑みを引っ込め、

「アンタよく見ると、うっすら目が蒼いんだね、なるほどそうかい、アンタって――」

話の途中でスプレーを吹き、見事にマユズミの両目に液状の薬を染み込ませた。

「うわっ」とマユズミは声をあげて目をおさえ、

「大丈夫です」とナツメが精一杯の優しげな声でなぐさめた。「これ、浸透薬ですから」

とマユズミの左目を指先でひろげ、眼科医がそうするように、瞳の奥まで覗き込んだ。

しかし、大ママの云う「目が蒼いんだね」は確認できない。

大ママはものすごく目がよかった。

「すべてお見通し」

と大ママはよく口にするが、これは表面的な言葉以上の意味をもっている。

大ママは、人間の目の奥に隠されたもの——奥のそのまた奥に秘匿《ひとく》された過去を見つけ出し、さらには、目の持ち主もあずかり知らぬ未来まで見通すことができた。

それゆえ、大ママは余計なことを喋らない。自分でも気づかないうちに、これから起こりうることを、なんの気なしに口走ってしまうことがあるからだ。それはときに、周囲の人々に先行きの希望を与えることもあるが、どちらかというと、不安を植えつける確率の方がより高かった。

大ママが食堂の客たちに、

「あら、アンタはもう死んだのかと思ってた」

と挨拶がわりに云うのは、こうした事情の複雑なあらわれである。

大ママの見通す未来には——当然のことではあるとしても——いまここにいる者は誰ひとり存在していないのだ。あまりに遠くまで見透かしてしまうからである。

「あれっ」

唐突にマユズミが声をあげ、頬をおさえていた手をおそるおそる離した。

「痛くない？」

世界中を疑うような目でつぶやき、

「痛くないぞ」

と、まともな声になった。

「だから云ったろ。この薬は、あたしが若い頃、ナースの見習いだったときに覚えたんだ」

「え、そうなの」

ナツメは思わず反応してしまったが、こうしたホラ話は大ママの十八番《おはこ》で、これまでナツメが聞いたところでは、大ママは若い頃に「郵便局員」だったこともあるし、「プログラマー」だったこともあるし、「看板女優」だったこともあるという。

「いまから三十六時間は痛みを忘れていられる。そのあいだに病院へ行って、痛みの元凶を取り除いてもらいな」

大ママはそれだけ云うと、さっさと階下へおりていった。

「いつもはね」とナツメは大ママを見送りながら、マユズミに向けて補足した。「いつもは、病院に行きなって云ったあと、ものすごく意地悪な顔で、『だけど、たいていのヤツは痛みが消えるとケロっとした顔で、大丈夫大丈夫を繰り返す』ってそう云うんです」

ナツメは、大ママの声色をそっくり真似《まね》てみせた。

「そして最後に、『ちっとも大丈夫なんかじゃないよ』って吐き捨てるように云うんです」

マユズミは、この一部始終に肩をすくめたままだったが、

「ええ」

とかろうじて声を発し、

「おっしゃるとおり、私はちっとも大丈夫なんかじゃないです。生まれつきそういう人間で、臆病《おくびょう》で、痛がりで、いつも不安で」

脇の下にはさんであった、ナツメが送りつけた封筒を、テーブルの上にそっと置いた。

「この本にしても、ただただ不気味で。最初は面白く読んでいたんですけど、そのうち恐ろしくなってきて。なにしろ、この本に書かれていることが、次々と現実になってくるし。だから、私は怒っているんじゃなく、何がどうなっているのか説明してもらいたくて、ここへ来たんです」

「そうですか」とナツメはあっさりと答えた。「となると、残念ですが、いましばらく不気味なまま我慢していただくしかありません。わたしもこの本について何も知りません」

　ナツメはそこで、素早く本を手もとに引き寄せた。

「わたしはわたしで、マユズミさんに説明してもらえるんじゃないかと期待するところもあったんです。たとえば、ずいぶん昔にお書きになったもので、それっきり忘れてしまったとか」

「奥付を御覧になりましたか」

　マユズミは割り込むように声を大きくした。

「二〇五七年五月二日発行。いかにも、まことしやかに印刷されていますが、それは私の生年月日です。私が生まれた日に刊行されているんですよ、その本」

「ええ」

　ナツメはマユズミの変化に気づいていた。大ママの云うとおり、いまさっきまで泣き出さんばかりだったのに、もう「大丈夫」と胸を張って語気が荒くなっている。

「でもね」

　こうなるとナツメも負けていなかった。

「最近は半ボーグ——って、わたしその云い方、好きじゃないですけど、正式な名称が決まらないので仕方なくそう云いますが、ああいう半分生身で半分サイボーグだのアンドロイドだのっていうのが明らかになってきたでしょう？　ひとむかし前までは都市伝説と片づけられていましたけど、公になっていないだけで、たぶん、半世紀以上前から闇のドクターが腕をふるっていたんじゃないですか？」

「それがどうしました？」

マユズミはすっかり痛みから解放されて、いつもの調子を取り戻しつつあった。

「私がセルロースの心臓を胸に埋め込んでいるとでも？」

「いえ、たとえばの話です。でも、もし、そうだとすればデータベースに登録されているあなたのプロフィールはデタラメで、本当は二十世紀生まれということも考えられます」

「冗談じゃない。私はセルロースどころか、ブリキの心臓のお世話になったこともありません。もちろん、長生きはしたいですよ。でも、私は〈レイドバック〉に関係なく、度を越した延命には興味がありません」

「そういえば、そうでしたね。あなたは臆病で、痛がりで、いつも不安で、いくらオフィシャルなドクターより腕がいいからといって、闇のドクターの手術なんて受けるはずがない」

ナツメの強い口調に、マユズミはため息をついた。

「ちょっと待ってください。こんな不毛な話をするより、この本がどうしてここにあるのか、あなたも探偵を名乗るなら、少しはそれらしい推理を聞かせてください」

今度はナツメがため息をついた。

立ち上がって冷蔵庫に直行し、〈レモニール〉を一本取り出すと、コップにつがずに、片手を腰に当てて立ったままラッパ飲みをした。

「もうひとつの手がかりは、〈ホノルル書房〉です」

「え？」

マユズミはナツメの豪快な飲みっぷりに刺激され、すっかり痛みがひいたので、手もとにあった透明な液体を飲みかけていた。

「もしかして、〈ホノルル書房〉に問い合わせたんですか？」

「いいえ。わたしなんかが問い合わせても取り合ってくれません。ですから、これから一緒に行ってほしいんです。わたしひとりだったら、門前払いを食らうのがオチですが、マユズミさんが一緒だったら歓迎されます」

「そんなことして、どうするんです？　まだ疑っているんですか。この本はあなたの云うとおり、よくできたマユツバ本です。誰かがでっちあげたニセモノですよ。著者名も刊行日もデタラメで、版元にしたって借り物です」

「でも、本当に誰の本でもよかったんでしょうか」

ナツメは急に探偵の物腰になり、〈レモニール〉の壜を机に置いて腕を組んだ。

「たまたま目にとまったから、マユズミさんの名前と生年月日を借用したんでしょうか」

探偵の目つきになったナツメにそう云われると、マユズミはねじ曲がった自尊心を突かれて、

「いや、誰でもよかったかどうかは断定できるものではありません」

膨《ふく》らみかけたものが、しぼむように声が弱々しくなった。

そればかりか、そのあとの言葉が思いつかず、手にしていたコップに口をつけると、炭酸水は、すっかり気の抜けた生ぬるい水になっていた。

＊

「ごめんください、八王子のカマンザです」

スピード・ボイスがそう告げていた。

ホシナは、ベッドサイド用のボイス・キャッチャーを手探りし、テキスト表示ではなく、〈ボイス〉を選んで、声を再生した。

「ご依頼の楽譜ですが、無事、剝離に成功しましたので、いつでもお越しください。本来なら、こちらからお届けに上がるべきなんですが、あいにく、私は八王子から離れることができません。いらっしゃる日を御指定ください」

ホシナは弾《はじ》かれたように起き上がり、スケジュール表を確認するまでもなく、

「今日これからうかがいます」

とボイスを返した。

なぜだろう。ホシナは「八王子から離れることができません」という修復師の声が耳につき、とりわけ、「ハチオウジ」という言葉の響きに、音楽を生業《なりわい》とする者として、何かしら引っかかるものがあった。

どうしてだ？

ホシナは手早く着替え、云われることは分かっていたが、いちおう〈ミラー〉の前に立って、「本日の診断」を待った。

〈ミラー〉はまるで、（調べるまでもないですね）と云わんばかりに、ホシナの「飽食《ほうしょく》」と「頭髪の後退」を鋭く指摘し、あとは定石《じょうせき》どおり、ペース・メーカーに支えられた心臓の具合を提示した。ついでのように、

「今日はＲ３の飛来が著しいでしょう」

と付け加えて、ミラー・ダウンする。

ホシナはさっそく、小旅行にも対応できる〈ヒューペル・バリアー・スーツ〉をクローゼットから出してきて装着した。

日常的に着用するバリアー・スーツは透明度がもうひとつだが、〈ヒューペル〉は完全な透明度が保たれるので、装着していることを、まず気づかれない。

ホシナは、Ｒ３アレルギーに数年前から悩まされていて、バリアー・スーツは絶対的な必需品だった。つくづく、二十一世紀に生まれ落ちてよかったと思わせる逸品である。

いや、二十一世紀の半ばごろまでは、まだ上半身のみの仕様で、全身を完全にシールドできるバリアーは、軍事用には供給されてはいたが、一般向けには生産されていなかった。バリアーを装着していれば、あらゆるウイルス、雑菌、雑音、悪臭といったものをシャットアウトできる。が、世界と自分とのあいだに薄皮一枚の隔たりがあり、ときどき、これは現実なのか、それともバーチャル・ウォークの最中だったかと見分けがつかなくなる。場合によっては、体感と脳の認識に誤差が生じ、たとえば、車の運転をするときなど、判断を誤って、重大な事故を起こしかねない。

「だな？」と自分に問い、「だよ」と自分に答えた。

車をあきらめると、ホシナは自宅から最寄駅まで足早に歩いた。

おなじみの都営地下鉄に乗り、東京駅で中央線に乗り換えて、八王子行きの〈スーパー・セントラル・ライナー〉に乗った。

世はおしなべて「スーパー」流行りである。

時代錯誤もはなはだしい、と批判の声もあるが、いつからか、「スーパー」といういかにも古くさい表現がマイルドな印象になりかわっていた。

「ハイパー」や「ヒューペル」を冠した最上級クラスは、先鋭的ではあっても、決して人間のほどよさに見合わない。

「それよりも、ずっと馴染《なじ》みやすくていい」と「スーパー」を支持する者が増えていた。

ホシナは、窓外の風景が「スーパー」ならではのスピードで、やや緩慢《かんまん》に過ぎていくのを、ささやかながらも充ち足りた思いで眺めた。

ちなみに中央線には、〈ヒューペル・ライナー〉という極上超特急が一日に三本だけ走っている。すべての窓に、〈スローダウン・ブラインド〉が備わり、これは窓を通過する光の速さを遅らせる最新技術である。急行のおよそ二・五倍の超高速で走っているのに、目が窓外に認識するものは、急行とまったく変わらない。フィルムのコマを間引きする要領で、視覚を脳にスキップして伝達するよう設計されていた。

ただ、この極上超特急を体験した何人かの乗客が脳への伝達に混乱をきたし、「強い酒を飲んだときのような酩酊《めいてい》に襲われた」と報じられたことがあった。

ホシナは、そうしたリスクをなるべく負《お》わないよう注意を払っている。〈ミラー〉や主治医からのアドバイスでもあったが、その前に、音楽活動に支障をきたさないよう、自分を律するのを忘れなかった。

そうして、リスクを考慮しながら選択肢を絞ってゆくと、東京駅から八王子駅まで行くには、〈スーパー・セントラル・ライナー〉――かつて、「中央特快」と呼ばれていたクラシック・ライナーが最良だった。

所要時間、五十二分。

ホシナは食事をとっていなかったことに気づき、食堂車両のチケットを買い足すと、窓外の関東平野を眺めながら、サンドイッチを食べて過ごした。

きっかり五十二分で八王子駅に降り立ち、依頼に来たときと同じように、昔ながらのローカル・タクシーで修復師カマンザの工房に乗りつけた。

降りる直前に、バリアー・スーツを解放し、折りたたんで背負っていたブラック・リュックにしまい込む。

「お待ちしていました」

カマンザ氏はホシナを迎え入れ、挨拶もそこそこに、さぁこれです、と云わんばかりに、見事に剝離された楽譜を差し出した。

それは、ページとページの接着を解かれたばかりでなく、どことなく、外見からしてリフレッシュされたように見えた。それでいて、十九世紀の印刷物特有のざらついた手ざわりと、長い時間生きのびてきたふてぶてしさが感じられる。

この感触を味わいたくて、ホシナはバリアーを解いたのだ。

さらに云うと、カマンザ氏の工房は全体がほの暗く、そこへ、ニスの香りや薬品の匂いがマーブル模様を描くように漂っていた。

おまけに、通電に問題があるのか、それとも、〈三十ワット旧式電球〉の寿命が尽きかけているのか、部屋の方々に吊り下げられた照明器具が、十五秒おきにいっせいに明滅している。そうした有象無象《うぞうむぞう》が、修復されてよみがえった古楽譜と共鳴していた。

「すばらしい」

ホシナは、文字どおり固唾《かたず》をのんで手渡された楽譜のページをめくり、もどかしげにめくり続けて、ようやく問題の楽曲に行き当たった。

「これです」

思わず、声が震えてしまう。

「ゴールデン・スランバーズ・キス・ユア・アイズ」

それが、その楽曲のタイトルだった。

「ゴールデン・スランバー？」

カマンザ氏はすぐに反応し、

「たしか、ビートルズの曲にそんなのがありましたよね」

「ええ。すでにこれは聖杯探求譚《せいはいたんきゅうたん》並みの伝説になっていますが――」

「どうぞ、そこへ座ってください」

カマンザ氏に云われるまで、ホシナは自分が立ったままであることに気づかなかった。

すすめられた椅子は悲鳴にも似た音で軋《きし》み、工房の隅の古びた作業机をはさんで、あらためてカマンザ氏と向き合った。

頭上では、痙攣《けいれん》するように電球がまたたいている。

ホシナは机の上に楽譜を置いて話をつづけた。

「ビートルズのコンポーザーのひとりだったポール・マッカートニー氏が、いまから百二十年あまり前に、『ゴールデン・スランバー』という曲を書きました。そのときのエピソードが、じつにチャーミングなんです」

あちらこちらで電球がパチパチと音をたてて、点《つ》いたり消えたりしている。

「マッカートニー氏は、その日、父親の家を訪ねて、居間のピアノを弾いていたそうです。たまたま、ピアノの譜面立てにひろげられていた歌曲集を何の気なしに見やり――そのころ彼はまったくと云っていいほど楽譜が読めなかったと云われているんですが、いかにも読めるふりをして、アドリブでプレイしたのが、あの『ゴールデン・スランバー』です」

「ほう」

カマンザ氏は電球の調子を確かめながらも、話に興味を持ったようだった。

「それで？」

「ええ。問題は、そのとき譜面立てにあった楽譜が何であったかで――それがつまり、これなんです。トーマス・デッカーという劇作家が書いた『ペイシェント・グリッシル』なる喜劇で歌われた一曲――『ゴールデン・スランバーズ・キス・ユア・アイズ』です。タイトルもさることながら、歌詞もほとんどビートルズのあの曲と同じで――」

「なるほど、そういうことだったんですか」

　カマンザ氏は楽譜の表面に、節《ふし》くれだった指をすべらせた。

「これはしかし、かなり厄介な代物でした。憎らしいくらいしっかりと貼り付いていて、こう云ってはなんですが、オレを起こさないでくれ、このまま眠らせてくれ、と訴えているみたいでした」

（黄金のまどろみの中で？）

　声には出さなかったが、ホシナは誰へともなく、そうつぶやいた。

「それで、ホシナさんは、この楽譜をどうするんでしたっけ？」

「ええ。次の仕事のモチーフに使いたいんです。むかしむかし、マッカートニー氏がそうしたように、この一枚の楽譜から、自分なりのあたらしい音楽を起ち上げたい」

　ホシナは話が混乱するかもしれないと気遣って詳細を繰り返さなかったが、八年前にも、この曲をモチーフに使いたいと画策したことがあった。

　それは楽団とは別の映画音楽の仕事で、そのときも、この楽譜を探したが見つからず、幸か不幸か、映画の製作も中断されて、それきりになってしまった。

「それはぜひ聴いてみたいなぁ」

　カマンザ氏の言葉に、「そういえば」とホシナは思い出した。ブラック・リュックの中から電子チケットを取り出し、

「明日の夜、演奏会があるんです」

とカマンザ氏に進呈した。

「明日ですか」

カマンザ氏は、電子チケットの上に浮かぶ立体文字を、右から左から眺めて読み上げた。

「地下鉄オペラ『それでも地球は回りつづける』」

「それが演奏会のタイトルです。もし、よろしければ」

「いや、申し訳ない」

カマンザ氏は、チケットをホシナに返して、小さく首を振った。

頭上の電球の光が激しく震え、いまにも消えてしまうのではないかと思われる。

「あいにく、私は八王子から離れることができませんので」

＊

「これって――」

トオルは、〈北北西に進路を取れ〉のカウンター席にしがみつくように座り、

「前から、ここにあったっけ？」

壁の絵に向けて、ゆるゆるとチェリーの煙を吐いた。

「いや、昨日見つけて、さっき飾ったばかり」

サルがいつになく嬉しそうに答えた。

大体、サルはトオルの話をまともに聞いていない。「ああ」「そうだな」「たぶん、そうだろう」と、適当に返事をして終わりだ。

ところが、どこかしら自慢げに壁の絵を眺め、

「こういうのが見つかるから、やめられないんだよ」

しっかり額に収めてあるのも、サルにしてはめずらしかった。

「え？　見つけたってことは、もしかして、バラ線地帯で？」

「そう。西側の壁の近くでね、あれ、こんな所にこんなものあったっけって」

「それにしても、妙な絵だ」

昔のテレビ・モニターに近い横長サイズで、画面全体に細かい紋様のような枝葉があしらわれている。

枝の多くは、とぐろを巻くように曲線を描き、その渦巻きの中で、時代がかった衣装を着た七人の男たちが、渦巻きに巻き込まれて身動きできなくなっていた。揃いも揃って、困惑の表情を浮かべ、ある男は剣をかざしたまま、ある男は梯子《はしご》をのぼる途中だったのか、梯子ごと渦巻きにからめとられてフリーズしていた。

「この絵って、このあとどうなるのかな？」とトオルがぼんやりと云った。

「このあと？」

「なんだか、つづきがあるみたいな絵じゃない？」

（ほう）とサルはこのとき、カチリと自分の中でスイッチが入ったのを感じた。それは決して心愉《たの》しいものではなく、どうしてか、急に絵の印象が恐ろしい意味を持ったように感じられたのだ。

「たしかに、つづきを見たくなるような絵だが――」

話の途中でサルが組んでいた腕をほどき、視線をトオルの背後に移して、

「いらっしゃい」

と声をかけた。トオルが振り向くと、そこに見覚えのある男が立っていて、

「あれ？　あんた、誰だっけ」

トオルの問いに答える前に、男は目ざとくトオルの口もとを狙いすました。

「それです。そのタバコ。そのチェリーです。あれから、その味が忘れられなくて、ずっと探していました」

「あっ」とトオルの記憶の回路が火花を散らしてつながった。

あのとき取り逃がした男じゃないか。

あの幻の女、あの幻のポスターを壁から剝がして逃げた男――。

「おい、あんた」

「やっと見つけました。ずっと犬のように探しまわってきたんです。それらしいタバコをくわえた男を見つけるたび、そいつをどこで手に入れたのかと問い詰めて。それで、ようやくこの店を教わりました」

「ねぇ、マスター」

トオルは（今度こそ逃すまい）と男から目を離さなかった。

「このひとにチェリーを一本。ジンライム付きで。おれのおごりでいいから」

サルが箱の中からチェリーを一本抜きとって差し出すと、男は飛びつくように奪いとってマッチで火をつけた。

「ほう」とサルがけむたそうな目で苦笑する。「いまどき、マッチで火をつけるなんてオツじゃないか」

男はせわしなく煙を吸い、積年の恨《うら》みを晴らすかのように涙ぐみながら吐き出した。

「なぁ、おい」

トオルはすかさず男の腕をつかんだ。

「交換しないか、チェリーをひと箱と、あのポスター」

「ふた箱なら」

煙にむせながら男は頷き、背中にしょい込んだ黒い筒を、赤児《あかご》をあやすように揺さぶってみせた。

「あのポスターなら、この中にあります。ですから、手荒な真似はやめてください。ぼくはですね——」

「ぼく？　ぼくの名前は、なんていうんだ？」

「早瀬《はやせ》といいます。早瀬順平《じゅんぺい》です。ぼくは決して、怪しい者ではありません。ぼくはつまり、このポスターを制作した者で——」

「本当に？」

　トオルは驚いて男の腕をはなした。

「本当です。ぼくは、ちょっと前まで、映画会社の宣伝部で働いていました。ポスターやフライヤーや広告をつくるのが仕事で、このポスターも、そのときに手がけたものだったんですが——」

「公開されなかった？」

　トオルが先まわりして訊くと、

「正確に云うと、撮影が中断されたんです。理由は分かりません。脚本を書きなおすことになったらしくて——でも、結局それっきりでした。もう八年になります。このポスターは中断の前につくったテスト版で、すべて破棄するよう上から云われたんですが、こっそり一枚だけとっておいたんです」

「それを、どうしていまさら？」

「誰かに見てもらいたかったんです。自分としては、すごくうまくできたのに、誰にも見せることなく頓挫《とんざ》してしまったので」

そこまで云って、男はふと壁に視線を移し、視線の先にあった件《くだん》の絵をまじまじと見て、つぶやいた。

「これって、もしかして――」

＊

「『それでも地球は回りつづける』――地下鉄オペラ？」

シュウは立体的に浮かんだ電子チケットのタイトルを読みとると、

「地下鉄って、あの地下鉄ですよね」

と確かめるように彼女を見た。

「そうなの。友達が行けなくなっちゃったんで、その――もし、よかったら一緒に行けないものかな、と思って」

チケットを持ってきたのは、「オストアンデル課」のキリバヤシ・フウだった。

「その後、どうですか」

と予告もなく、キリバヤシはシュウのオフィスにあらわれたのだ。

シュウは資料館から戻ったばかりで、谷口さんが自宅の書棚から見つけてきた『グリム童話集』のページをめくっているところだった。目次に、「いばら姫」を見つけ、読み始めてしばらくすると、

「突然、ごめんなさい」

とキリバヤシがやってきた。彼女が云うには、「急に思いついて」とのことだったが、おそらく、社の上層部の誰かに云われてきたのだろう。「様子を見てこい」と、その誰かは彼女に命じ、あるいは、地下鉄オペラのチケットまで周到に用意したのかもしれない。

「そういうことですよね」

本を閉じて、彼女に訊くと、

「違いますよ」

キリバヤシは全力で首を横に振った。

「わたし、どちらかと云うと、会社とはうまくいってないんです。ほとんど毎日、喧嘩《けんか》ばかりで。そんなわたしを」

そこで彼女は言葉を切って、しばらく考えていた。

「そんなわたしを、あなたの偵察に仕向けるなんて、あり得ないでしょう？」

「じゃあ、どうして」

「ひとりきり部署同士のよしみ、ということにしておいてください」

「しておいて？」

「いや、ですからね――」

キリバヤシがじれったそうにハイヒールの踵《かかと》を床に打ちつけると、限りなくがらんどうに近い「にわかオフィス」に、その小さな音が嘘のように大きく響いた。

「世の中には、本音とタテマエというものがあるんです。この際ですから、本音の方を云っちゃいますけど、シュウさんは――すみません、シュウさんと呼んでもいいですか――シュウさんは、女性からデートに誘われるのは迷惑なんでしょうか」

「え、あ、いや――」

「じつは、わたしもこれが初めてなんです。勇気をふるってきたんです」

その云い方がどこかしら姉に似ていて、シュウは疑念を引っ込めて、

「分かりました」

と小声で答えた。

「デート」という言葉は思いがけなかったが、彼女が誰かに命じられてきたわけではないのなら、そう頑《かたく》なに拒否するものでもない。

たしかに、自分にはそろそろ気晴らしが必要だった。よく分からないうちに、知らない列車に乗せられ、行き先も知らされぬまま、どこかへ向かいつつある。そんな気分だった。

彼女が云うように、たまには、「ひとりきり」同士が肩を並べて、「ふたり」になってもい

いかもしれない。

キリバヤシに導かれるままオフィスをあとにした。

電車を乗り継いで向かう道すがらに、「ひとりで部署を切り盛りするコツ」をレクチャーしてもらい、キリバヤシの軽妙な話しぶりに何度か笑ったりするうち、いつのまにか、会場の入口に到着していた。

そこは工事中の地下ターミナル駅の真上にあたり、シュウにしてみれば、地下鉄オペラという名前から連想された嫌な予感が的中しつつあった。

あの、〈メルシュトロオム〉が大きな口をあけて待ちかまえている――。

「やっぱり、こういうことですよね」

シュウは、そこへ来て急に全身がこわばった。

「え、どうしたの」と不審がるキリバヤシに、「苦手なんです、あれ」と〈メルシュトロオム〉の方を見ようとしたが、見るのも憚られる。

「あれって？」

「あの螺旋階段です」

奇遇と云っていいかどうか分からないが、シュウが生まれたちょうどそのころ、都心を走る地下鉄の主要ターミナル駅は、地上と地下をつなぐ階段を大きくゆるやかな螺旋階段につくりなおした。

名称は、公募の結果、杉並《すぎなみ》区永福《えいふく》に住む高校一年生、菅井《すがい》直也《なおや》君が考案した〈メルシュトロオム〉が採用され、許可を出した都の目論《もくろ》みどおり、東京のあたらしい観光スポットになった。

〈メルシュトロオム〉は、ノルウェーのロフォーテン諸島周辺に実在する巨大な渦潮の名前だが、その文字の並びに、「メトロ」の三文字が隠されていることが話題になり、そればかりか、「シュト＝首都」までもが隠されていることに誰かが気づいて、好評の一因となった。

全部で七つつくられた〈メルシュトロオム〉は、色どりも大きさもまちまちだったが、いま、シュウとキリバヤシの足下にある完成間近のあたらしい駅は、東京で最も大きな地下ターミナル駅になるものだった。

それに見合って、〈メルシュトロオム〉もこれまでで最大最長となり、階層で云えば、じつに地下五階分を鋼鉄製の頑強な階段でつないでいた。構造上、垂直ではなく、大きくうねりながら渦を巻いたつくりになっている。

シュウは、とにかくこれが大の苦手で、のぼるのはまだいいとしても、地下へ向けて螺旋階段をおりてゆくのが、生理的に駄目だった。

「目がまわってしまうんです」

キリバヤシは、シュウが子供のようなことを云い出したのを聞いて、なかば呆れながら微笑した。

「平気ですよ」

〈メルシュトロオム〉の脇にエレベーターが設置されているのを、キリバヤシは横目でとらえていた。

「階段を使わず、エレベーターでおりればいいんです」

そうは云ったものの、じつは、そのエレベーターは工事用を兼ねた間に合わせに過ぎず、いきおいで乗ってしまったものの、音はうるさいし、変な匂いがするし、まったく安定していなかった。

シュウは、〈メルシュトロオム〉でなければ何でもよかったのだが、キリバヤシにしてみれば、やたらにガタつくおんぼろエレベーターの方が、よほど恐ろしい。

下降しながら、現在の時間を空中投影すると、すでに開演時間を十分ほど過ぎていた。

そのうち、「グガン」と地の底に投げ出されたような衝撃がエレベーター全体に響き、ガガガ、ギギギ、ゴゴゴ、とガ行の騒音を発して、苦しげにドアがひらいた。

ひらく前から、すでに音楽が聴こえ始めていたが、それは、ガ行の攻撃のあとに押し寄せてきた清らかな水のようだった。

シュウもキリバヤシも、しばらく立ちすくんでいると、清らかな音と共に、途方もない広さをもった夜の空港を思わせるパノラマがひろがっていく。

二人は自分たちが立っている場所と状況を把握《はあく》するまで、なお数秒を要した。

二人がそうして驚嘆するのも無理はない――。

この一夜の、「地下鉄オペラ」は、のちのち語り草になることが約束されていた。

ホシナ率いるスキンヘッド・オーケストラは、常に地下鉄駅を利用して演奏会を開いてきたが、これまでは、すべて廃駅を舞台にしており、今回のような、開業を控えたあたらしい駅で演奏するのは初の試みだった。

オーケストラは数ヵ月後に迫ったオープニング・セレモニーでも公演を予定していて、まだ駅が未完成であるがゆえに自在に空間を使うことができ、これまでにない広大なスペースを確保することが可能になった。

ホシナは今回の公演に向けて、いつもどおり全曲を書きおろし、『それでも地球は回りつづける』という総題のもと、エリック・サティの『ジュ・トゥ・ヴー』をモチーフに、十八曲を作り上げた。

「すごいものを観た」

「よく分からないけど、とにかくすごかった」

終演後に立ち寄った深夜営業の簡易レストランで、シュウとキリバヤシは興奮冷めやらぬまま「すごい」を連発した。

（それって、どうすごいのよ？）

シュウは、たびたび姉にそう云われてきたのを思い出し、「すごい」に代わる言葉をひねり出そうとしたが思いつかない。

本当にすごいものは、「すごい」としか云いようがなかった。

これはまた、キリバヤシにしても同じで、シュウにも打ち明けなかった本音を云えば、じつは、どこへ行ってもよかったのである。二人で出かけることが重要で、デートの行き先は、遊園地でも水族館でも映画館でもよかった。逆に云えば、その程度の軽い選択だったのに、目にしたものに、ただただ驚かされた。

一応、「オペラ」と謳っているので、音楽と演劇がミックスされたものであろうことは見当がついていたが、演劇にあたる部分はきわめてコンパクトで、それよりも、極力、照明をおさえた地下空間そのものが多くの言葉や物語を秘めているように見えた。

主役は音楽でも演劇でもなく、演奏者や歌い手や俳優でもない。一見、ひんやりと静まり返った地下の闇の奥に、鮮やかな色をもった緻密で複雑なものが隠されているような気がした。

「ねぇ、知ってます？」

キリバヤシが皿の上の料理をフォークでつつき、

「地下道のこと」

と、そう云ったようにシュウには聞こえた。

「え？」

店の中は公演帰りの客であふれ、誰もがやはり、「すごい」や「驚いた」を口にしていた。その声が土砂降りの雨のように店内を充たしている。

「いま、なんて云いました？」

喉を嗄《か》らすほど声のボリュームを上げないと、小さなテーブルで顔を突き合わせているのに、なんと云っているのか聞こえなかった。

「ち、か、ど、う」

キリバヤシが復唱する。

「知ってます？」

「地下道？　いや、知りません。なんのことでしょう？」

「あるんだって――あっちとこっちを結ぶ地下道が」

「あっちとこっちって、どこのことです？」

「壁のね」

「壁？」

「壁を隔てた東と西を結ぶ地下道。あ、でも、シュウさんは地下が苦手なんだから知らないよね――じゃあ、ムーン・パイは知ってる？」

いきなり話が変わったので、シュウはなおさらついていけなくなった。

「ムーン・パイ？　ですか」

「わたしのいちばん好きなお菓子なの。ぶあついクッキーのあいだにマシュマロがはさまっていて、全体をチョコレートでコーティングしてあって」

「知らないです」

「子供のころに食べたきりで、もういちど食べてみたくて、ずっと探しているんだけど」

（やはり姉に似ている）とシュウはキリバヤシの耳のあたりをそれとなく見ていた。

いや、耳は大きくないけれど、「ずっと探しているんだけど」と姉もよくそう云っている。

いまも、きっと何かしら探しているに違いない。

「ねぇ、今度は映画を観に行きましょうか」

キリバヤシの声をシュウはうわの空で聞き、

「いいですね」

うわの空で、そう答えた。

*

「敗北感です」

美冬に、「今日はどうしたんですか」とさっそく訊かれたので、ナツメは、

「敗北感。ただただ敗北感」

と繰り返して、空気を抜かれたようにぐったりしていた。

もし、〈クモリゾラ〉で過ごすこの時間がなかったら、ナツメはきっと、入院レベルの不眠症におちいっていたに違いない。悔しくて、切なくて、もどかしくて、ついつい頭がそればかり考えてしまう。

大体、あんなに調子よく喋って、云いたいことはほとんど云えたのに——。

「じゃあ、私は帰ります」

マユズミはそう云って、本当に帰ってしまったのだ。ナツメはマユズミの上着をつかんで、「待ってください」と引きとめたが、

「いまから私は歯医者へ行くんです」

きわめて正当な理由で彼は去っていった。

そんなはずではなかったのだ。本当なら、いまごろマユズミと一緒に〈ホノルル書房〉へ乗り込み、あの本を見せて、「こんなものを見つけたんです」と本の謎を解くための協力をあおいでいるはずだった。

「ナツメさん」

美冬は、部屋の隅の行灯の光を、一段、落とした。

「もし、なにか話してしまいたいことがあるのなら、わたし、全部、お聞きしますから」

（ああ）とナツメは嘆息した。それもまた切なくもどかしい。

美冬のやわらかい声と、背中をなぞりながらおりてゆく指の感触に、ナツメはいっさいを解き放ってしまいたかった。

でも、たとえばあの本のことを美冬に打ち明けたら、どう思うだろう。

あなたが教えてくれた、あの本をどうしても読みたくなって、探してみたら、たまたま見つかったの――「だから、わたしも、あの本を持っていて」――そう云ったら、美冬はなんと云うだろう。

分からない。でも、きっと云わない方がいい。

マユズミさんのことにしてもそうだ。あの本の著者は実在していて、でも、あの本を書いたのは、そのひとではないみたいで――本当のところは分からないけど、たぶん違う。

じゃあ、誰が書いたのか。

一緒に探してみませんか、とそのひとに頼んでみたんだけど、そのひと、親知らずが生えてきちゃって。ものすごく痛がって。本当に子供みたいなひと。自分でもそう云ってた。大丈夫じゃないって。生まれつきそういう人間で、臆病で、痛がりで、いつも不安で。

わたしもそう。全部、あてはまる。

だから、仮にそんな二人が手を組んだとしても、どっちにしろ、うまくいかない。それも分かってる。だから、切ない。

もう、どうしようもなかった。わたし、探偵なのに、こんな簡単なことさえ前へ進めることができない。解決できない。こんなことでは――、

「ナツメさん」

一段と暗くなった部屋の中に美冬の声だけがあった。

ナツメは目を閉じて全身の力を抜き、あえて無防備な状態に自分をもってゆくと、体中が透きとおるような香りが近づいてきた。

「もし、何もお話ししたくないのなら、もちろん、お話ししなくてもいいんです」

美冬の声はナツメのすぐ鼻先にあった。

声どころか、彼女の鼻が自分の鼻に触れ、（つめたい）と声をあげそうになったところへ、今度は、あたたかいものが唇におしあてられる。鼻先は触れあったままなのだから、あたたかいものは彼女の唇に違いない。

ああ、もし、ここで鼻息を荒くしてしまったら興醒《きょうざ》めだろうと思い、ナツメは息をとめて唇を結んだ。

が、結んだはずの唇が、美冬の唇によって、かすかにひらかれる。

次の瞬間――なんだろう――冷たくもあたたかくもない、しいて云えば、人肌の温度に保たれた液体が、割られた唇から、少しずつ少しずつ注ぎ込まれた。

それが、どんな種類のものであるか判別できなかったが、なんにせよ、酒であることは間違いない。舌にも鼻にも味と香りの記憶がなく、おそらくは初めて味わう酒だった。

「おいしいですか」

「おいしいです」

本当なら、いまここで交わされる言葉はただそれだけでよかった。

しかし、ナツメの根にあるのは、やはり探偵の気質で、決して大丈夫ではなく、臆病で、痛がりで、いつも不安だったが、

「これは、なに？」

好奇心と探究心だけは、誰にも負けていなかった。

「なんという名前のお酒？」

おそらく、口から口へうつされた酒の名を尋ねることほど不粋《ぶすい》なことはない。

が、美冬は、あまりに元気のないナツメを、これ以上悲しませたくなかったので、

「〈ゴールデン・スランバー〉です」

誰にも教えたことのないその名前を、酒と一緒に、口うつしでナツメに注ぎ込んだ。

05

親知らずを抜くというのは、つまりそういうことなのです

天使も怪物も眠る夜

曇った〈ミラー〉に映った自分の顔を見据え、マユズミは、いかにも弱々しい声で、

「ようやく」

とつぶやいた。

ようやく、まともな検索ステーションにたどり着いた。

いや、まともどころか、〈ミラー〉付きのマシーンを並ばずに利用できるのだから、今日はついてる。これで、親知らずの痛みがなかったら云うことないのだが、いまどき、そんな贅沢は云っていられない――。

とかく、この世はリスクなしでは前へ進めない。

リスクなしで前へ進めたときは、あとになって何かしらしっぺ返しがくる。

仮に、それが杞憂《きゆう》であったとしても、何かあるんじゃないか、と不安に駆られることが、そのままリスクになる。

マユズミは、指紋まみれのサーチボタンを慎重に押し、検索窓に、「歯医者」と打ち込

んで、すぐに削除した。

しばらく思案してから、「デンティスト」とたどたどしく打ちなおす。

めったに使わない呼び名だったが、歯医者という云い方は「敗者」に通じる、と誰かが指摘したことですっかり廃れ、「デンタル・クリニック」も時代おくれになって、ずいぶん経っていた。

マシーンは旧式の空調機が発するため息に似たノイズを繰り返し、そのうち、大きく息をついて、断続的な唸りを聞かせた。

同時に、最も近くて最もリーズナブルなデンティストのデータを〈ミラー〉に表示する。

ため息はつくが、かなり精度の高い検索マシーンであることは間違いなかった。

こうした優秀なマシーンを利用したいときは、まず、そのマシーンがどこにあるかを検索しなくてはならない。宝にありつくには、「宝を熟知している検索機」を探すための検索機が必要だった。

〈デンティスト・イバラギ〉

表示されたのは、わずかにその一件だけで、住所は渋谷で、たしかに近い。

屋上に、前時代的なプラネタリウムのドームを載せた、七階建ての幽霊ビルだった。

（さて、なにかの間違いか）

しかし、優秀な〈ミラー〉付き検索機がミスを犯すはずがない。

マユズミは、検索結果がプリントされた紙きれを、いまいちどじっくり確かめた。

プリントには、デンティストのデータにとどまらず、親知らずの正確な位置が示され、

「早急な処置が必要」と簡潔に指摘していた。さらには、

「左目の網膜に未登録の浸透薬が微量ながら認められる」

とあり、これは先の探偵事務所でスプレーされた大ママの痛み止めに違いない。

マユズミは、乱雑に閉鎖された正面玄関を離れ、ビルの横手にまわると、そこに運よく非常階段を見出した。

階段をのぼりながら、ひさしぶりに都会の都会らしい匂いを嗅《か》ぐ。

（なんだろう、この匂いは。雨が上がったあとのアスファルトの匂いと、排気口から吐き出されたナポリタン・スパゲティを炒《いた》める匂いだ）

記憶は定かではないのに郷愁を覚え、朽ちかけた危なっかしい階段を三階までのぼって、非常口からビルの中に入った。

中は薄暗く異様な空気だが、入ってすぐの右手に、子供の背丈ほどもある大臼歯《きゅうし》のオブジェが青白く居座っている。

〈デンティスト・イバラギ〉

とプリントされた文字が、色褪《あ》せてはいたが、かろうじて読めた。

こうした幽霊ビルに、しぶとく居残っている店や施設があるという話を、マユズミはラジオで聞いたことがあった。とはいえ、あまりに怪しげで大いに腰が引けてしまう。しばらく立ち尽くして逡巡したが、次に書く小説の題材になるかもしれないという淡い期待が最後に勝った。

医院は廊下に面したドアを開け放したままで、誘われるまま、そろそろと入っていくと、ごく普通の医院らしく、右手に待合室が見えた。正面にはそれらしい受付もある。

しかし、誰もいなかった。

ただ、明らかに人の気配があり、二人の男が、ひそひそと話し合う声が、受付の奥の部屋から聞こえてきた。

マユズミは息を殺して耳を澄まし、二人の会話を聞きとろうとした途端、すさまじいドリルの音と男の絶叫が耳をつんざいた。

打たれたように体をこわばらせて目を見張り、小刻みに首を左右に振ると、とにかく一刻も早く逃げ出そうと、マユズミは踵を返す。

そのときである。ひとりの小柄な男が医院に入ってきて、

「逃げてはなりませんぞ」

風体に似合わぬ太い声を響かせ、マユズミの行く手に毅然《きぜん》とした態度で立ちふさがった。

マユズミのあわてぶりを不敵な笑みで見守っている。あたかも、「ニヤリ」という片仮名の三文字が宙に浮いているかのようだった。

マユズミは踵を返した体勢で静止し、目を見張ったまま眼前の男を見返すと、

「なに、ご心配なく」

男は、なおもニヤリをつづけていた。

「貴殿は、ぼくをご存知ないのでしょう。いえ、怪しい者ではありません。最近、少しずつ名前を知られるようになってきたんですが、じつに屈辱的なことに、皆、ぼくのことをコドモ博士などと呼ぶのです」

(聞いたことがあるぞ)

マユズミは、内心、そう思ったが、奥の部屋から響いてくるドリルの音と絶叫に気をとられていた。

「ぼくの本当の名前はコダマというんです。じつを云いますと、デンティストとは抜き差しならない関係にありましてね、善良な市民を、デンティストへ送り込むのに加担しているというか——」

マユズミは男から視線をはずして目を泳がせた。

「もう、お分かりでしょう。ぼくの実家は和菓子屋なのです。オストアンデルの饅頭《まんじゅう》屋ですよ。それも、葬式饅頭を専門に商っていて——〈コダマ製菓〉というんですが」

(この男は、一体、なんの話をしているんだろう)

「もしかして、貴殿は壁の東側のご出身でしょうか。うちは、西の果ての八王子にありましてね、西側で生まれ育った方でしたら、〈コダマ製菓〉と聞いたら、すぐに反応しますよ。なにしろ、葬いは絶えませんからね。世に菓子屋はごまんとあるでしょうが、葬式饅頭屋とウエディング・ケーキ屋は、決して潰《つぶ》れません」

(そんなことは、いま、どうでもいいんだが)

「とにかく、すみやかに治さないと、甘いものが沁みて食べられなくなります。いや、分かってます。貴殿は、要するに虫歯が痛むのでしょう？」

「いえ」

マユズミはきっぱりと首を振った。

「虫歯ではなく親知らずが――」と云い終えぬうちに、

「ああっ」

コドモ博士が声を張り上げ、ともすれば、絶叫を制するほどの声だったが、すぐに、

「それはそれは」

とトーンを落とした。

「間違いなく、抜くことになるでしょうな」

とどめを刺すように、周知の事実をマユズミに突きつけた。

「あの――あなたも治療を？」

マユズミは声が小さくなり、身も心も六十パーセントくらいに縮小された気分だった。

「ああ、ぼくですか」

博士は意気揚々としていた。

「ぼくは歯列矯正のためにここへ通っているのです。というか、このビルの七階に住居と研究室がありましてね」

「このビルに？　お住まいなんですか」

「貴殿は、ここまで、ぼくのプライベートに立ち入ってきたのですから、そろそろ、貴殿も自らの身分を明かすべきでしょう。それが、年長者に対する礼儀というものです」

「すみません」――とマユズミの心身はなおも縮小され、「私はマユズミ・サイジロウという小説家のはしくれでして」

「ほう」とコドモ博士の顔つきが、みるみる変幻していった。「なんと貴殿は、あのいまをときめくマユズミ・サイジロウ氏であったとは」

「あ、ご存知でしたか」

「いや、いまのは社交辞令というやつでして、残念ながら、ぼくは貴殿のことをまったく存じ上げません。しかし、小説家というものには非常に興味があります。なぜなら、ぼくはいま、まさに小説の題材にうってつけの研究をしているからです」

今度は、マユズミの目が輝き出した。

（やはり、今日の自分はついている）

ここまでのところも、それなりに書くに値するのではないかと見積もっていたのだが、この奇妙きわまりない博士の言動は、いかにも自分好みではないか。

「なんなら、歯を抜く前に七階へ来ませんか。いや、絶対にその方がいいでしょう」


こうした経緯で、マユズミはコドモ博士のプラネタリウム・ドームに案内された。

一週間前に、〈ガーデン〉の五夜二等調査員が見聞した、バラ線地帯の全方位映像を見せられ、ついでに、博士がこれまでに着用したすべての衣服のコレクションを、「特別に」と見せられた。

マユズミは大いに驚嘆して混乱した。

衣服はともかく、バラ線地帯にうごめく動物たちについては、問題のあの本と密接に関わりがある。

小説のネタをもとめて、下心たっぷりに博士の研究成果を傾聴していたが、これはもしかして、そんな下世話な態度で臨むことではない。何か、もっと大きな力によってこうなっているのでは——と、マユズミにしては、めずらしく小説家らしい勘が働いていた。

おまけに、博士はマユズミと交わした会話の端々から、マユズミが次男坊であることを云い当て、父親の仕事――避雷針をつくる会社である――を引き継いだ長兄に対し、「歪んだコンプレックスを抱いているのではないか」

と、これまた見事に云い当てた。

「じつは、ぼくも同じ境遇なので」

博士は、険しい目つきになっていた。

「云うまでもなく、葬式饅頭屋を引き継いだのは兄です。じゃあ、自分は何を引き継いだらいいのか？　若いときから、そればかり考えてきました。幸い、いまの研究に導いてくれた師匠に出会い、ぼくは、結局のところ、師匠が成し遂げられなかったテーマを引き継いで、いまがあるわけです。はたして、次男坊は何を引き継げばいいのか？　これこそ、学校で教えるべき、人生の一大事です」

（なるほど）とマユズミは素直にそう思った。

博士の云う次男坊の憂鬱は、おそらく潜在的にマユズミにも巣くっている。

「何を引き継げばいいのか？」という博士の言葉によって、初めて、それが肯定的に立ち上がってきた。

「あのバラ線地帯の森はですね」

博士が、いささか芝居がかった調子で結論してみせた。

「あの森には、われわれがまだ知らない物語が隠されているのです」

物語――と博士はたしかにそう云ったのだ。

「これも何かの縁でしょう。貴殿には、ぜひ、その物語を探り出していただきたい」

博士は意気込んでいた。

「これは、かねてより考察してきたことですが、物語というのは、いつでも途中から始まるものではないですか？　いつだって、それまでの経緯を引き継いだところから始めるしかありません。物語こそ、『引き継ぎ』の最たるものではないでしょうか」

（思ってもみなかった）とマユズミは、ますます驚いた。

しかし、云われてみればそのとおりで、これまで自分が書いてきた物語を思い返してみても、その始まりは、常に何かの途中からだった。

というか、それ以外、どのようにして書き始めればいいのか――。

「貴殿は、いまこそ出発すべきです。まだ見ぬ物語を引き継ぐためにです。いまこそ、次男坊の冒険に乗り出すのです」

博士がマユズミの背中を押すように云った。

「親知らずを抜くというのはですね――つまり、そういうことなのです」

＊

キリバヤシ・フウの来訪によって中断していた『いばら姫』を読む作業を再開し、シュウは、なるべくゆっくり時間をかけて、それを読み継いでいった。

物語そのものは、温水プールの笛野がひととおり語ってくれたはずである。が、あいにくシュウは眠ってしまい、谷口さんから借りた文庫本になぞらえて云うと、冒頭のわずかな数行と、物語が終わったあとの、「めでたし、めでたし」しか耳にのこっていなかった。物語の中の姫よりも早くシュウは眠りに落ち、耳だけは聞いていたかもしれないが、意識にはまるで刻まれなかった。

したがって、シュウは初めてこの物語を味わったことになる。

読み終えるなり、腕を組んだ。

おかしな話ではあるけれど、じつにシンプルな話だった。逆に云うと、シンプルな話ではあるけれど、かなり奇妙な話である。

シュウは、このために用意したあたらしいノートをひらき、なるべく手短にストーリーを箇条書きにして、まとめてみた。

一　むかしむかし、とある王様とお妃のあいだに、それはそれは美しい姫が誕生した。

二　誕生祝いの宴に、魔女たちが招待され、ひとりの魔女が、「姫は十五歳になったときに、糸つむぎの針が刺さって百年の眠りにつくだろう」と呪いの言葉を吐く。

三　王様は、国中の糸つむぎを焼き払い、呪いを回避しようと躍起になった。

四　しかし、十五歳の誕生日を迎えたその日、姫は城の中にある古い塔の螺旋階段をのぼって、小さな部屋にたどり着く。部屋の中では老婆がひとりで糸をつむいでいて、興味を持った姫が、自分もつむいでみようとしたとき、呪いの言葉どおり、指に針が刺さって、寝台に倒れ込む。

五　それきり姫は深い眠りにつき、その眠りは、みるみる城の全域に波及した。城の中にいたすべての者が眠り、城を取り囲むいばらが、おそろしいほど繁茂《はんも》して、城を覆い隠した。

六　眠りについた美しい姫の噂は国中に広まり、何人もの王子が姫に会いに来るものの、いばらに阻まれて、王子たちは次々と命を落とす。

七　それから多くの時が流れ、たまたま、通りかかったひとりの若い王子が、「眠り姫」の話を聞きつけて、果敢に城の中に入り込んだ。

八　若い王子は、姫が眠る塔の上の小部屋にたどり着き、寝台の上に眠る姫に口づけをすると、姫は百年の眠りから目覚めて、二人は結ばれる。

「めでたし、めでたし」と付け加えれば、ただそれだけの話である。

いかにも奇妙だと思えば、気になるところが多々あった。

たとえば――。

なぜ、糸つむぎの針が刺さると、百年の眠りにつくのか。

なぜ、あらかじめ警告を受けていたのに、姫は自ら糸つむぎに手を出してしまうのか。

なぜ、姫が眠りについた途端、いばらが繁茂するのか。

なぜ、姫を救おうとする王子たちが、ことごとく命を落とし、なぜ、最後の王子だけが塔の上に到達できるのか。

そもそも、「百年の眠り」とは、なんだろう――。

「現代的な観点から云えば、病気のひとつかもしれません」

　シュウの素朴な疑問に対し、谷口さんは、しばらく考えてからそう答えた。

　その前に、いつものサポート・デスクで、

「読みましたか？」

　と挨拶がわりの言葉を交わし、しばしの沈黙のあと、「あの」と谷口さんの方からシュウに声をかけた。

「このあと、昼の休憩があります。もしよかったら、一緒に〈クロコダイル・バーガー〉へ行きませんか」

　それで、『いばら姫』をめぐる話は、その昼食の席に持ち越された。

　谷口さんは、ナルコレプシーやクライン・レビン症候群といった眠り病の症例をあげ、ハンバーガーの端の方を、遠慮がちに少しずつかじるように食べた。

「どうして、谷口さんは、そんなことまで知っているんです？」

　シュウの問いに、谷口さんは、「それが私の仕事ですから」と即答した。

「もちろん、検索マシーンに助けてもらうこともありますけど」

謙虚《けんきょ》にそう付け加えることも忘れない。

「ただ、〈レイドバック〉があってから、あらゆるシステムが脆弱《ぜいじゃく》になってしまって、結局のところ、信じられるのは、自分の記憶だけです」

谷口さんは自分の頭を人差し指でつついた。

「でも」とシュウもまた、自分の頭を人差し指でつつき、

「僕はこの物語から、いったい何を汲《く》みとればいいんでしょう？　やはり、王子が姫を百年の眠りから目覚めさせる、あの結末が重要なんですよね？」

「そうですね、それはやはり、そうだと思いますけど——」

「でも、王子は、ただ姫に口づけをするだけです」

「はい」

谷口さんは、シュウの言葉に、ハンバーガーを手にしたまま耳を赤く染めていた。

「だって、他に何の説明もないですよね。口づけは、何度読んでも、口づけですし」

「はい」

谷口さんの耳は、なおも赤く染まって、頬にまで及んでいる。

「そこから、どんな商品を開発すればいいんでしょう？」

「ええ。それはたしかに私にも分かりませんが——」

なんでも知っているはずの谷口さんにも答えられないことがあるのか、とシュウは食べ

かけのバーガーをトレイに戻した。

なんとなく店内を見渡し、壁に貼り出された一枚のポスターに目をとめる。

ポスターには、「新発売、デザート・メニュー」とあり、「ムーン・パイ」と新商品の名前が謳われていた。

ムーン・パイ？　たしか、キリバヤシが、「いちばん好きなお菓子」と云っていたものだ。ポスターに配された写真は、彼女の説明どおり、「ぶあついクッキーのあいだにマシュマロがはさまっていて、全体をチョコレートでコーティング」してある。

キリバヤシは、どこか切なそうな顔で、「ずっと探しているんだけど」と云っていた。

ポスターは予告で、発売開始は三日後である。

谷口さんは黙々と少しずつハンバーガーを食べていた。シュウもまたそれに倣《なら》い、表向きは無関心を装って、頭の中の半分は「ムーン・パイ」のことを考えていた。

それからの三日間、シュウは三つの選択肢を検討した。

一　ポスターの内容を、キリバヤシに報告する。

二　発売日に購入して、キリバヤシのオフィスに届ける。

三　キリバヤシを誘って、店で一緒に食べる。

あれこれ考えた挙句《あげく》の結論は、三だった。

（ただ、谷口さんと昼食を共にした三日後に、同じ店で、キリバヤシとデザートを食べるのはどうなんだろう？）

さすがにシュウは自分を訝しんだ。

その結果、谷口さんと一緒に座ったテーブル席からいちばん遠い窓ぎわのペア・シートを選び、外の景色を眺めながら、キリバヤシと横並びに座って、生まれてはじめて、ムーン・パイを食べた。

「涙が出そう」とキリバヤシは感激した。

いつものダークスーツに身を包んでいたが、陽の光を浴びた彼女は無邪気な子供のように見える。

というより、ムーン・パイのあまりに激烈な甘さに、シュウの目には、窓の外の何の変哲もない風景が隅から隅まで無邪気に映った。

時間が音をたてて巻き戻され、そんな記憶はないのに、いつだったか、姉と二人でこうして甘い菓子を食べたような気がしてくる。

あるいは、そうした感覚も、〈レイドバック〉の影響かもしれなかった。

谷口さんがそう云っていた。

〈レイドバック〉の施行によって、行き過ぎた技術の進化が巻き戻され、システムやエンジンのねじは緩《ゆる》んでしまったけれど、その代わり、もと居た場所に立ち返ることができた。施行直後は、そうした効果を実感することはなかったが、施行から六年を経て、ようやく「あの選択は正しかった」という声が聞かれるようになっていた。

「ねぇ」――と囁くキリバヤシの声もシュウには甘く感じられ、チョコレートの香りが指に染みつき、口の中で溶けたマシュマロは、シュウの思考回路そのものを骨抜きにする威力があった。

「このあいだも訊いたけど、シュウ君は」――いつのまにか、キリバヤシは、「シュウさん」ではなく「シュウ君」と呼ぶようになっている――「シュウ君は、地下道のこと、知らないんだっけ？」

「はい？」

シュウは骨抜きになって、また頼りない反応をした。

「地下道ですか。それって、なんの話でしたっけ」

「そういうものがあるって」

キリバヤシは店内を見まわし、他に客はいないのに、囁き声のまま、

「誰かに聞いたことない？」

と指についたチョコレートを紙ナプキンでぬぐった。

「ない——ですね」

「じゃあ、〈伝説の寝台〉の話は聞いたことあるでしょう？　ついこのあいだまで、〈誘眠課〉にいたんだし、そうじゃなくても、都市伝説のエピソードとして聞いたことない？」

「〈伝説の寝台〉？　ですか」

「知らないんだ」

「知らないですね」

　キリバヤシはそのとき、それまでの甘い香りをデリートし、シュウがまるで気づかないほんの一瞬だけ、本来の彼女の目を光らせた。その目で、シュウの目の奥にある扉を開き、扉の中にあるものをひとつひとつ点検して、すぐに手ぶらで戻ってきた。

　スーツの裾のしわを伸ばし、居住まいを正して、釣果《ちょうか》がゼロであったことに眉をひそめて嘆いた。それは、まばたきをひとつするかしないかの刹那《せつな》だったが、

「シュウ君って」

　キリバヤシは、あまりのことに、云うつもりのなかった言葉をつい口にしていた。

「本当に何も知らないんだね」

　はたして、キリバヤシがどのような意味でそう云ったのか、こればかりは神のみぞ知るところである。

　あるいは、恋人の候補として、どの程度の器量を持った男であるか値踏みをしたのかも

しれない。もしかして、人生を共にすることになったとき、どのくらい頼りがいがあって、世の中のあれこれに精通しているか。一般常識はもとより、流言や風聞といったものにどのように接しているのか――。

〈レイドバック〉以降の世界では、電子頭脳への依存から、どれくらいスマートに脱却できているかが、そのひとの将来を占うポイントになりつつあった。

そうした意味で云うと、シュウはあらゆる点で失格だった。

キリバヤシのチェック・シートにはバツ印が並び、とりわけ、「注意深さ」の項目には、「ほとんど何も気づかない」と大きく赤ペンで書き添えたいくらいだった。

（だから、このひとが、ムーン・パイのポスターに気づいたのは、ほとんど、奇跡と云っていいかも）

キリバヤシはシュウの隣で感慨深げに頷いた。

（それとも、もしかして、愛なの？）

実際、シュウは何も気づいていないのである。

何日も前から、彼の周辺に怪しげな男たちが見え隠れし、交代で彼を観察して、シュウがいったい何をしているのか、何をどこまで理解し、会社が命じたことを、どの程度、実現に近づけているのか、一挙手一投足が克明に記録されていた。

しかし、そうした一切に、シュウは気づいていない。

ただひとつ、「あれ？」と声をあげたのは、温水プールで体をほどいているときだった。

いつもの、右から八番目の個室プールに身を沈め、上体をひねって、体勢を変えようとしたとき、水槽の中の左側面に、長さ二十センチほどの亀裂があるのに気づいた。

縦に傷口がひらいたかのようで、そうした傷や汚れのようなものが隅々まで排除されたこのプールでは、いかにも目立って、似つかわしくない。

シュウは、すぐに笛野を呼び、

「そこに亀裂が」

と指差すと、

「まさか、今朝、点検したばかりです」

笛野はゴーグルを装着して水にもぐった。

一見して、見たことのないタイプの亀裂だった。割れているというより押し出されたような感じがあり、人間の傷で云えば、切り傷ではなく裂傷《れっしょう》に近い。

笛野が亀裂をなぞるように指をあて、触感で状態を確かめていると、不意に亀裂の真ん中から小さな泡がひとつ漏れ出てきた。

注意深く観察していなければ、見逃してしまうようなごく小さい気泡が、ただひとつ、漂うように水の中をのぼって、すぐに消えてしまった。

＊

それにしても、酒というのは不思議なものである。

仕込むときに、ガスを足して人工的に泡を生じさせるものもあるが、なにもしていないのに、グラスの中で自然と気泡を生む酒がある。

〈ガーデン〉の二等調査員五夜は、酒場のカウンターでグラスを灯にかざし、気体を孕んで上昇する気泡に、コドモ博士の饒舌《じょうぜつ》な言葉を重ねていた。

「あそこを御覧なさい」

博士は、バラ線地帯の映像を指差していた。

「白い霞のようなものがのぼっているでしょう？　それが空の上に集まって雲になっています」

「あれこそ、失踪した動物たちの魂です。アクビです。クシャミです。タメイキです」

五夜は小さく首を振った。

（もし、そうだとして）（だとしたら、なんなのか）（あの森で、何が起きている？）

不可解なことは、いくつもあった。

どうにも、博士の話が気になり、この一週間、五夜は〈ガーデン〉の勤務シフトを無視して、バラ線地帯周辺の巡視を欠かさなかった。

その結果、五夜がマークしたのは二人の男で、そのうちの一人は、不審な行動が目にあまるので、イエロー・カードの意味を込めて尋問《じんもん》を試みた。

男はバラ線地帯に侵入し、ひと晩中、森の中をうろつきまわっていたのだ。

ところが、いざ尋問をしてみると、男は頭のねじが何本か抜け落ちているようで、何をどう訊いても要領を得ない。

見てくれは、上背もあってなかなかの男前で、年齢はおそらく四十を超えていない。

名前を訊くと、「私は紙芝居屋です」の一点張りで、それ以上、何ひとつ明かさなかった。というより、自分の名前すら忘れてしまったのだろう。

男は、自分が穿《は》いている派手なタテ縞《じま》のズボンや、ゆうにふた回りは大きい上着が、

「ほら、まさに紙芝居屋でしょう？」

と主張していた。しかし、そもそも、紙芝居屋という生業がこの世から消えて久しく、スタイルや言動が、男の云うように「まさに」なのかどうか分からない。

仕方なく、五夜は「紙芝居屋」について調べ、およその知識を頭に叩き込んだが、それが、バラ線地帯の森とどう結びつくのか見当もつかなかった。

「で、もうひとりの男が、あなたでした」

五夜は、カウンターの中でグラスを磨いているサルに向きなおった。

「あなたもまた、バラ線地帯に自由に出入りしています。もっとも、あなたは〈ガーデン〉でも有名で、彼こそが森の主だよ、と云う者さえいます」

「おれが？」とサルは苦笑した。「まさか」

「じゃあ、あの男のことは知っていましたか」

「いや」

「彼は商売道具と称して、画用紙に描かれた七枚の水彩画を所持していました。しかし、本当は八枚あったはずなんです。というのも、絵には、一番から八番まで番号が振ってあり、なぜか、六番の絵だけがなかったんです。『どこかで落とした』と彼は云っていましたが、その――」

と五夜は、サルの背後に飾られた一枚の絵を示し、

「その絵が、おそらく六番目の絵だと思います。いばらの森の絵です。いばらとバラ線は兄弟のようなもので、その絵が暗示しているのは、バラ線地帯に他なりません」

「何の話だろうな」

サルは面白くなさそうに首を振った。

「どうして、この絵が、いばらの森の絵だと分かるんだ？」

「紙芝居というのは、絵の裏に物語が書いてあるんです。絵を見せながら、それを読み上げるんですが、ご存知でしたか？」

「いや」

「今回のケースで云えば、あらかじめ、八枚の絵を順番に重ねておくわけです。それで、物語の進行に合わせて、一枚ずつ見せてゆくわけですが、たとえば、一枚目の物語を語り終えたら、その絵は重ねられた八枚の一番うしろに移動させます。表には、二枚目の絵があらわれ、この二枚目の物語は、うしろへ移動させた一枚目の裏に書いてあるという仕組みです。三枚目の物語は二枚目の裏に、四枚目の物語は三枚目の裏にという具合です。つまり、ひとつずつずれていくわけです。で、男から押収した七枚の絵を調べてみたところ、六枚目の物語は五枚目の裏にありました。しかし、その物語に見合った絵が見当たりません――」

「ふうん」とサルは口をとがらせ、「なるほど」と小さくつぶやいた。

「ええ。つまり、そこに飾ってある絵の裏には、次の七枚目の物語が書いてあるはずです。ですよね？」

「さぁ、どうだか。おれにはよく分からんけど、たしかに、どうしてこの絵にこの説明なのかとは思ってた」

「その絵を説明する物語は、五枚目の裏に書いてありました」

五夜はそう云うと、制服のポケットからペーパー・カメラを取り出し、画像を呼び出して、五枚目の絵の裏に書かれていた物語を読みあげた。

「眠り姫の噂は、口から口へ伝えられて国中の人たちが知るところとなり、これを聞いた何人かの王子が姫を助け出そうと城へやって来ました。しかし、王子たちは城のまわりに生い茂ったいばらの森にからめとられて身動きできなくなり、鋭い棘が体中に刺さって、命を落としたのです」

「ほう」とサルはあらためて絵を眺め、「そういう話だったのか」と吸いかけたタバコを灰皿の上でもみ消した。

「これは、『いばら姫』という、大昔から語り継がれてきた物語ですが――」

そこまで話して五夜は、突然、視野が狭くなるのを感じた。

「どうしたんだろう」と云ったつもりだったが、声にならない。

「しまった」と云ったつもりだったが、声にならなかった。

カウンターに突っ伏して気を失う直前、口をつけたグラスを無様《ぶざま》に倒すこともなく、きちんとコースターの上に戻したのを見て、

「あんた、なかなかやるねぇ」

熟睡を始めた五夜の寝顔を、サルは感心して眺めた。

＊

親知らずというものは、抜く前もかなり痛いが、抜いたあとこそ、痛みはきわまる。

マユズミは三日三晩、痛み止めの薬を飲んで、ようやく人心地がついた。

それにしても、デンティスト・イバラギの手際のよさは尋常ではなく、特大の一本をわずか五分足らずで抜いてみせた。

抜いたあとには、おそろしいばかりの暗い空洞が生まれ、その欠落感が、マユズミを突き動かしたことは疑いようがない。

もちろん、コドモ博士にけしかけられたせいもあったろうが、何か釈然としない寂寞《せきばく》というか、自分を構成する、きわめて重要な部品を抜きとられたようなもどかしさが、マユズミを奮い立たせていたのだ。

マユズミは、あの探偵——あのフタミ・ナツメが自分に望んだことを反芻《はんすう》し、いっさいの損得や利害や義務に関係なく、単身、〈ホノルル書房〉へと出向いた。

いまや、あらゆる出版社からマユズミの本は刊行され、無論のこと、〈ホノルル書房〉からも何冊か上梓《じょうし》されている。それらの本を担当した編集者は相良春香《さがらはるか》という女性だが、

「すみません、相良は先週から産休に入っています」

事前に連絡をせずに訪問したマユズミがよくなかったのだが、これでは、いきなり出鼻をくじかれた格好である。

「相良の代わりに私が担当させていただきます」

その男は、「ギンガミ」と耳慣れない名前を名乗り、マユズミが受けとった名刺を確かめると、「銀神芯一郎《しんいちろう》」とあった。

「それにしても、マユズミさんが、わざわざいらっしゃるなんて――何か問題でもありましたか」

「いや、じつはですね」

そこまで云って、マユズミは話の中心に置かれるべきあの問題の本を、何の考えもなしに探偵事務所に置いてきてしまったことに、いまさらながら気がついた。

自分の愚かしさに呆然《ぼうぜん》となり、問題の本がないのに、「じつは、ちょっと問題のある本がありまして」と切り出すのはどうなんだろう、と二の足を踏むことになった。

「どうしました」とギンガミは、あきらかに警戒の色を示している。「なにか問題があるんですね」

「ええ――と」とマユズミはどうにも歯切れが悪い。「おっしゃるとおり、問題はあるんですが、その問題の本が、いまここにないんです」

「どういうことです？」

「いえ、どういうことか私にも分からなくて困惑しているんですが、とにかく、見たことも聞いたこともない自分の本が送られてきまして、これがけっこう面白いというか、気味が悪いというか、書いてあることが、次々、現実になっていくんです」

「どういうことです？」とギンガミは繰り返すしかない。

が、そのとき部屋のどこからか哀しげな声が響き、ギンガミはいきなり立ち上がると、

「ジョウバンセン！」

と荒々しくも控えめに声をあげた。

「常磐線？」

首をかしげたマユズミを尻目に、応接室の隅に置かれたケージに駆け寄り、

「大丈夫か、生きているか」

とケージの中を覗き込むと、中にいる何ものかに向かって、しきりに話しかけていた。

「じつは、これも相良さんからの引き継ぎなんです――」

引き継ぎ、というその言葉にマユズミは人一倍、敏感になっていた。

「というと？」

「これは、彼女の飼っている大事な犬なんです。人間の年齢に換算すると、百歳を超えているそうで、常磐線の駅に雑巾みたいに捨てられていたのを相良さんが拾ってきたんです。

常磐線。正確には、片仮名でジョー・バンセンと外国人風に書きます」

「ジョー・バンセン、なるほど」

「産休のあいだは、充分に面倒が見られないので、仕事と一緒に、犬の面倒も見てほしいと。しかし、いかんせん百歳ですから、いつ死んでもおかしくないので、このとおり、片時も目が離せないのです」

ギンガミはそう云いながら、ケージの脇にしゃがみ込んでマユズミに背を向けた。

「それで、その見たこともないマユズミさんの本が、うちとどんな関係があるんですか」

「いや、たぶん、その本はよく出来た海賊出版の類だろうと踏んでいるんですが、あろうことか、版元の名前が、〈ホノルル書房〉なんです」

「え？」

ギンガミは、ようやくそこでマユズミの方を振り返り、急いでケージから戻ってくると、

「それは面白いですね、ぜひ拝見したいです」

と早口になった。

「ですよね？　でも、さっき云ったとおり、いまは手もとになくて、それにその本、なんと途中で終わっていまして——」

「途中で？　それまた、興味深いですね。というか、途中で終わっているなら、つづきを書かれたらいいじゃないですか」

「え？」

「だって、マユズミさんの本なんでしょう？　しかも、うちが版元で。それ、ぜひやりましょうよ。誰が書いた本なのか知りませんけど、マユズミさんが引き継いで書いちゃえばいいんです」

（そういうことか）とマユズミは、この一週間、何度か口にしてきた「ようやく」という言葉を、ふたたびつぶやいた。

ようやく分かってきた。そういうことなのだ。なにしろ、あらかじめ自分の名前が著者として表紙に刷られていて、物語は現実となって、そのうえ途中で終わっている。

「さぁ、このつづきを書くんだ」

誰かが、そう云っていた。

次男坊は何を引き継げばいいのか？

その答えが、これなのだ。何も難しいことじゃない。

というか、コドモ博士の云うとおり、すでに物語は始まっていて、自分が引き継ぐよりも早く、現実の世界が物語のつづきを引き継いでいる。

「すみません、また来ます」

マユズミは話を切り上げて、さっさと立ち上がった。ギンガミとケージの中のジョー・バンセンに「近いうちに」と挨拶し、

「手がかりはいくつもある」

と歌うように口ずさみながら、そそくさと、〈ホノルル書房〉をあとにした。

なにしろ、あの本に全部書いてあるのだ——。

マユズミは、そこから自分のアパートまで、どのようにして戻ってきたのか分からなかった。部屋に帰り着いて、いつもの習慣で〈ミラー〉の前に立ち、

（しかし、待てよ）

と自分の顔に問いかけるように正面からまっすぐ見た。

あの本は、一体、どこから来たのだ？　誰が、自分に「書け」と云っているのか。

その肝心なところを、あの探偵に訊き忘れた——。

まさか、彼女が？　どんな理由で？

捜査のためか。いや、他にどんな理由があるというのだ。

そう思えば、あらかたの察しはつく。動物失踪事件か、もしくは「姫」の行方を探るためか。いずれにしても、そこに何らかの事件がある。

マユズミは言葉と疑問が湯水のようにあふれ出して止まらなくなった。

思いもよらないことだが、あの本の向こうに、探偵の活躍が期待されるような事件が隠されている。自分は、あの女ホームズと一緒に謎を解きながら、本のつづきを書くのだ。

ワトソンのように。そうだ、ワトソンのようにだ。

その古典的な役まわりがマユズミの脳裏《のうり》にひらめいたとき、ひらめきが顕現《けんげん》したように、目の前の〈ミラー〉に音もなく亀裂が走った。

文字どおり、〈ミラー〉の表面に、いくつもの細い筋が天地左右に走り、亀裂はまたたく間に蜘蛛《くも》の巣と化して、マユズミの顔を粉々にした。

おそらく、凄《すさ》まじい音がしたはずだが、マユズミには音の記憶がない。

ジグソーパズルのピースがばらまかれたように、〈ミラー〉に映ったマユズミの顔は、一瞬で砕《くだ》け散って足もとにひろがった。

*

おそらく、頭がぼんやりとして、時間が経ったことに気づかなかったのだろう。

せっかく、大ママが奢《おご》ってくれたビールはすっかり生ぬるくなり、コップの中を小さな気泡が、ひとつまたひとつとのぼっていく。

ナツメは、それが気の抜けたビールであると分かっているのに、美冬から口うつしで飲まされたあの麗《うるわ》しい酒――〈ゴールデン・スランバー〉という夢見るような名前だった――の味わいを、無理にでも重ねて、テーブルに頬杖《ほおづえ》をついていた。

でも、ここは夢の中ではない。ここは大ママの食堂のテーブルで、閉店したあとの、一日でいちばん静かな時間だった。残りもののアジフライとハムエッグをつまみにし、ビールを飲むのではなく、ただ眺めては、ため息をつく。

「ねぇ、ナツメ」

大ママは呆れ顔だった。

「アンタ、さっきから、ため息しかついてないけど」

目の前に並んでいるのは食堂の残りものだが、ナツメの頭の中に並べられているのは色とりどりのカードだった。それも、探偵の目の前にひろげられたカードとしては申し分なく、カードの一枚一枚が、念入りに調査するに値する、本でいえば扉のようなものだった。

「本――」

ナツメは、ビール壜の脇に置いた『眠り姫の寝台』を手に取ると、デタラメにページをひらいて、もう何度も読んだエピソードを復習するように拾い読みした。

もどかしさを覚える理由のひとつは、この本に書かれているいくつかのエピソードが現実にリンクしていると思われるからで、確証はないとしても、動物園から動物たちが逃げて森に逃げ込むくだりと、「添い寝屋」で働いていた「姫」が消えてしまうエピソードは、偶然、似たようなことが起きたのではなく、本が予言したとおりに現実が追随しているように見える。

しかしその一方で、たとえば、腹話術の人形がひとりでに話し始めるエピソードや、紙芝居屋が森をさまよいながら紙芝居の練習をする話などは、現実に、そうしたことが起きているかどうか、確かめようがなかった。

一応、ネット上に登録された三面記事レベルのニュースはしらみつぶしに読んでみたが、似たような事件や事例はあっても、同一であると断定するには至らない。

もし、〈レイドバック〉以前に開発された〈タイム・マシーン・アクセス〉が健在だったら、どんな瑣末なニュースであっても、細部に至るまで、その場に居合わせたように追体験ができただろう。廃止前に試用が許されたのは、完成版にはほど遠いデモ・バージョンだったが、それでも、ピンポイントで過去の時空へアクセスできた。

思えば、「いまこそ後戻りしよう」が、〈レイドバック〉の主旨だったが、高精細な後戻りシステムである〈タイム・マシーン・アクセス〉が真っ先に抹消されたのは皮肉な話だ。

ただし、あのように自在に過去へアクセスできるバーチャル・ウォークが民間に開放されたら、おそらく、探偵の腕の見せどころはなくなっていく。

ナツメは、そうした何もかもがもどかしかった。

何が起きているのか。それとも、単なる偶然で、じつは何も起きていないのか。

あと何枚かカードが揃えば、このもどかしいゲームは急展開を見せるかもしれない。

「ん？」と大ママが皿を洗っていた手を止め、「ん？」ともういちど繰り返すと、

「誰かいるよ」

食堂の出入口である引き戸を顎《あご》で示した。

くもりガラスをはめ込んだ引き戸の向こうに人影があり、人影は、引き戸にぶら下がった「本日は閉店しました」の看板を見ていた。日本語が読めれば、あきらめて帰るはずだが、人影は、あきらめるどころか、鍵のかかった引き戸を力ずくであけようとしている。

「誰だい？」

大ママの声が人影に届くほどのボリュームで響いた。

「あ――」

一言だけ発した人影の声は、聞き覚えのある男の声だ。

「あの、すみません」

男がそう云ったのと、大ママが鍵をあけて引き戸をひらいたのが同時だった。

「なぁんだ」

大ママは男の顔を確認して、口をへの字にした。

「アンタは、もう死んだのかと思ってた」

「いえ、二階の事務所にうかがったら、お留守のようだったんで、もしかしたら、こちらにいらっしゃるんじゃないかと」

その声がマユズミのものであるとナツメは気づき、大ママの肩ごしに覗き見ると、

「あ、やっぱりいらっしゃいましたね」

妙に晴れ晴れとしたマユズミがナツメに会釈《えしゃく》をした。

たぶん、親知らずを抜いて、すっきりしたのだろうとナツメは察したが、

「ワトソン役の席は、まだ空いていますかね」

マユズミはそう云って、自分の頬をひと撫《な》でした。

06

アタシたちは、ちょっとだけ未来を知ってる

目を覚ますなり五夜は、こんな深い眠りはいつ以来だろうと、頭を振って、あたりを見まわした。

ここは？　少なくとも酒場ではない。

見きわめようとするも、あまりに眠りが深すぎて、なかなか完全に覚醒しなかった。

これほどの熟睡をもたらす眠り薬があったろうか。おそらく、あの黄金色の酒に仕込まれていた――。

サブ・ポケットからスコーピオンを取り出し、位相ＩＤを起ち上げて、現在地を確認した。３Ｄマップが空中投影され、現在地の詳細データがノイズ混じりに映し出される。

緯度・経度と共に、〈TOKYO WALL《トーキョー・ウォール》〉とあった。

「壁か」

自分が背中を当てているのが他ならぬ壁であると知り、「さて」としばし考える。

あのバーの店主――サルと呼ばれる男を問い詰めるのは、もう少し先でもいい。それより、〈紙芝居屋〉の透視検査の結果が気になっていた。

五夜は自分の背中から巨大な羽根のようにひろがる壁を見上げ、色とりどりのメッセージやグラフィティ・アートが描き込まれた隅に「東０８２番」のプレートを見つけた。

「海側だな」

番号から見当をつけ、ふらつきながら国道を目指すと、深夜市場の擬似電球が点々と浮かんでいるのが見えた。その気になれば、得体の知れない屑肉《くずにく》でつくられた違法缶詰の叩き売りを取り締まることもできる。屑肉の出所がバラ線地帯で、逃亡した動物たちと関わりがあるのではないかという噂も耳にしていた。

が、それも後まわしでいい。そうした偽情報はきりがない。バラ線地帯の森の奥で、「夜猿《よざる》」と呼ばれる怪物が誕生し、夜な夜な街に繰り出しているとか——。

五夜は市場を横目にやり過ごし、国道に出ると、折よく通りかかったモンキー・タクシーをつかまえた。

サルに、夜猿に、モンキー・タクシーか。

「どういう符合なんだ」

五夜は、いまひとつ覚めない頭で、タクシーの窓から暗い壁を眺めた。

壁は建ち上がった当初から、たびたび「不気味」と云われてきたが、ここへ来て、いよいよその不気味さを増している。とうに存在理由を失い、誰からも相手にされなくなった無用の長物の不気味。

（どうして、この世は訳の分からないことばかりなんだ）

およそ八分で〈ガーデン〉の本部に帰り着き、五夜はそのまま解析班に直行して、担当のミズシロと顔を合わせた。

「ああ、ちょうどよかったよ」

ミズシロは研究室のフロート・テーブルに〈紙芝居屋〉の透視結果を浮上させ、「予想どおりの結果だった」と細い指先で画像を示した。

「左右、両眼の網膜から未登録の浸透薬が検出された」

「未登録？」

「公式にはね。しかし、われわれのデータベースでは、すでにおなじみと云っていい」

「〈シープ〉か」

「いや、それが〈ディープ〉なんだ」

「まさか」

「じつは、大きな声では云えないんだが、ここのところ〈ディープ〉の検出が三件も続いてる」

ミズシロは遮光《しゃこう》眼鏡《めがね》を人差し指で押し上げた。

「中でも、この〈紙芝居屋〉の目に浸透していた〈ディープ〉は別格だ。コピーじゃなく、きわめてオリジナルに近い生薬が使われている」

「となると、あの男の意味不明な言動は――」

「あらかじめ、〈ディープ〉を使ってインプットされた可能性が高い。このレベルだと、ほとんど別人格になっているんじゃないか」

〈シープ〉及び〈ディープ〉は、もともとアンドロイド用に開発された人工網膜システムを進化させたものだった。当初は〈See Saw《シーソー》〉と呼ばれ、手短に云えば、「いま見ているもの」と「過去の視覚」を統合できる視覚記憶装置である。

生身の人間は、現在と過去の視覚的アクセスを容易に成し得るが、人造人間は、「視覚から連想された過去の映像」といった、「いま」と「過去」の二重写しをスムーズに得られない。それを可能にしたのが〈シーソー〉で、あくまで、アンドロイドやハイスペック・ロボットのために考案されたものだった。

しかし、こうした革新的な発明の常で、この素晴らしい網膜変成薬をシンプルなコンタクトレンズに転化させ、生身の人間にも使用できるようにアレンジしたのが〈シープ〉である。応用に際して大きな進化を遂げ、レンズを装着することで、「任意の記憶」を網膜に浸透させることが可能になった。あたかも、その記憶のとおりに生きてきたかのように、脳を軽々と騙してしまう。

さらには、浸透した偽造記憶から、あたらしいエピソードをつくり出せるようプログラミングされているのが〈ディープ〉で、〈ディープ〉は浸透率が高くなると、何が元来の記憶で、どこからがインプットされた情報なのか、まったく区別がつかなくなる。

「誰かが、あの男を操っている？」

五夜の問いにミズシロは眉を動かし、「正しくは操っていた、だな」と訂正した。

「浸透を受けてから、ゆうに八年は経過してる」

「となると、〈シープ〉が全面的に禁止される前か」

「だね。さっき、薬がオリジナルに近いと云ったが、念のため、控えめに表現しておいた。実際は、間違いなく原薬だよ」

「本当に？」

五夜はようやく頭の中の歯車が正常に作動し、まさに、「いま」と「過去」を重ね合わせることで事態を把握しつつあった。

「つまり、〈シープ〉の開発者が、直接関わっている？」

「おそらく、そういうことだ」

〈シーソー〉に始まり、〈シープ〉〈ディープ〉といったシステム・ドラッグの開発を進めてきたラボは、その一線を越えた効果を危険視されて、なかば強制的に研究の中断を強いられた。その後、〈レイドバック〉が施行されるにおよび、ついにラボは解散に追い込まれ、奇跡とまで云われた俊英ぞろいの研究員たちは散り散りになった。

「当時のチーフは？」

「田所《たどころ》オサムだ」

「彼はいま？」

「ヤツは、相変わらず、〈ニモ〉のイレイザーを締めてる」

ミズシロは解析班にしておくのがもったいないような人材で、現場の検査員たちより、よほど裏事情に精通していた。現に五夜は、「イレイザー」なる役職をはじめて耳にしたが、ミズシロはその実態を熟知していた。

「まぁ、後始末屋っていうか、もみ消し屋のことだな」

*

田所オサムは、〈ニモ〉のタワーにほど近い〈ウォルナッツ班〉と呼ばれるサテライト・オフィスの長だった。

もっとも、〈ウォルナッツ班〉はライバル会社の〈ドリーム8〉に設けられた〈チーズ・フォンデュー課〉や〈バブルガム課〉と同じ、実体のない目くらましの部署である。

〈ニモ〉は田所が率いていたラボの開発をバックアップしていたこともあり、ラボが解散したと聞くや、田所をはじめとする数名の研究員をすかさず本社に招き入れた――というのが、世間に流布《るふ》している建前である。

いま、田所が請《う》け負《お》っている仕事は、大きく分けてふたつあった。

ひとつは、自分たちが開発したシステム・ドラッグによって、記憶を操作された者を見つけ出し、俗に、「浸透抜き」と呼ばれる薬の洗浄をおこなっていた。「後始末屋」と呼ばれるゆえんだが、じつは彼らには、もうひとつ重要な「もみ消し」の仕事がある。

〈未来売り〉の取り締まりだ。

〈未来売り〉は、半世紀ほど前まで「占い師」と呼ばれていたが、ある時期を境に、当たる確率が飛躍的に上がって、占った相手の未来を、ほぼ確実に云い当てるようになった。占い師の多くは女性だったが、彼女たちもまた、〈レイドバック〉の施行によって、一掃されたことになっている。

しかし、人間の欲望の行き着く先は、結局のところ、「未来を知りたい」にきわまっていた。知りたい未来が克明に分かるとなれば、法に触れるような手段も厭《いと》わない。その結果、「未来」の売買は、いまだ需要が絶えることなく、市場をアンダーグラウンドに移して健在ではあった。

ただし、「ほぼ確実」と謳われていた精度は、年々、怪しげなものに成り下がっている。

それにつれて、検閲の手もしだいに緩みつつあった。

　こうした中、田所だけが執拗《しつよう》に〈未来売り〉を検挙し続けていたのは、彼女たちの出自に、田所が携わったもうひとつのプロジェクトが関わっていたからである。

　仮に、田所が〈S〉とイニシャルひとつで表記されているその極秘プロジェクトは、〈シープ〉や〈ディープ〉と密接な関係にありながらも、そのつながりの背景を知る者は、ごく限られていた。実際、いま田所のもとで働いているかつての〈シープ〉開発者たちの中にも、〈S〉がどのようなものであるか知る者はいない。

　もし、ふたつの関連に通じていれば、田所が、ときおり冗談めかして口にする、

「われわれは少しだけ未来を知っている」

　という言葉の意味を正しく理解しただろう。

「未来をですか?」と田所のつぶやきを聞いて誰かが問いただすと、「いや、つまりね」と田所は声を落とし、

「われわれの未来は、どうやらこの青年に託されている」

　と事務的に撮られた一枚のポートレイトを浮上させた。

「フタミ・シュウだ」

「ええ、そういうことです。ようするに、われわれは少しだけ未来を知っていたんです」

「それって、本当の話なのか？」

*

二人の男がチェリーを吸いながら酒を酌《く》み交わしていた。

一人はポスター・ハンターのトオルで、「未来を知っていた」とうそぶいたのは、チェリーを求めてトオルを訪ねてきた早瀬だった。

臨時休業らしく、サルの店が開いていなかったので、二人は、二軒隣の〈夕焼けバー〉のカウンターに居座り、飲むのは二度目だったが、早くも意気投合して、すっかり顔が赤らんでいた。

これはしかし、度数の高い安酒がまわってきたせいだけではない。

店の壁一面に、店名のいわれである夕焼けに染まった空がひろがっていた。よくある立体ペイントではなく、その証拠に、刻一刻と陽は沈んでいき、では映像なのかと云うと、そうでもなかった。

飲んでいてふと気づくと、夕空は途方もない奥行きを持ち、どういう仕掛けなのか、知らないあいだに壁が取り払われて、本物の夕陽を浴びながら酒を飲んでいる心地になった。

いや、本物をはるかに超えたこの世の西の果てで、杯を傾けているようである。

「それってアレだろ、〈未来売り〉の女たちが、よく云うセリフだ。『アタシたちは、ちょっとだけ未来を知ってる』とか何とか」

「ええ、それです」

早瀬はどちらかというと、夕陽ではなく酒を飲み過ぎて頬を染めていたかもしれない。

「と云っても、ぼくのような末端で仕事をしていた者は、上の方で何が起きていたのかはよく知りません」

「上の方っていうのは、映画の？　製作会社？」

「いえ、それよりもっと上があるんです」

「そうだっけ？」

「スポンサーです。その映画はですね――」

早瀬は筒ごとトオルに渡したポスターを指し、

「スポンサーがおそれをなして手を引いてしまったことで、中断したみたいです」

「何かヤバいことでもあったのか？」

「たぶん、そうです。祟《たた》りがどうとか、罰《ばち》が当たったとか、いろんな噂が関係者のあいだに飛び交って。そのうえ、本当のことを云いふらしたヤツは、即刻、消されるとか」

早瀬は、人差し指にストローの空き袋を巻きつけて、顔をしかめた。

「だけど、云うなと強要されたら云いたくなるじゃないですか。それでも、八年間我慢してきたんです。もういいでしょう。こっちは、散々急かされて、こいつをつくったんです。いや、真面目な話、このポスターは、ぼくがつくった中で最上の出来です。なのに、誰の目にも触れることがなくて――」

早瀬は、指に巻きつけていたストローの袋を放り出した。

「悲しいですよ」

「で、誰かに見てもらいたくて、壁に貼り出した」

「作品としてです、映画の宣伝ではなく、ぼくの作品として、ギャラリーの代わりに壁に展示したわけです」

螺旋状に丸められたストローの袋が生きもののように動いていた。

「そういえば」

早瀬は上体をたてなおし、勢いあまってカウンターの上のグラスを倒しそうになった。

「こないだのバーの壁に飾ってあった、あの絵」

「ああ、サルの店の」

「ええ。じつを云うと、あの絵が脚本に出てくるんです」

「脚本？」

「この映画の――『眠り姫の寝台』の脚本です」

「脚本があるんだ？」

「はい。スタッフの何人かに配られて、中断されて、即、回収されました」

「それが、さっき云ってた――」

「ええ、その脚本には、未来に関わる重大な秘密が隠されているとかで」

「つまり、そいつを読めば、未来が分かる？」

「そうですね。それがこの映画の売りだったんです」

「それは惜しいことをしたな。いま、そいつがあれば、おれたちも〈未来売り〉で、ひと儲《もう》けできたかもしれない」

「いや、それがあるんですよ」

早瀬は、とぼけた口調で事も無げに云った。

「ある？」

「回収される前に、スピードコピーをとっておいたんです」

「素晴らしい」

「どうでしょう？」

早瀬は一転して狡猾《こうかつ》そうに目を輝かせた。

「チェリーを十カートンで」

「なんとかしよう」とトオルは即答して、早瀬と握手をした。

「特別ですよ」と早瀬は声をひそめる。「ぼくの作品を評価してくれたお礼です」

（いや――）とトオルは口には出さなかったが胸の内で否定した。

アンタには悪いが、ポスターのデザインが、どうのこうのじゃない。おれはただ、ポスターの中からこっちを見ていたあの女の目に――あの深くて、明るい海の輝きをもった蒼い目にやられただけなんだ。

*

〈夕焼けバー〉の魔術的な仕掛けには到底およばなかったが、夕方が迫って、空はささやかに赤く染まり、しかし、完全な日没までにはまだ間があった。

シュウが資料館のサポート・デスクで谷口さんから借りていた『グリム童話集』を返却すると、すかさず、谷口さんが別の一冊を差し出して、二冊を交換するかたちになった。

あらたな本の題簽《だいせん》には、『眠れる森の美女』とある。

「基本は、同じお話ですが、こちらはグリム兄弟ではなく、シャルル・ペローという作家が収集した、眠り姫の物語です」

その本もまた資料館の蔵書ではなく、谷口さんが自分の本棚から見つけ出してくれたものに違いなかった。

「ありがたく、お借りします」

受け取った本をカメレオン・バッグにしまい、シュウは繰り返し礼を云って、恐縮しながらデスクを離れた。

が、ふと何かを思い出したように戻ってきて、

「あの、そういえば――」

ダウンライトの下でかしこまっている谷口さんの目をまっすぐ見た。

それは、何らかの意図があってのことではなく、毎度おなじみのシュウの癖だった。

「何か?」

谷口さんは瞳を直視されて目を伏せ、デスクの上に置いてあった――〈クロコダイル・バーガー〉でテイクアウトしてきたものと思われる――マダガスカル・コーラのカップを落としかけて、危うく両手でとどめた。

「いや、大した話じゃないんです」

シュウはなおさら恐縮して肩をすくめた。

「このあいだ、ちょっと小耳に挟んだんですが、地下道って、何のことだか分かりますか」

谷口さんは、なぜか瞳を見つめられたときより頬を紅潮させ、「地下道ですか」と唇を湿らせて慎重に応えた。

「たぶん、分かると思いますけど」

「え、分かるんですか？　谷口さんって、本当になんでも知ってるんですね」

「いえ、知っているというより、地下道は、ここの地下から始まっているので」

「ここの地下から？」

「はい。もう何年も使っていませんが、地下二階の書庫の奥に、地下道へ繋がる通路があります」

　シュウとしては、軽い気持ちで訊いたのだが、まさか、自分の足もとにそんなものがあるとは思いもよらなかった。

　あわてて、キリバヤシの言葉を磨き出すように思い出す。

「それは――あっちとこっちを――壁を隔てた東と西を結ぶ――地下道――ですか」

「ええ、そうですね」

「それって、あの、見せていただくことはできるんでしょうか」

「はい、片づいていないので、いますぐは難しいですけど、明日にでも掃除をしておきますから」

「本当ですか」

　シュウは胸の真ん中に、これまで感じたことのないあたたかいものが充ちてくるのを覚えた。それが何であるか、自分でもよく分からないのだが――。

「ありがたいです」

重ねて礼を云い、「では、また」と云いのこして、今度こそ資料館を出たところへ、

「早くしないと、陽が暮れちゃいます」

どこからか、覚えのある声が聞こえてきた。ゆるやかな風が、街路樹をゆさぶりながら吹いている。

「こっちです」

舗道の向こうに、キリバヤシ・フウが腕を組んで立っていた。

「フウさん」

シュウはいつからか彼女をそう呼んでいた。

「こんなところへ、どうして」

「このあいだ、云いましたよね」とキリバヤシが舗道を渡って駆け寄ってきた。「地下鉄オペラの帰りだったかしら。今度は、映画を観に行きましょうって」

「そうでしたっけ」

「そうなの。それで、今日がその日なんです」

「その日って？」

「正確に云うと、おとといから上映していたんだけど、今夜で終わりなんです。私、絶対、見逃したくないんで――」

キリバヤシは、せわしなく足踏みをしていた。

「それはつまり、今夜で上映終了になるってことですか」

「そう。永遠にね」

「永遠にですか？」

「シュウ君は、〈最終上映映画館〉って知ってる？」

「いえ、知らないです」

キリバヤシは、露骨に（やっぱり）（案の定）と云いたげな顔になった。

「じゃあ、道々、説明するから、とにかく行きましょう」

かなり強引だった。

「だって、ぼんやりしていたら、陽が暮れちゃうから」

＊

田所がシュウをマークし始めて、すでに一ヵ月が経とうとしていた。

通常、一ヵ月では監視対象者が、どんな人物であるか、隅々まで知ることはできない。

しかし、田所のもとで働く調査員たちは、フタミ・シュウという青年の素性について、

「単純な男ですよ」「三日もあれば、どんな人間か分かります」

と、あっさり結論を出していた。

どうやら、まったくそのとおりで、もし、これが通常の調査であれば、「手っ取り早くていいじゃないか」で片づいていた。

しかし、今回のミッションは、そうした気安いものではなかった。あの、一見、単純きわまりない、よく云えば純朴で、ストレートに云えば、はなはだしく注意力散漫な青年に、〈ドリーム8〉のトップたちは何を思ったか、画期的な新薬の研究を託している。当初は、半信半疑で動向を見守っていたが、どうやら、本当にそうらしい。

壁を隔てた東西の雄であるふたつの睡眠コンサルタントは、いわば壁をネットに見立てて、テニスのラリーを続けるように新商品をリリースしてきた。

ところが、ここへ来て、〈ドリーム8〉はルールがまったく違うあたらしいゲームに臨もうとしている。人々を眠りに導くのではなく、眠れる者を覚醒させるための薬をつくろうとしている——。

はたして、〈ドリーム8〉が、どれほど〈ニモ〉の内情に通じているのか不明だったが、田所の見るところ、敵はこちらの手の内を何ひとつ察知していないと結論していた。

というのも、〈ニモ〉の側は、〈ドリーム8〉の手の内を、すべて知り尽くしていたからである。

〈ドリーム8〉は、表向きには、従来どおり眠り薬の販売に力を注いでいた。が、その裏で、ひとつ先の未来を見越した、正反対の新薬を開発していた。いや、「ひとつ先」どころか、そう遠くない未来に不眠の時代は終わり、その反動で、都民の大半が、ひたすら眠りつづける「眠りの時代」がやってくる。

当然、〈ニモ〉も、そうした予測を検討し、未来のことであるのに、あたかも既成事実であるかのように、「必ずそうなる」と断定していた。

この断定の中心に、田所の存在があった。

なにより彼は、〈S〉を開発した男であり、未来に起こりうる事態については、「少し」どころか、ほとんどすべてを知っていた。

「予想ではありません。必ずそうなるんです」

〈S〉が、〈レイドバック〉を待たずして、多くの科学者や政治家から、

「きわめて危険な悪魔の発明だ」

と断じられたとき、じつは、そうなるであろうことも、〈S〉の予測によって田所はいち早く知っていた。にもかかわらず、そのとき田所は、まるで自分の存在そのものに大きなバッテンを殴り書きされたように感じたのだ。

しかしいま、〈S〉の最後の置きみやげと云っていいひとつの物語が、こうしているあいだにも、人知れず進行しつつある。

あのフタミ・シュウという青年が、〈王子〉と呼ばれている覚醒タブレットを、どのようにして完成させるか――。

〈ニモ〉が田所に命じているのは、その完成したタブレットの組成データを、〈ドリーム8〉が発売する前にこちらにいただいてしまえ、というものだった。


「到着したようです」

田所の右腕であるイシモリが、ディスプレイを示して注意を促した。

〈ウォルナッツ班〉のオペレーション・ルームに浮遊していたフロート・ディスプレイを固定し、田所とイシモリは、現場の調査員から送られてくる映像に見入った。

画面には、連れ立って歩くシュウとキリバヤシが映し出されている。

「すっかり、恋人気どりじゃないか」

田所が苦笑した。

「時刻は？」

「十七時四十分です。あと八分で上映開始になります」

「上映？」

「はい。ここは〈最終上映映画館〉と云いまして」

「最終――なんだって？」

「最後の上映を専門としている映画館です。ご存知かと思いますが、フィルムを使った映画の上映は、ひと昔前に廃止されました。しかし、フィルムそのものは、しぶとく生き残っていて、それらを最終処分するにあたって、中身の確認を兼ねた上映をしているんです」

「なるほど」

「プログラムは三日ごとに替わっていきますが、大半は断片的なトラッシュ・フィルムや予告篇の類です。ただ、稀に大物が処分されることもありまして、そういうときは、たとえば〈『ローマの休日』最後の三日間〉などと、フィルム・マニアのあいだで大騒ぎになります」

「そうなのか」

田所は、途端に気色《けしき》ばんだ。

「『ローマの休日』のような名のとおった映画でも、フィルムは処分されてしまうのか」

「いえ、いまのは、たとえばの話です」

イシモリは、田所の狼狽ぶりを涼しい顔でいなした。

「『ローマの休日』のフィルムは、とっくの昔に処分されて、すでにこの世にありません」

*

「まさか」

シュウは地下へ向けて口をひらいた螺旋階段の前に立ち尽くし、

「また、地下に下りるんですか」

と抵抗するように首を振った。

エレベーターやエスカレーターを探したが、どこにも見当たらない。

「大丈夫よ」とキリバヤシは、戸惑うシュウをやんわりとなだめた。「あのね、めまいを退治するおまじないがあるんです。わたし、子供のときに目がまわりそうになると、かならず、それを唱えてた」

「おまじない？　そんな子供だましで――」

「荒れた海へ出る男たちが、船酔いしないために唱えていたおまじないなの。だから、たぶん、子供だましなんかじゃない」

キリバヤシは目を閉じると、深呼吸をひとつして、

「イソベリイソベラ」

と早口に唱えた。

「え？」と、シュウの大きな耳でも、うまく聞きとれない。

「イ、ソ、ベ、リ、イ、ソ、ベ、ラ」

キリバヤシが、ゆっくり正確に発音しなおした。

「イソベリ——イソベラ」

たどたどしくシュウが目を閉じて唱えると、突然、キリバヤシはシュウの手を引いて、猛然と螺旋階段を駆け下りた。

「え？」とシュウは何がなんだか分からないまま一緒に駆け下り、幸い、めまいにおちいる間もなく、すぐさま地階に到着した。

「ほらね」とキリバヤシが、子供じみた仕草で自慢げに胸を張った。「効くでしょ、イソベリイソベラ」

「いや、いまのは——」

キリバヤシに袖を引かれて館内に入ると、地下のせいか、かなり薄暗かった。

そこへ、郷愁を覚えるほど古い型番のロボット・ボオイがあらわれ、銀のトレイにグラスを載せて、「ドウゾ」と覚束ない音声ですすめてくる。中身は透明なドライ・ソーダで、シュウは、急な運動で喉が渇いたのか、グラスを手にするなり一気に飲み干した。

「なにそれ、そっちこそ子供みたい」とキリバヤシが呆れている。

「もう一杯」と所望したところに上映開始のブザーが鳴り、シュウは空のグラスを持ったまま、キリバヤシに場内へ引きずり込まれた。

視界は一段と暗くなったが、すぐに目は闇に馴染み、座席を見わたしたが、ほとんど客がいない。道すがら聞かされたキリバヤシの話では、「超人気、超満員」とのことだったが、どう見ても、そんな感じではなかった。

「だいたい、フウさんは変ですよ」

およその察しはついていた。

おそらく、フウさんには以前つき合っていた彼氏がいて、その人と観た映画が、これから上映されるトラッシュ・フィルムの中に含まれている――たぶん、そんなところだ。

前から五列目の真ん中の席に着き、「ですよね？」とシュウが訊くと、キリバヤシは一瞬、鬱陶《うっとう》しそうな顔を見せたが、すぐに気をとりなおして、「そのとおりよ」と答えた。

「ごめんなさい、わたしの個人的感傷につき合わせちゃって」

すまなそうに、眉をハの字にしている。

その微妙な表情は、暗さに沈んでよく見えなかったが、「いいんです」とシュウがそう応えたのが合図であったかのように、場内が完全な闇になった。

ほどなくして、背後から、「やわらかい機械」の音が聞こえ、その表現は前時代的なマシーンに対する揶揄《やゆ》が込められていたが、シュウの耳には、すこぶる快く響いた。

「あれは、フィルムがまわる音です」

キリバヤシの声が耳もとで囁かれ、シュウはまた、胸の真ん中にあたたかいものが充ちてくるのを感じた。

なんだろうか、これ――。

次の瞬間、スクリーンの中央に、『ムーンシャイナー』というタイトルが黒地に白抜きで浮かび、そのあとに、「予告篇」と間に合わせの稚拙《ちせつ》なフォントでフォローされていた。

かなり時代を経たものに違いなく、キリバヤシからレクチャーを受けてはいたものの、想像以上に、画面に走る傷が夥《おびただ》しかった。

「フィルムの傷がひどくて、スクリーンに雨が降っている」と、そんな云いまわしを誰かの小説で読んだことがあったが、まさにそれだった。はっきり云って、何が映し出されているのか、さっぱり分からない。

「今夜、上映されるのは、ほとんどが予告篇です」

キリバヤシがそう云っていたとおり、三分ほどの短い予告篇が、ひとつ終わると、また次が始まった。モノクロであったり、カラー映像であったりしたが、いずれもフィルムの劣化は救いようがなく、たしかにこれはゴミ箱行きで、「最終上映」と見なされても仕方がない。

「あの、これは――面白いんですか」

何本か観たところで、シュウが小声で訊くと、

「だって、これで最後なのよ」

キリバヤシも、つられて小声で答えた。

二人の他に五、六人の観客がいたが、右から左から盛大ないびきが聞こえてくる。だか

ら、声をひそめる必要などなかったのだが、そのうち、シュウも退屈になってきて、そっと席を立ちたくなった。

　というか、無性に喉が渇いてたまらなかったのだ。ドライ・ソーダのおかわりをもらいそこね、意味もなく、右手に空のグラスを持ったままであるのが、喉の渇きを、なおさら助長していた。さっさとロビーに逃げ出せば、あのポンコツ・ロボットがいるはず。

　シュウは、「すみません」とキリバヤシに耳打ちし、グラスを掲げながら、「おかわりをもらってきます」と立ち上がりかけた。

　とそのときだった。

　キリバヤシが、「あ」と小さく声をあげ、反射的にシュウもスクリーンに視線を戻して、「ん？」と思わず声が出た。上げかけた腰を席に戻す。

　まったく雨が降っていなかった。

　それまでの劣悪なフィルムとはうって変わり、一見、フィルムとは思えない高精細なフルカラー映像で、夕陽が射し込む暗い部屋が映し出されている。

　これは――なんだろう。

　シュウが目をこらした途端、画面の中央に、「眠り姫の寝台」と、あえてフォーカスを外した輪郭の甘い文字がならんだ。その下に、「予告篇」とある。

「ねむりひめ」と、シュウは声を出さずに口だけ動かした。動かしながら、カメレオン・

バッグの中にしまい込んだ、谷口さんから借りた本を思い出す。

『眠れる森の美女』

その本の題名を、やはり口だけ動かして復唱した。

誰なのか、スクリーンの中心に、ぼんやりと人の顔が浮かび、次第に焦点が絞られてクローズ・アップになる。

それはまさしく本の題名どおり、眠りについた若い女性の顔だった。

「ねぇ」

どこか神聖な印象を帯びたその寝顔に、彼女自身のものと思われる声が重なる。

「ねぇ」

声に合わせて、女の瞼《まぶた》がおもむろにひらかれ、ほのかな蒼い光を孕んだふたつの瞳がこちらを見ていた。

海の蒼だ。

シュウは、ほとんど息がとまりそうになった。

右手に持っていたグラスが指先から抜け落ちたことにも気づかず、グラスは垂直に床に落ち、セイフティ・ガラスの特性で、乾いた音と共におだやかに砕け散った。

キリバヤシは、一瞬、グラスの落下に目を奪われたが、即座に、セイフティ・ガラスであることを察知すると、視線を画面に戻して、やや前のめりになった。

「ねぇ」

目を見ひらいた女が、スクリーンの中からこちらへ向かって語りかけてくる。

「どうして人は争いつづけるの？」

シュウはその言葉が自分に向けて放たれた矢のように感じた。

「どうして」「どうして」と、矢は次々と飛んでくる。

タイトルに含まれた「姫」の一字の影響か、女が着ている赤いドレスには、どこか高貴な印象があった。ただの赤ではない。ドレスの襞《ひだ》のひとつひとつが微妙な階調を生み、色濃くもなければ淡くもなく、その境界を行ったり来たりする流動的な赤だった。

その赤が、瞳からあふれるような蒼をいっそう際立たせている。

シュウはその蒼い光が自分の体に滲《し》みとおるのを感じた。

蒼の中に自分の体が浸されている。

何かに似ていた。

そうだ、温水プールだ。

他の予告篇と同じで時間は三分ほどだったろうか。しかし、寝台の上に起き上がった彼女が、「ねぇ」と語りかける場面は、そのうちの三十秒にも充たない。では、他の二分三十秒がどのような映像で、どんな言葉や情報が伝えられていたか、シュウは何ひとつ頭に残らなかった。ただ、その場面だけが、水のように染みわたり、次の予告篇に替わったあとも、いつまでも脳裏に繰り返されていた。

「ねぇ、どうして」と問いかける声は、間違いなく自分に向けられている。

シュウは、「どうして」と女の口ぶりを真似ながら何度も反芻した。

「どうして——人は——争い——つづけるの」

「どうしてだろう」とシュウは、自分にではなく頭の中の彼女に問い返した。

すると、彼女は答える代わりに、なおも訊いてきた。

「どうして、この世はふたつに分かれているの？」

「ふたつに？」

「たとえば、右と左。上と下。東と西。海と山」

彼女はそこで言葉を切り、シュウの目の奥にあるものを覗き込むようにして、

「それに——」

と付け加えた。

「それに——男と女」

＊

「知ってました？」

マユズミとしては、自分なりにワトソン役に徹するべく、停滞していた空気を仕切りなおすように明るくふるまっていた。

「右手と左手は握手ができないってこと」

「え？」とナツメが顔を上げる。

「試しにやってみましょうか」

マユズミが右手を差し出すと、ナツメは反射的に右手を差し出して、そのまま自然と握手をしていた。

「本当だ」といまさらのように驚く。「握手って、右同士か左同士にしかできないんだ」

マユズミは、どこか得意げに頷いた。

「おかしな話ですよね。右と左に喧嘩別れした二人が、仲直りのしるしにするのが握手でしょう？　でも、右手と左手は、結局、仲よくできないんです。右か左か、どちらかの手が睦《むつ》み合うだけです」

「だから、何なのよ」

大ママが突然、話に加わってきた。食堂の片づけをしながら、それとなく二人の話を聞いていたらしい。

「さっきから、アンタたちの話は、堂々めぐりじゃない。バラ線地帯に逃げた動物を追うのが先か、それとも姫の行方を追う方が先かって。どっちでもいいから、早く動きなさい」

　大ママの剣幕が最高潮に達したところへ、ナツメのボイス・キャッチャーが受信信号を青白く点滅させた。

「あれ？　めずらしい。シュウからのボイスなんて」

　ナツメの声が心なしか華やぎ、大ママが食堂に流していたラジオの音を絞った。

〈「姉さん――」〉

　シュウの声は動揺を隠しきれないのが明らかだった。ナツメは、いったん華やいだ顔を曇らせ、視線を泳がせて食堂の時計を見る。午前零時をまわっていた。

〈「探してほしい女のひとがいます」〉

「女？」とナツメが返したのと、「弟さん？」とマユズミが訊いたのが同時だった。

「そうよ」と大ママがナツメの代わりに答える。

〈「今日、映画を観に行って、そのひととスクリーンごしに会って、どうしても、もう一度、というか本人に会いたくなって」〉

「はい？」

　ナツメは、そんなことをしてもしょうがないのに、ボイス・キャッチャーに向けて険しい顔をしてみせた。

「会った――って、映画なんでしょう？」

〈「姉さんなら、きっと探し出してくれるんじゃないかと思って。僕は結局、二度観たんだけど、このあと、午前一時から最後の上映があります。ひと晩に三回上映されて、それで終わり。もう二度とありません。僕も最後の回を観たいところだけど、フウさんが――フウさんというのは、僕を映画に誘ってくれた会社の先輩で、彼女が快く思っていないようなので、どうか、僕の代わりに最後の上映を観て、あのひとが誰なのか突きとめてください」〉

「ねぇ」

ナツメは口をとがらせて声を荒らげた。

「あんた、いったい、なに云ってんの？」

〈「場所は、松見坂《まつみざか》の〈最終上映映画館〉です」〉

「悪いけど、そんなヒマないのよ、わたし」

〈「そのひとが登場する映画のタイトルは、『眠り姫の寝台』といいます」〉

「え？」

ナツメとマユズミの声がぴったり合わさった。

奇跡が起きて、右手と左手が握手を交わしたみたいに。

〈「以上、どうか、お願いします」〉

「どういうこと？」とナツメは、かすかに唇が震え出していた。

「どういうことか分かりません」とマユズミも声を震わせている。「でも、もしかして尻尾をつかんだんじゃないですか」

「尻尾って――眠り姫に尻尾なんてあります？」

「なんであれ、行きますよね、映画館」

「それはまぁ――行きますけど」

ナツメは尻尾がどうのこうのより、あのシュウが、まさか一目惚れでもしたのか、女優に夢中になっているのが信じられなかった。

「いちおう行きますけど、あくまで調査のためで、弟のためじゃありません」

「そんなこと、どっちだっていいじゃない」

大ママが舌打ちをした。

「そんなことより、今夜はやけにコウモリが翔《と》んでるから気をつけな」

食堂のガラス戸ごしに、しきりに表の様子を窺《うかが》っていた。

「コウモリくらい、どうってことないですよ」

マユズミが威勢のいい声をあげる。

「あれ？」と大ママがマユズミの顔をしげしげと眺めた。「アンタ、意外に勇ましいところがあるんだね」

「買いかぶらないでください。本当はコウモリが大の苦手なんです。ヤツらは、なにしろ吸血鬼のしもべですからね。血を吸うだけじゃなく、こちらの血と引き換えに、おそろしい病原菌まで運んでくる」

「アイツら、ここに食いものがあるって知ってるのかしら」

すでに半分落としていた食堂のあかりをさらに消すと、窓ごしの街灯に照らされた大ママの影が黒い血だまりのように床に大きく延びた。

「まぁ、よくよく注意して行きな。前が見えないくらいの大群だから」

「また、そんな大げさな」

ナツメはそう云って手を振ったが、食堂の戸をガラリと引いた途端、ざわざわ、わさわさ、と翼のはためく音が立ちこめていた。

「ひっ」と奇声をあげてひるんだナツメに、「大丈夫です」とマユズミが声を張る。

「子供のころから唱えてきたおまじないがあるんです」

「おまじない――って、そんな子供だまし」

「いや、子供だましじゃないんです。男たちが荒れた海へ乗り出すときに唱えたものです」

「続報です――」

大ママが二人のやりとりに背を向け、絞っていたラジオの音量を元に戻した。

「眠りの妨げになると敵視され、かねてより、『面白い本』が都から姿を消しつつありましたが、本日、午後十時三十分、〈新宿中央公園〉内の〈水の広場〉で、およそ七千冊あまりの『面白い本』――それも、いわゆる『徹夜本』と呼ばれる『非常に面白い本』が焼却されているのが発見されました。発見当初は、燃やされた本が『面白い本』であるか否かの判定が難しかったようですが、焼却を実行したアンチ・リーディング・グループ〈安眠第一〉から、声明文と焼却された本のリストが通信社に届き、すべての本が、『非常に面白い本』であったことが確認されました」

「ふうん」と大ママがマユズミの顔色を窺い、「アンタの本はどうなんだい？」と、取れかかった付けまつげをコウモリの翼のようにはためかせた。

「いや、私の本は間違いなく一冊も燃やされていません」

マユズミは所在なさそうに食堂の中ほどに佇《たたず》み、「どうです？」と声をかけると、ガラス戸ごしに外を見ていたナツメが低くうめいた。

「コウモリたちが、みんな鳴いているみたい」

「そうかい？」と大ママが肩をすくめて訝しんだ。「コウモリっていうのは鳴くんだっけ？」

「鳴きますよ。およそすべての生きものは鳴き声をあげます」

マユズミがそう云って耳を澄ますと、さらに数が増えたのか、その声はとてもコウモリのものとは思えなかった。あるいは、新種のコウモリだったのかもしれない。本来、ネズミのように鳴くはずの彼らが、野太い獣のような声を放っていた。声が声を呼んで、さらに数が増えていく。黒々と重なり合ったシルエットがビルの二階ほどの大きさにまで膨れ上がると、彼らはうごめくように身を寄せ合って、なおも鳴きつづけた。

怪物のようだった。

＊

〈なお、こちらの渓谷へお越しいただくためには、Vトリップセンターの窓口で、当方が指定したVルームの旅券を購入していただき、ステップ3の参入ゲートから、Vパラシュートを装着の上、落下していただくことになります。無論、そうした手続きは、すべてバーチャル・アクションですので、落下および着地に失敗したとしても、貴殿の肉体的損傷はオリジナル・ボディのみならず、ボディに充填されたアンドロイド・パーツにも及びません。安心してお越しください〉

ホシナは、ようやく届いた〈招待状〉を読み終え、カードに仕込まれた焼却ボタンを押すと、目の前で炎がたちのぼって、ただちにカードは燃え尽きた。灰になってもろもろと分解され、ご丁寧にも、原子核レベルにまでなったデモ映像がフローティングして、最初の関門を通過した。

「なんと、手が込んだ遊びだ」

こうしたセキュリティ・プロセスの類は、相当にシュールでナンセンスなつくりであっても、〈レイドバック〉の仕分けをくぐり抜けて、多くが生きのこっていた。どうせ、誰も使いたがらないだろう、という楽観に助けられているらしい。たしかに、普通に社会生活を送っていたら、まずめったに使わない。

が、稀にこうして強いられることがあった。たとえば、今回のようにコミュニケーションを断って、自分へのアクセスを拒否している人物に話を訊きたくなったときだ。

そうした隠遁《いんとん》者の多くが、自分の居住地をめぐる空間に複雑な鍵をかけていた。リアルと仮想の両方に厳重なガードを施し、鍵を解くには、隠遁者から命じられたバーチャル・アクションをこなして、あらかじめセットされた仮想空間を踏破することで、アクセスが可能になる。

〈レイドバック〉以前は、対処用に〈ストレート・シューター〉や〈バーチャル・ポインター〉といった攻撃的解錠ツールが用意されていたが、いまは定石どおりの面倒な手続きを踏むしかなかった。

それでも、ホシナは隠遁者となった滝沢《たきざわ》に会う価値があると信じていた。

すべては、スキンヘッド・オーケストラに提供する、あたらしい楽曲のためで、八年越しの宿題をベストな状態で完遂するためでもあった。

しかしもし、あの「白鯨」と呼ばれる伝説のピアノと、長年探し続けた幻の楽譜が手に入らなかったら、もちろん、こんな面倒な領域に足を踏み入れたりしない。

実際、ピアノは掛け値なしに素晴らしいもので、まだ充分に弾きこなせてはいなかったが、何人もの名だたるピアニストに愛されてきただけはあった。ただ、もしあのピアノが何千何万と大量生産されていたら、「白鯨」に対する憧れの質は変わっていたかもしれない。

ようするに、ホシナは「伝説」や「幻」といったものに弱かった。

そもそも、最初はなんの手がかりもなく、あの映画にあの黄金色の酒を提供していたのが滝沢という醸造家であることも知らなかった。

それどころか、あの映画に関わった者が何人か不審な死を遂げているという噂が伝わり、おそらく、秘密を保持するために誰かがニセの情報を流したのだと思われるが、それなりに効果はあって、関係者の大半は、「自分は知らない」と積極的に記憶を葬っていた。

とはいえ、もうあれから八年が過ぎている。

この間に、〈レイドバック〉の施行もあり、それまで秘匿されていたものが、徐々に価値を失いつつあった。解禁とまでは云わないものの、少しずつ不穏な空気は薄まり、呪縛から解放された者が、あの映画について口を開くようになっている。

それで、ホシナはツテからツテへと渡り歩き、何度か偶然にも助けられて、ようやく滝沢という男に行き着いた。

（あの酒は、いまどこにあるのか）

配布された脚本は、すでに回収されて手もとにないが、いくつかのセリフといくつかのト書きは、はっきり覚えていた。

そのひとつが「黄金色の酒」で、その特別な蒸留酒の名前こそが、〈ゴールデン・スランバー〉だった。何人かの登場人物が、「黄金のまどろみ」という言葉を口にし、その言葉と酒の名が響き合って、物語に独特な味わいをもたらした。

ホシナは脚本を読み込んで、その味わいを音楽に仕立てようと考え、準備を始めたところで、「中断になった」と制作から連絡があった。

「梯子を外された」というより、「梯子をのぼっても、上には何もありません」と云い渡された気分だった。

仕方がない、この物語は眠りについたのだ――とホシナはあきらめた。

が、昔から云い伝えられてきた物語のとおりであるならば、眠り姫は、いつか目覚めるときがくる。

映画の製作が再開されることはないとしても、未遂に終わった音楽制作を始めることで、深い眠りにあったものを、まどろみの汀《みぎわ》まで引き上げることは可能かもしれない。

そのためにも、物語のもうひとつの主役とも云える、あの酒を口にしてみたかった。あくまで噂でしかなかったが、小道具としてつくられたその酒が、試飲したスタッフや俳優に、その名のとおり、「黄金のまどろみ」をもたらしたという伝説がある。

いまさらながら、その真偽を確かめたかった。酒をつくった人物を探し出せば、伝説が本当なのかどうか分かるだろうし、ついでに酒を味わえれば、作曲のインスピレーションを得られるかもしれない。


そうして、ようやく見つけ出した滝沢なる男は、じつに手ごわい隠遁者だった。

ホシナは代理人に手書きの封書を送り、何度かボイスを届けて、事情と経緯をできる限りていねいに説明した。

その結果、「貴殿の誠意を信じましょう」と返事を受けとり、仮想空間におけるセッションではあったが、兎《と》にも角《かく》にも、会見を許された。

ホシナは、念のため、ピアニストの命である十本の指に保険をかけ、指定どおり、コウジマチの坂下にあるＶトリップセンターに出向くと、〈招待状〉にあったＩＤナンバーを、驚くほどさびれて活気のない窓口で提示した。

かつて、一世を風靡《ふうび》したバーチャル・トリップの集客が低迷していることは知っていた。

しかし、ここまでとは思わなかった。すでに、限りなく廃墟に近づいている。

なによりホシナの他にゲストの姿はなく、そのため、すぐに旅券が発行されて、窓口の男が、仮想パラシュートとゴーグルを差し出した。パラシュートは仮想用品なので装着スイッチの暗号のみだが、ゴーグルは映画でしか見たことのない、複葉機時代のパイロットが使っていた現物だ。

「どうぞ、いいトリップを」

窓口の男まで、まるで生気がなかった。

「どうして、ゴーグルだけ現物？」とホシナが訊くと、

「よりリアルな体感を、ご提供するためです」

窓口の男は、体中の血を吸血鬼に吸いとられたような顔をしていた。

（しかし、どうして、ここまでしなくちゃならないんだ）

シャワールームのように並んだVルームのひとつに入り、カビの臭いに辟易《へきえき》しながら、暗号をフロートさせると、何の予告もなしに、仮想パラシュートがずしりと背中に装備された。本物の重たさが感じられる。そんなリアルさなど要《い》らないのに――。

（とにかく、さっさと済ませよう）

すみやかにゴーグルを装着し、くだくだした説明を繰り返すガイドボイスに、

「いつでもどうぞ」

と返した。

途端に、ルーム内の壁がいっせいに消え、次の瞬間、ホシナは目もくらむような大渓谷を望む崖のふちに立っていた。

雲間から隠れつつあった太陽の位置からすると、おそらく正午を過ぎたくらいだ。

時間は現実とリンクしている。

が、眼下にひろがるのは、途方もない大きさの岩盤と樹木によってつくられた、すり鉢状の谷だ。どうやら、その巨大なすり鉢に突き出たわずかな足場に立たされているようで、思わず後ずさりしたが、すぐ後ろの岩盤に背中がつかえる。

何年か前に、「隕石群をかわしながら宇宙空間を飛行する」というお決まりのバーチャル・トリップを体験したことがあった。天地がひっくり返るくらい激しいめまいに襲われ、以来、こうしたアトラクションは一切避けている。

しばらく来なかったあいだに仮想空間のリアリティは格段に進化し、視覚、聴覚、嗅覚はもちろんのこと、空気の質感とでも云うべきものまで、正確に再現されていた。

たとえば、試しに軽く右足を前へ動かしてみると、足もとの小石が前方に蹴り出されて、眼下の大渓谷に吸い込まれるように落ちてゆく。

風がまとわりつくように頬をなぶり、背後の岩肌に咲いている小さな白い花の香りが微かに鼻腔《びこう》を刺激した。

そればかりか、太陽が雲に隠れたと思ったら、雨まで降り出し、その雨水を吸って、背中のパラシュートが重さを増した。バーチャルならではの余興だろうが、リアルなゴーグルに雨滴が次々と張りついてくるのは、一体どういう仕組みなのか。

「よく出来ている」というような生易しいものではなかった。何もかも現実とそっくり同じで、逆に云えば、現実と何が違うのか分からなかった。

もっとも、現実の世界において、こんな崖っぷちからパラシュートひとつで飛び降りた経験などないのだが——。

（いずれにしても、これは現実ではない。だから、何も恐れることはない）

ホシナは愛用の帽子が飛ばされないよう右手で押さえ、左手を顔の中心に持っていくと、水に飛び込む要領で、自分の鼻をつまみ上げた。

背後の岩盤がパチパチと爆《は》ぜるような音をたてている。雨脚が強くなってきたようだ。これ以上、ひどくならないうちに、さっさと行こう。

「いざ——」

右足で崖を蹴って、空中に身を投じ、全身の力を抜いて重力に身をゆだねた。

目をつむって口を閉じる。

あとはもう、降りしきる雨とひとつになり、ただひたすら、まっすぐに落ちて行くだけだった。

07

天使も怪物も眠る夜

体から抜け出た記憶がまだそのあたりに浮かんでいるみたいに

そう云えば、パラシュートを開くタイミングを聞いていなかった。

（じゃあ、いつだっていいだろう）

ホシナは勝手に判断し、なんでもいいが、とにかくパラシュートを開いて、少しでも雨を排除したかった。

どっちにしろ、死にはしないのである。

それがバーチャル・アクションの優れたところで、どれほど危険な状況にさらされても、まず、命を落とすことはない。

人は、死が回避された世界に放り込まれると、あっけないほど簡単に恐怖を克服できる。

恐怖とはつまり死で、死がなければ、恐怖は存在しなかった。

ホシナは、迷うことなく操作パネルをたぐり寄せ、開傘《かいさん》ボタンを押した瞬間、背中がどこかに引っかかったような浮遊感がきた。

同時に、両肩に軽い衝撃が起き、呼応するように、下降の感覚がスローダウンする。

ホシナは口を歪めて苦笑した。

まったく、手がこみすぎている。スカイダイビングの経験がないので比較しようもないが、おそらく、こういったディテールは現実にそっくり似せてあるのだろう。未経験者にはいいシミュレーションになるし、経験者は、ただひたすら感心する。

しかし、ほんの束の間の面談を申し出ただけなのに、ここまで大掛かりな前提を通過しなくてはならないとは、あまりに馬鹿げていた。

誰かが云っていた。

「進化は、ときに滑稽《こっけい》だ」と。

最初は、皮肉めいたたわ言と片づけられたが、そのうち、一人二人と共感する者があらわれて、いつからか、世界中の嘆息となった。

「われわれは、本当に前へ進んでいるのか」

皆が、そう思い始めた。

進歩や発展といった言葉に翻弄され、本来の意図からはずれて、いたずらに技術の更新を競い合っているだけではないのか——。

〈時間重量計〉〈四次元ベルト〉〈ブレイントーク〉といった、本当に必要かどうかも分からないものを次々と発明し、これまでの概念を超越した、〈ネクスト〉と呼ばれる思考装置を開発するに至って、ようやく気がついた。

「われわれは、われわれのつくったものに追いつけない」

「すぐに置いてけぼりになる」

「そのうち、『余計なもの』と判断され」

「人類は、歴史ごと抹消される」

反省は、〈レイドバック〉の施行を生み、開発途上の計画は無論のこと、すでにドライブしていた機器やシステムの七割が一掃されて、「進歩的退行」が為《な》された。

しかし、それでもなお、研究と発明は後を絶たない。

パラシュートによって緩和されたゆるい重力を味わいながら、ホシナは自分の足もとにひろがる森林を眺めた。

「出来たて」と云いたくなるような雨に濡れた新鮮な森だ。

四半世紀前までは、こうした原始的な森が地球上の至るところに見つかったが、いまはさて、どうだろう。

ホシナの意思とは無関係に、木々のまばらな一帯を目がけて下降し、パラシュートは枝葉に阻まれることもなく、森の中につくられた中庭のような場所にゆっくり着地した。

そこから先は、少しばかり展開が童話めく。

ホシナがパラシュートを脱ぎ捨て、水気をぬぐいながら身なりを整えていると、どこからかあらわれた漆黒《しっこく》色の小鳥が、（さぁ、こちらへ）とばかりに誘導してきた。

（では）と、ホシナは漆黒の鳥に導かれるまま森の奥へと進む。

雨水を吸った落葉が、ざくざくと音をたて、植物によって濾過《ろか》された新鮮な空気が体の隅々まで行きわたった。

このまま目的を果たすことなく引きあげても、それなりに満足できるのでは、と余計なことを考えたとき、眼前に、魔法使いでも住んでいそうな小屋が出現し、画面がスキップするように時間が省略された――。


一瞬で、ホシナは小屋の中に移動していた。

背もたれのある座り心地のいいソファに腰をおろし、向かいには、ひとまわり大きな肘《ひじ》掛《かけ》椅子に座った男がいる。

その男が、おそらくは滝沢なのだろう。

ホシナの予想に反し、短い髪をきれいに整え、まだ青年の面影をのこしていた。

「すみません、ご面倒をおかけして」

男は頭を下げて丁重に詫び、「あまり時間がありません」と腕時計を見た。

「三分ごとに料金が加算されるんです。最近は仮想空間の占有料金が、驚くほど値上がりしていまして」

「利用者が減っているからでしょう」

ホシナは自分がごく平均的な常識人に見えるよう、冷静にふるまって帽子をとった。

「失礼ですが、滝沢さんですよね？」

「ええ。私が本人です。と云っても、ご存知のとおり、これは所詮《しょせん》、映像に過ぎません」

「おかしなことです」

ホシナは肩をすくめた。

「われわれは、そもそも、あの映画をつくるために呼び出されたわけです。あの巨大なファントムをでっち上げるためにです。しかし、もうあの幻影は消えてしまい、なのに、いまこうしてまた、ファントムを介して出会っている」

「ええ。しかし、あなたは私に会いたかったわけではないでしょう？」

滝沢はホシナの話を手短に終わらせたいのか、顔色ひとつ変えず平然と云った。

「あなたは、私のつくった酒について知りたい。ですよね？」

「まぁ、そうです」

ホシナもまた決まりきった社交辞令が苦手なので、相手がその流儀なら話は早い。

「単刀直入に申し上げれば、あの酒が――あの〈ゴールデン・スランバー〉という酒が、どういうものであったのか教えてほしいんです」

「あれは映画の小道具です」

滝沢はそっけなくそう答えた。

「ええ、それはそうでしょうが」と云いかけたホシナを制し、

「分かっています」と大きく頷いた。

「あなたの訊きたいことは、そういうことじゃない。あなたは、あの映画の音楽を担当して――でしたよね？　それで、あの酒をモチーフにした楽曲に取り組もうとしていた。いただいた手紙にそうありました」

「そのとおりです。酒の名前と同じ、『ゴールデン・スランバー』という曲を書こうとしていました。あの名前は、滝沢さんが？」

「いえ、あれは脚本のハブカが考案したものです。たしか、ビートルズの――」

「ええ。ビートルズの曲のタイトルです」

「私は、その名前からきわめて度数の高い透明な蒸留酒をイメージしました。ハブカは、私の学生時代の友人で、彼は、私が祖父から酒づくりの手ほどきを受けていたことを知っていました。彼が脚本に書いた〈ゴールデン・スランバー〉は伝説の密造酒でしたが、あれには元ネタがあって、その昔、錬金術師たちがつくった〈サラマンダー〉と呼ばれる秘密の酒があったんです。しかし、伝説だけがひとり歩きをして、実際に飲んだことがある者はいなかったと祖父から聞いています。そんな話をハブカにしたことがあって、彼はそれを覚えていたんでしょう。〈サラマンダー〉は深い眠りに誘う酒だったと云われていました」

「脚本にも、そう書いてありました。〈ゴールデン・スランバー〉を口にした者は深い眠りに落ち、のみならず、その記憶を奪いとられると」

「そういうことです。あの酒は人の記憶を奪いとり、ふたたび、酒になるために空へのぼっていく」

「ふたたび？」

「ブレス、息ですよ」

滝沢が人差し指で宙に「息」と書いた。

「祖父が云っていました。雲を見なさい、と。あれは何だと思うかと。あれは、われわれの吐いた息が集まったものなんだよ、と。そして、それがやがて雨になる。雨になって、また地上に戻ってくる――」

滝沢がそこまで話したとき、ふいに小屋の外で雨が降り出した。

ひとしきり音をたてたかと思うと、何ごともなかったかのように、またすぐに止んだ。

一瞬、ホシナは自分が仮想空間にいることを忘れ、いまのは、神様の粋なはからいではないかと思いかけた。

しかし、すぐにそれが、滝沢があらかじめ仕組んでおいた演出であると気づいた。

「雨はまた蒸発し、われわれの息を――いえ、息だけではなく、いろいろなものをです、体温や汗や声までをも巻き上げて空にのぼっていきます。そして雲になる。だから、雲というのは、われわれの地上の営みから排出されたもの——塵芥《ちりあくた》が結晶したものなんです。いっとき、ああして空の上で集結し、そしてまた、雨になって地上に戻ってくる。そしてまた、蒸発して——」

どこから取り出してきたのか、滝沢がグラスにつがれた透明な液体を掲げていた。

「蒸留酒もまた、そうした繰り返しによってつくられます。酒を熱して気化し、その蒸気を冷やして液体に戻す。雲と同じです。これを繰り返してつくられた酒は、人の体の中に入ってからも円環運動のように蒸留を繰り返します。蒸発して、上昇しようとするんです」

滝沢が、そこで微かに笑みを浮かべたように見えたのは、ホシナの錯覚だったろうか。

「そのとき、酒は人の記憶を奪いとって、空へのぼります。具体的に云うと、人の口から息となって空にのぼり、あるいは、頭のてっぺんから抜け出して、空へのぼります」

「頭？」

唐突にあらわれた「頭」という言葉に反応し、ホシナは反射的に自分のスキンヘッドに手をあてがった。

「あなたには分かりにくいかもしれません。ですが、人の頭頂には、つむじというものがあるでしょう？　あれは、どうしてなのか渦を巻いています。これは、祖父が云っていたことですが——」

　滝沢は、そこでいまいちど、笑みを浮かべたように見えた。

「記憶が、どんな形をしているかご存知ですか」

「記憶？」

　問い返しながら、ホシナは胸ポケットからハンカチーフを取り出し、なんとなく額のあたりをひとぬぐいして、「さて？」と唇を噛んだ。

「螺旋ですよ。記憶は螺旋の形をして体の中にしまわれています。そして、それが体の中から抜け出ていくには、頭のてっぺんにあるつむじが都合がいい。つまり、記憶は渦を巻いて、螺旋を描きながら頭頂から蒸発していくわけです」

「蒸発？　記憶が？」

「ホシナさんは、酒を飲んで記憶をなくした経験はありませんか？　あるでしょう？　しかし、それはどうしてなのか、どのようにして記憶が蒸発していくのか、どういうわけか、誰も考えようとしない」

　ホシナはそこに至って、目の前にいる男が、はたして信頼に足る人物であるのか大いに疑わしくなってきた。もとより、その姿は、彼自身が云うように映像でしかなく、それこそ、雲をつかむような事態にある。

「いいですか」

　滝沢は身を乗り出すようにして、ホシナに顔を近づけて云った。

「人は忘れてしまったことを思い出そうとするとき、どういうわけか、自分の頭上に視線を送ります。まるで、体から抜け出た記憶が、まだそのあたりに浮かんでいるみたいに」

「滝沢さん、あの――」

　ホシナが、逸脱しつつある話をもとに戻そうとすると、

「あなたは、私と同じ大きな耳を持っています」

滝沢がホシナの右の耳のあたりに手をのばして云った。

「これは、さすがにご存知でしょうが、耳の奥にもまた蝸牛《かぎゅう》と呼ばれる渦巻きがセットされています。耳は非常に重要な器官です。そして、私たちは、じつに大きないい耳を持っている。あなたは、その耳を活かして音楽をつくる仕事を選び、それはとても賢明な判断でした。私には、そうした才能がありません。せっかく、いい耳を持っているのに、私は酒をつくることだけで――」

「ええ」とホシナは、ここぞとばかりに声を大きくし、「その酒のことなんです」と滝沢の目を見据えた。

「あの〈ゴールデン・スランバー〉という酒を、いま、飲むことはできるんでしょうか。あのときのあの酒はいまどこに――」

「さぁ」と滝沢は、いかにもわざとらしく首を傾げた。「もう八年も前のことです。さっきも云ったとおり、私は小道具としてあの酒を提供したまでで、提供したのは、たしか三

本でした。あれから、あの酒がどうなったのか私は知りません。ただ――」

滝沢はそこで顎を上げて、ホシナを見返した。

「あのとき、仕込んだ酒は他にも何本かありましてね、そのうちの一本が、いま、ここにあります」

そう云うと、滝沢はやはり、手品のようにどこからともなく暗緑色のボトルを取り出し、ボディに貼られたラベルをひと撫ですると、

「これが、あなたの探している〈ゴールデン・スランバー〉です」

と前々から準備されたセリフのようにそう云った。

ラベルは品のいい淡いグレイ地で、ごく控えめな赤い筆記体で〈Golden Slumbers〉と綴《つづ》られている。

「残念ながら、われわれは実際のところ、同じ部屋にいるわけではありません。だから、さぁどうぞ、と手渡すことができないのですが――」

滝沢はそこで人差し指を立てて、ホシナの注意を促すと、

「もし、この酒を飲むことになったら」

と、ボトルをかたわらの小机の上に置いて、咳払《せきばら》いをひとつした。

「いいですか、重々、気をつけてください。深い眠りに誘うこの蒸留酒は、いにしえの人たちが死の恐怖から逃れるためにつくったものだと祖父から聞きました。しかし、人はあ

まりに深い眠りにおちいると、一転して、死に近づきます。眠りと死は紙一重です。場合によっては、記憶だけではなく、体ごと天に召されてしまいます。それは、この酒の正しい飲み方ではありません。あなたには音楽をつくる仕事がのこされています。あの映画がつくられることはもうないでしょうが、私のつくったこの酒に、円環運動を繰り返す蒸留酒の記憶が宿っているなら、消え失せたものは、ふたたび雲となって雨になるはず。何度でも生まれ変わるんです。あなたのつくる音楽が、その奇跡を呼び寄せるかもしれない。私はせめて、その手助けをしたくて、こうしてお話しすることを決めました。これが最初で最後です。もう、お会いすることはないでしょう。そろそろ、終わりにした方がいいようです」

　そこまで話したところで、滝沢の姿はノイズを帯び、色が滲んで、彼のみならず周囲の空間ごとボリュームを絞るように希薄になった。

　ホシナの意識もまた同調するように薄れていく。

あたかも、記憶が蒸発していくかのようで、思わず頭頂部を押さえ、薄れゆく意識の中で、隣の部屋の扉が閉まる音を聞いたような気がした。

　次に意識が戻ってきたときには、隣の部屋で目覚まし時計のベルが鳴っているのが壁ごしに聞こえてきた。

　いつかもこんなことがあった。ずっと昔のことだ。

安アパートで暮らしていた頃のこと。枕もとの目覚まし時計ではなく、隣の部屋から聞こえるベルの音で、ぼんやりと目を覚ました。しかし、壁ごしの微弱な音なので、いまひとつはっきり目覚めない。うとうと、まどろみながら、いつまでも止まないベルの音に、次第に不安を覚え始めた。

どうしたのか？　まだ越してきたばかりで、隣の部屋にどんな人が住んでいるのか知らなかった。何かあったのか？　どうして、ベルを止めない？

そこで完全な覚醒が訪れた。

ようやく、水面から顔を出したように目覚め、本当に隣の部屋でベルが鳴っていると意識が正常に働いた。

ホシナは急いで部屋を出ると、隣の部屋のドアをあけ、勇んで中に入ったが誰もいない。

しかし、誰かがいたようだった。

いや、誰かではない。滝沢だ。彼はじつのところ隣の部屋にいて、われわれは壁一枚を隔ててあの仮想空間を共有していた。

その証拠に、あの小屋の中にあった小机とそっくり同じ机が部屋の隅に置かれ、その上にクラシックなつくりの目覚まし時計と、いまさっき見たばかりの暗緑色のボトルが一本置かれていた。

ホシナは目覚まし時計のベルを止め、ボトルを手に取ると、グレイ地のラベルに赤い筆記体で、〈Golden Slumbers〉とあるのを確認して、目を細めた。

＊

最初は、たまたまなのかと思っていたが、二度三度とサルの店を訪れても、CLOSEDの札が下がったままだった。

これは、やはり何かあるに違いない、と五夜は確信しつつあった。

しかし、まるで調子が上がらない。

いつもどおり、バラ線地帯の巡回を始めたものの、すぐに視界がぼやけて、自分の頭の中に他人の頭が入り込んできたような不快感があった。

かろうじて正気を取り戻したのは、焦げくさい臭いが鼻についたからで、壁のそばの南端で燃え尽きた雑草がくすぶっていた。

また放火か。それとも自然発火か。

スコーピオンを片手に近づくと、煙った一帯の中心で、小さな人影が動いていた。

「おい」

と五夜が声をかけると、人影はじっと五夜を見返してくる。

つぎはぎだらけの上着を羽織った少年で、彼は手にしているものに視線をうつした。

「君が火をつけたのか」

「いいえ」

五夜は焼け残ったものに目をこらし、

「それは本か」

と声をかけると、煤《すす》に汚れた少年は、どこか見たことのある顔だった。燃やされた本の中から、焼けずに残った本を読んでいる。

「君は本が好きなのか」

五夜は少年に近づいて、その顔を見た。

「ここは、立ち入り禁止区域だ」

「ねぇ」と少年は五夜を見上げた。「分からない？　ここが、すごく息づいているのが」

「息づいている？」

「ブレス」

と少年は正しく発音し、ついでのように、人差し指でBREATHと宙に書いた。

五夜は、少年が着ているだぶついた上着に、（見覚えがある）と記憶がよみがえった。どこで見たのだろう。きわめて最近のことだ。たしか、服だけがハンガーに吊るされていた。

そうだ、あのときだ。コドモ博士の研究室。

衣服が保管してあった。その中の一着だ。間違いない。しかし、どういうことだ。この少年は誰なのだ？　まさか博士か。それとも、博士の少年時代か。


「大丈夫かね」

少年の声が博士の声になり、

「何をぼんやりしている？」

と云い終わらぬうちに、少年は博士になっていた。

「ゴヤ君——だったかな」

博士は怪訝《けげん》そうに五夜の様子を窺っていた。

いまのいままでバラ線地帯にいたのに、少年の姿はもうそこにない。姿はないが、博士が少年の着ていたつぎはぎだらけの上着を着ていた。

「その上着は」と五夜が云いかけると、「これはぼくが子供の頃に着ていた上着です」と博士は微笑んだ。どこでどうなったのか、場面は博士の研究室にスキップしている。

「体形がほとんど変わらないのでね。丈がいささか短いかもしれんが、何ら不都合はない」

「あの——自分はどうしてしまったんでしょう？」

「なにか、おかしな酒でも飲まされたかね」

「どうして分かりましたか？」

「息がね――」

「においますか」

「気にするほどのものではないが、ぼくには分かります。何度も云うように、ぼくは魂を研究していますからね。息と魂はほとんど同じものです。このあいだ云ったでしょう？ 口から放出されるものに注意しなさいと。アクビ、クシャミ、タメイキ、言葉、声、歌、もちろん、息もです。特に息は非常に重要なものです」

博士は、少年と同じ手つきで、宙に「息」と書いた。

「君には、御両親がいるでしょう？ 君が長男であるか、それとも、ぼくと同じ次男坊であるかはさておき、なんであれ、君は御両親から生まれた息子です。子息です」

博士はそこで、いかにも意味ありげにひと息ついた。

「さて、ここになぜ、息という文字があらわれるのか、考えなくてはなりません」

たしかに、五夜は息子であり、しかし、なぜ息子を「息の子」と書くのか分からない。

「その答えは、自分で考えるところに価値があります。ぼくはすでに、自分の答えを持っていますが、君は君の答えを、自分で見つけなくてはなりません」

博士は上着の袖にできた皺《しわ》をブラシでならしていた。

「ただ、君が飲まされた酒については、少しばかりお話しした方がいいでしょう。いまから九百年ほど前に書かれた錬金術の本に、心や魂を奪う酒のつくり方が書かれています。

心が乱されることで、時間や空間に対する認識が乱され、物事の順番や、自分の居場所が分からなくなって、記憶に乱れが生じます」

「では、バラ線地帯で本が燃やされていたのは――」

「あれは、実際に起きたことで、すでに報告もあがっています」

そう答えたのは博士ではなくミズシロで、いつのまにか、五夜はミズシロの研究室で彼の見解を聞いていた。

「ちょっと待ってくれ」

五夜は頭を振った。

「自分はいつからここに――」

「大丈夫」とミズシロが透視データを示した。「これは君の検査結果だ。君にしてみれば、不可解の連続だろうが、錯乱を引き起こす成分は、ごく微量でしかない。幸い、〈シープ〉や〈ディープ〉は含まれていなかった。ただ、非常によく似た記憶操作系の構成物が見られる。そのうち、効果は抜けていくはずだが、考えようによっては、いい材料をつかんだのかもしれん」

「いい材料？」

「田所に接触するための材料だ。ヤツは少しでも、〈シープ〉や〈ディープ〉の兆候がある者を見つけたら、徹底的な薬抜きをする。ちょっと異常なくらいのご執心《しゅうしん》だ。たぶん、なんらかの事情があるんだろうが、その企みを暴く、いいきっかけになる――」

＊

逡巡するうち、コウモリの数はいよいよ膨れ上がり、それが夜の闇なのか、群れなすコウモリなのか、見分けがつかないほど、視界が黒く埋め尽くされていた。

シュウから届いたスピード・ボイスによると、ナツメとマユズミが観ようとしているフィルムの上映は午前一時からで、しかし、どうにかコウモリをやり過ごして、目的地の〈最終上映映画館〉にたどり着いたのは、すでに午前三時にならんとしている頃合いだった。

「申し訳ないですけど」

館長は、あわれな生きものを見るような目つきで、二人を値踏みしていた。

コウモリとの戦いによって髪は乱れ、服はよれよれで、ナツメに至っては、右のハイヒールの踵が無残に折れている。

「どうしても観たいんです」「本当に、もうこれで、おしまいなんでしょうか」「なんとかなりませんか」「お金なら、いくらでも出します」「いや、いくらでもは云い過ぎました」

見かねた館長が映写技師に相談すると、無口な映写技師が二人を手招きし、

「ここだけの話ですが、フィルムが、このあと廃棄されるというのは建前でして」

と人差し指を唇の前に立てた。

「しかし、これ以上のことは、ワタシの口からは申し上げられません」

そういうことならと、マユズミはこうした裏事情に通じている〈ホノルル書房〉のギンガミを再訪し、かくかくしかじかなのであるが、廃棄を免《まぬか》れたフィルムが、そのあとどうなるか——御社で発行しているタブロイド・ペーパーの記者に問い合わせてくれないかと懇願した。

ついては、もしこの取材がうまくいったら、「このあいだ、お話しした本のつづきを書きましょう」と交換条件をちらつかせると、

「五分だけお待ちください」

とギンガミは席を立ち、マユズミが応接室の隅でジョー・バンセンと挨拶を交わすうち、

「分かりました」

と本当に五分で戻ってきた。

「フィルムは、八王子の〈リトル・トーキョー〉に回されているみたいです」

「〈リトル・トーキョー〉？」

「ええ。〈廿世紀《にじっせいき》浴場〉をご存知でしょうか。あそこで、湯を抜いたあとの夜の時間に、

廃棄フィルムをこっそり上映しているみたいです」

「〈ニジッセーキヨクジョー〉ですか？」

「その昔、三ノ輪にあった銭湯ですよ」


それにしても、〈リトル・トーキョー〉と名付けたのは誰だったのだろう。

いま、マユズミの頭の中から、空想のコウモリが一羽、飛び立ち、そのコウモリが、ある程度の高さから眺めれば、地図上で、〈リトル・トーキョー〉と示されている一帯を俯瞰することは、さほど難しくない。

そこにあるのは、昔の東京だった。

「世界でも、類を見ない都市保存の好例」と評され、東京の各所から、廃業や立ち退きを余儀なくされた商店やビルディングや遊興施設をそのまま移築していた。

映画館、喫茶店、ゲームセンター、食堂、キャバレー、ビリヤード場、銭湯、理容室——いずれ絶滅するのではないかと思われるものが、新宿御苑《ぎょえん》ほどの面積の中に集められていた。奇特にも、そのあらかたが、移築以前と変わりなく業態を継続している。

この〈リトル・トーキョー〉の、ほぼ中心と云っていいところに、件の、〈廿世紀浴場〉があった。

この銭湯、もとをたどれば一九二九年の創業で、二〇〇七年に廃業するまで、七十八年にわたって庶民に愛された、東京を代表する公衆浴場だった。

「アール・デコ銭湯」とも呼ばれ、当時としては、めずらしい洋風の建物である。

廃業後の二〇〇九年に取り壊され、〈廿世紀浴場〉は完全に消滅したことになっていたが、取り壊される前に建物のデータを記録したマニアがいて、この人が残した膨大《ぼうだい》な数にのぼる写真、映像、図面によって、二〇五〇年に精巧な復元が実現した。

にもかかわらず、この第二次〈廿世紀浴場〉も八年前に立ち退きが決まり、その結果、〈リトル・トーキョー〉に移築されて現在に至っている。

外観は、百六十年あまり前の創業時と変わらず、内装についても、可能な限り往時のデザインを保っていた。

コウモリは空の高みから〈廿世紀浴場〉めがけてひらひらと舞い降り、西側に面した小窓の隙間《すきま》から浴室に忍び込むと、男湯と女湯を隔てる壁の上で、しばし、その羽根を休めていた。

本日は定休日で、浴槽の湯はすっかり抜かれて水気はない。

照明も落とされて、コウモリには塩梅《あんばい》よく、壁の上の居心地のよさは、あの〈TOKYO WALL〉に匹敵していた。壁による仕切りは脱衣所まで延長し、テニスで云えば、審判が座るところに構えているのが、番台の見張り番にして、この銭湯の大将である。

その名を、春三《はるぞう》と云う。

御歳《おんとし》——さて、いくつだろう。

自称、「不死身の二百歳」で、白髪の豊かさは、あたかも仙境の長老のようだった。

誰もがうらやむ立派な福耳を誇り、瞳の色が蒼みを帯びているのは、「ルーツが横文字の国だから」と噂する者もあった。彫りの深い顔の造作は、たしかに「あるいは」と思わせ、身長の高さも手足の長さも、年齢を考慮すれば、いわゆる「日本人離れ」をしている。

ただし、物云いや、気風《きっぷ》の良さは、江戸っ子が活き活きとしていた時代のそれで、そうなってくると、二百歳と豪語するのも、あながち、でたらめではないのかもしれない。

本日は定休日なのに、なぜ番台に座っているのかと云えば、定休日の夜のひとときを利用し、廃棄が決まった映画フィルムを上映して楽しもうという魂胆だった。

一応、客を迎え入れるべく番台に座り、ロハで観せるわけにはいかないので、料金もしっかり頂いている。にもかかわらず、春三はこの上映会の宣伝をほとんどせず、わずかな知人だけに伝えて、自分の楽しみとして続けていた。

ようするに、客など、まず来ないのである。

自分が観たくて格安の屑フィルムを買い取り、銭湯から三軒はなれた古道具屋で見つけた映写機を自ら操っていた。

ところが、来ないはずの客が思いがけず二人連れであらわれ、一見、訳ありのカップルに見えなくもなかったが、肩書きは、それぞれ「探偵」と「小説家」だった。

春三にしてみれば、肩書きなどどうでもよく、

「どうしてこんなところまで、わざわざ、観にきやがったんだ」

と迷惑そうに二人を睨みつけた。

「俺もまぁ、物好きには違いないが、アンタらもよほどの物好きだな。大体、誰がこんなものを観るってんだ。俺だって観ないよ。ていうか、アンタらさえ来なかったら、今夜は、上映なんかやめて、一杯呑みに行こうと思ってたんだ」

そう云いながらも、春三は銭湯の表門に、「今夜、上映あり」と貼り紙をしていた。

「しょうがねぇなぁ」「ちくしょう」と口は悪いが、その実、嬉しいのである。

「あのさぁ」

春三は、あわただしく番台からおりてきて、

「悪いけど、ホント期待しない方がいいよ」

ナツメとマユズミに念を押した。

「一応、ひとっ風呂浴びるのと同じ木戸銭《きどせん》をいただいてますがね、実際の話、それほどの価値もないんだよ」

ナツメは春三の話を聞きながら、銭湯の内装に目を奪われていた。

クラシックなアーチ型の窓が並び、球体型のランプや、見事な細工で縁どられた姿見が

めずらしい。天井の高い脱衣所の隅に置かれたクーラーボックスには、見たことのない清涼飲料水があった。

「これは何ですか」と大将に訊くと、

「ああ、それはラムネだ」

と聞きなれない名前が返ってきた。

ナツメは、この手のB級飲料水に目がない。しかも、春三の説明によると、壜を封じる栓の代わりにビー玉が使われていて、話だけでは仕組みが分からなかったが、

「こうすんだよ」

春三が手際よくビー玉を壜の中に落とすと、涼しげな音がして炭酸の音がはじけた。

「さ、そろそろ上映の時間だ」

スクリーンは、男湯の壁に張った白いシーツで、コウモリはそそくさと壁から飛び立ち、ナツメは期待で胸が熱くなって、ラムネの壜を握りしめた。

映写機が回り始めると、マユズミが拍手をし、その音が銭湯中にこだまして、どこかさみしげに鳴り響いた。

*

その同じ夜に、シュウはキリバヤシに教えられた新宿ビル街の裏路地を目指していた。

話を聞いてから、しばらく時間が経っていたが、聞いたときは興味がなく、

「少しだけ未来が分かるの」

と目を輝かせたキリバヤシに、

「未来が分かると楽しいのですか」

と消極的な言葉しか返せなかった。

しかし、いまになって、キリバヤシから受け取った紙きれを書類入れの中から探し出してくると、大まかな住所と、占い師にアクセスする道順が細かく書いてあった。

つくづく、キリバヤシは仕事の出来るひとである。

シュウはその指示に従い、込み入った路地の奥へ進んでいくと、ひときわ暗い、しんとした袋小路に突き当たった。その暗さの中に、月明かりに浮かんだ黒装束の女の姿がある。

「そこへ、お座りなさい」

小さなテーブルをはさんで向かい合わせになると、香水の匂いが自分にうつるのではないかというくらいの距離だった。

「あなたは、いずれここに来ることになっていました」

香水に似合った甘く低い声で、テーブルの上には奇妙な絵柄のカードが並べられている。

「どうして、そんなことが分かるのです？」

「もういちど会いたいひとがいるのでしょう？」

キリバヤシの話どおり、占い師は泣いているような顔をしていた。それはしかし、そうしたメイクをしているからで、よく見ると、涙がこぼれ落ちそうになっているのも、小さなガラス玉が使われている。

占い師はカードをシャッフルし、細長い指先で、一枚ずつカードを並べていった。

「王子が、何をするか知っていますか」

「はい？」とシュウは訊きなおした。「王子」は禁句とされているコードネームで、谷口さんには話してしまったが、自分からは迂闊に口にできない。

「あなたは、八人目の王子になるのです。何もかも、あの話のとおり――」

「あの話？」

「塔の上で、眠る姫を起こします」

姫という言葉に、シュウは、

「そのひとです」

と声をあげた。

「そのひとに会うことはできるのでしょうか」

「ええ。あなたが目覚めさせます」

「あの話というのは、『いばら姫』の話ですよね」

「そうです、グリム兄弟の——」

「じつは、いくつか疑問があって、どうも引っかかることがあるんです」

占い師は、シュウの顔を上目づかいでジロリと見た。

「引っかかる？　というと」

「たとえば、なぜ、糸つむぎの針が刺さると姫は百年の眠りにつくんでしょう？　というか、なぜ、警告を受けていたのに、自分から糸つむぎに手を出してしまうんでしょう？　どうして、姫が眠り始めると、いばらが繁茂するのか、なぜ、姫を救おうとした王子が何人も命を落とし、なぜ、最後の王子だけが、塔の上に到達できるのか」

「それはですね」

占い師は少し考えているようだった。

「それはつまり——すべては運命なのです」

と、さらに声を低くした。

「運命を前にして、なぜ、どうして、と問いただしても仕方がありません。運命に理由などありません。王子が口づけをするから、姫は百年の眠りから目覚める。そこに、理屈などないのです」

占い師がそう云うと、そのふたつの目が鏡になり、ふたつの鏡のどちらにも王子が——二人のシュウが映り込んでいた。

＊

その夜の締めくくりに、もうひとつ、おかしなことがあった。

温水プールのインストラクターである笛野が、大小八つのプールに、ひとつひとつ潜って、メンテナンスをしていたときのことだ。

シュウが見つけた小さな亀裂が他の水槽でも見つかり、笛野は営業の終わった深夜の時間に一人で点検を続けていた。

すでに、八つのうち五つの水槽の側壁に亀裂が見つかり、それが劣化によるものなのか、水圧の変化によるものなのか、なかなか判断がつかなかった。

しかし、何かが起きていることは間違いない。

笛野は、いつもそうしているように、点検の最後に、いちばん大きなプールで十五分ほど泳いだ。ひとしきり泳ぎ終えて場内の照明を落とそうとしたとき、口の中の右頬のあたりに妙な違和感を覚えた。

人差し指を突っ込み、指先で探ると、何かある。

（コンタクトレンズか）

以前も、口の中に何かが入り込んだのに気づいて吐き出したことがあった。自分のものではない誰かのコンタクトレンズで、そのときの、少し芯を失った柔らかいレンズの舌ざわりがよみがえった。

舌先で探って手のひらに吐き出すと、意外にもそれはレンズではなく、大きさはほとんど同じだったが、指先にへばり付いたものは、どうやら紙片のようだった。

目を凝らしてよく見ると、白い紙に小さな文字がプリントされている。

日本語だった。

「おそらく、亀裂と紙片に関連はないと思います」

笛野は、温水プールのオーナーにそう報告した。

「亀裂は劣化によるもので、紙片は、浄化システムをくぐり抜けて混入した異物です」

「じゃあ、ひとまずは劣化が問題ということか」

オーナーはクラシックな黒ぶち眼鏡を外し、ぐりぐりと眼球をほぐした。

「ええ。一応、クリア・パテで応急処置をしておきました」

「いずれ、地下道ごと整備しないことには――」

「あの地下道はきわめて短期間につくられたと聞いています。いわゆる、やっつけ仕事で」

「ああ」

オーナーは肩をすくめて首を振った。

「時間がなかったんだよ。あのときつくられた地下道は、どれもそうだ」

「誰が――」

「いや、それは知らない方がいい。誰が地下道をつくろうと云い出したのかは誰も知らない。いつからか、そういうことになってる。だから、もちろん責任をとる者もいない。直したければ、われわれの力でやるしかない。そのうちにね」

そう云って、オーナーはせわしなく席を立った。

＊

その翌日である。

あらためて思い返してみると、それまで一度もなかったことだったが、シュウのキャッチャーに谷口さんからボイスが届いた。

「地下の片づけが終わりましたので、いつでもどうぞ」

いつにも増して、事務的な口調である。

あるいは、緊張しているのかもしれなかったが、そう云えば、谷口さんがスピード・ボイスを使っているところを見たことがない。

シュウはさっそく資料館に出向き、何度も繰り返してきたサポート・デスクでの手続きに臨むと、ダウンライトの下の谷口さんは、左の目に、顔からはみ出るほど大きな眼帯をつけていた。

シュウはさしたる考えもなく、いつもの習慣で谷口さんの目を覗き込み、もちろんそれは、右の目に限られていたが、どういうものか、いつもと印象が違って見えた。どことなく蒼みが濃く、それでふと気づいたのだが、あのときスクリーンからこちらを見ていた「姫」の目は、谷口さんのこの目と、どこか似通っていた。

同じとは云わないまでも、決して遠くはない。

もしかして、こうして谷口さんの目に親しんでいたから、あのスクリーンの目に魅かれたのだろうか——。

「地下道を見せていただけるんですね」とシュウが訊くと、

「はい」と谷口さんは、目を伏せたまま答えた。

「それは、あの——いますぐにですか」

「ええ、もちろん、いますぐです」

谷口さんはカウンターの引き出しからキーホルダーを取り出すと、

「では、行きましょう」

とすぐに立ち上がった。

ホルダーには、いろいろな形をした古びた鍵が十個ほど束ねられていて、谷口さんはそれを重たそうに胸に抱え、そのうえ、視野が狭くなっているせいか、明らかに足もとがふらついていた。

「大丈夫ですか」

「はい。鍵が重たいのは、いまに始まったことではないですから」

谷口さんはカウンターを出て書棚と書棚のあいだをまっすぐ進んでいった。

シュウは少し離れて、そのあとに従っていく。

そういえば、地下へおりる階段はどこにあったろう。館内の地図を頭の中に描いたが、階段の記憶がない。

それもそのはずだった。谷口さんは館内の北のはずれにある「開架式書棚・Nの32番」の前で立ちどまると、書棚の二段目に並んだ本を右から五冊分だけ引き抜いた。すると、その奥に隠された鍵穴があり、ホルダーの中から選びとった小ぶりな鍵を差し込んで、左に回した。

書棚の全体が軽々と右にスライドし、奥から壁があらわれ、壁の真ん中に、ほとんど壁と一体化した無機質なドアが仕込まれていた。ドアの右端に鍵穴があり、そこへさらに小ぶりな鍵を差し込んで右に回すと、ドアが開いて、その向こうには廊下が続いている。

まっすぐ突き当たりまで廊下を歩くと、そこにまた、観音開きの大ぶりな鉄扉があった。

谷口さんは深呼吸をしてから、「くっ」と声を出し、どうにか開いてみせたが、扉の向こうには、すでに地下の気配が濃厚にある。

薄暗くて空気がひんやりし、そんなはずはないが、地下鉄の駅のように、どこか奥の方で風が吹いているような轟音《ごうおん》がこだましていた。

「どうぞ」

谷口さんの「どうぞ」に、シュウは当然のように嫌な予感がした。

状況から察して、きっとそうに違いない。谷口さんは、地下二階に書庫があり、そこから「地下道」につながっていると云っていた。まだ一階にいるはずなのに、地下の気配が伝わってくるというのは、階段の構造がそうなっているからだ。

その構造を思い浮かべただけで、シュウはめまいに襲われそうになった。

あれほど苦手だと訴えてきたのに、なぜ、神様は何度も同じ仕打ちを繰り返すのか。

「あの」とシュウは一応、谷口さんに確認してみた。「その、地下二階へおりていく階段というのは、もしかして――」

「ええ、螺旋階段です」

谷口さんは乾いた声で、事務的にそう答えた。

08

どうして男湯と女湯のあいだには壁があるんだろう？

天使も怪物も眠る夜

まだ階段をおりてもいないのに、めまいに襲われてしまったかのようで、シュウが大きなため息をもらすと、谷口さんは眼帯のずれを直しながら、心配そうに首をかしげた。

シュウは、「そういえば」と唇を噛む。

「このあいだ、おまじないを教わったんです」

鉄色の螺旋階段をうらめしげに眺め、深呼吸をひとつしてから、無理に背筋を伸ばした。

「イソベリイソベラ」

キリバヤシに教わったフレーズを早口で唱える。

「イソベリ？」と谷口さんが驚いたように繰り返すのを待たず、シュウはいまいちど深呼吸をすると、キリバヤシに手を引かれたときと同じ速さで、一気に階段を駆け下りた。

踏み板を叩く自分の足音が音楽のようにこだまする。

このおまじないのコツは、おまじないを唱えることではなかった。脇目もふらずに一目散に駆け下りることで、地下二階にたどり着くなり、

「なんだかやっぱり目がまわりそうです」

と、あとを追ってきた谷口さんに弱音を吐いた。

周囲を見まわすと、そこは静まり返った書庫の一角で、一階の見慣れた書棚とは違う古風な棚に、古びた本がぎっしり詰め込まれていた。

階上から届く限られた光だけなので判然としなかったが、予想以上の広さで、無数に並んだ棚が、暗がりに吸い込まれるように、どこまでもつづいている。

その黒々とした闇に向けて、谷口さんが容赦なく光を放った。

シュウは、突然のまぶしさに目を細める。

携帯式のサーチライトはシュウも護身用に持っていたが、谷口さんが手にしたそれは、ボールペンほどの大きさであるにもかかわらず、驚くほど広範囲にわたって光を放った。

「ここにある本は、データ化されていないものばかりです」

谷口さんは前方を照らしながら歩き出し、ひととおり書庫の説明をしてから、

「でも」

と立ちどまった。

「今日は書庫の見学に来たのではなかったですね」

手慣れた様子で光を絞り、円光の中心に錆《さ》びついた鉄扉を浮かび上がらせた。

「これが、地下道に通じる扉です」

谷口さんは胸に抱えた鍵の束を確認し、中から、先のとがった小ぶりな鍵を選んで、鍵穴にするりと差し込んだ。

「どうぞ」

重々しい音とともに扉がひらかれ、湿った空気を孕んだ冷たい風が、ひんやりとシュウの頬をなぶった。

「この地下道が重宝されたのは、もうずいぶん昔の話です」

谷口さんは絞り込んだ光を扉の中に向け、コンクリートが敷かれた無愛想な地下道が奥へのびているのを、まっすぐに照らした。

「壁が力を持っていた時代でした。都心を東と西に分断し、ひどいときは、自由な行き来が完全に阻まれました。国が命じたわけでもないのにです。一部の都民が自主的に自らを分断しました」

谷口さんは小さく咳払いをして、眼帯のずれを直した。

「そして、それに反発を覚えた一部の都民が、ひそかに壁の下に地下道を通して自由を取り戻しました。壁は都民を東と西に分けただけではなく、壁を利用する者と、壁に反発する者とに分断したんです。自然とそうなった——ということになっていますが、実際のところ、この地下道はごく一部の人たちが利用しただけで、都民のほとんどは、存在も知らないと思います。ほどなくして壁は効力を失い、壁も地下道もいつからか形骸化しました」

（どうしたことだろう）とシュウは地下道から谷口さんに視線を戻した。

デスクでもそう感じていたが、谷口さんの右目はいっそう蒼みを増し、そのうえ、これまでにないほど饒舌で、以前から練習してきた芝居の台本を諳《そら》んじているように見える。

「もっとも」――と谷口さんはちろりと舌を出して唇を湿らせた。「地下道は水を通すためにつくられたという説もあります。いまとなっては、何が本当か分かりません」

「水ですか」とシュウは確かめる。

「ええ。地下道はこの他にも何本かあって、わたしも確認したわけではないですが、いずれも、海からの水を内陸に引き込む水道管が通っているはずです」

（海からの水？）

シュウが疑問を感じたのを察したのか、

「あまり知られていませんが」

と谷口さんはサーチライトを持ちなおした。

「壁が建てられたころから、海水を処理して、都内のいくつかの施設に供給していたようです。このあたりでは、たとえば温水プールとか――」

（そうなのか）とシュウは初めてあの温水プールに体を浸したときの感触を思い出した。

やさしい水だった。

体と水がひとつになるような、自分がなくなってしまうような感じだった。

「行きますよね？」

不意に谷口さんが声を大きくした。

「え？」と訊き返すシュウに、「これをどうぞ」と谷口さんはサーチライトを差し出した。

「せっかくですから、壁のあたりまで行ってみてはいかがでしょう。わたしの足でも、歩いて十五分くらいです」

（いや、そんなつもりは）

とシュウは思ったが、成り行き上、サーチライトを受け取ってしまい、

「このライトは、なんという名前ですか」

と余計なことまで訊いていた。

「〈ＴＡライト〉です」と谷口さんはよどみなく答える。

「ＴＡ？　何の略でしょうか」

「とても、明るい、です。じつは、子供用のおもちゃとしてつくられたもので、いろいろ試したんですが、これがいちばん明るかったんです。まさにＴＡです」

シュウはどうしてか路地裏の〈未来売り〉の言葉を思い返していた。

こうして自分が、〈ＴＡライト〉を受け取ってしまうのも、さして興味があったわけでもないのに地下道を見学することになってしまったのも、「何もかも、あの話のとおり」だから、そうなるのではないか。

「わたしは、そろそろ仕事に戻らなくてはなりません」

「分かりました」

「気をつけて、行ってらっしゃい」

　と送り出す谷口さんの声を背中で聞き、三歩ほど歩いて、

(いや、どうしてこんなことを)

　と引き返したくなった。

　ただ、歩き出してみると、思いのほか地下道は清潔で、適度な道幅がしっかり確保されている。TAのおかげで暗さに気が滅《め》入《い》ることもなく、左右の壁に光を向けると、なるほど何本もの水道管らしきものが壁を這《は》っていた。

　ところどころ、壁の中にもぐり込んでいるのは、そこから何らかの施設――と谷口さんは云っていた――に水を送っているのだろう。耳を澄ますまでもなく、水の通う音が聞こえ、何本もの管を同時に走る水の音が、「二十二世紀の音楽」と呼ばれている〈エクストラ・ミュージック〉のように響いた。

　そのうち、シュウは自分が足早になっているのに気づき、前方に光を向けると、TAの威力で、かなり先まで見通せた。

(これはしかし、本当に必要なことなんだろうか)

(自分がいますべきことは、たぶん、これじゃない)

（自分の仕事は会社に命じられた、「深い眠りから人を覚醒に導く」薬をつくることだ）

（そしてそれは、たぶん、「眠り姫」を目覚めさせることにつながっている）

（「あの話のとおり」というのは、そういう意味ではないのか）

（たぶんそうだ。そう思いたい）

最初は少しばかり足がすくんでしまったが、どうやら、地下道には何らおそれるものはないようだった。こうして、ひたすらまっすぐ前へ進んでいくということは、単調であるからこそ、人を前へ進ませる力を持っているのかもしれない。おそらく、人間という生きものを動かしているのは、こうした機械的でシンプルな動きなのだ。

（でも）とシュウは予感した。

人生には紆余《うよ》曲折《きょくせつ》がつきもので、いつでも、そう簡単に前へ通してくれるわけではない。

そして、予感は少しずつ忍び寄ってくるものだ。

目に見えない種子が、知らないあいだにどこからか運ばれ、芽を出し、光をもとめ、もとめる力が蔓を伸ばして、上へ上へと光をめざしていく。人間の欲望が水平に前へ進むことだとしたら、植物の欲望は、垂直に上へ上へと伸びていくことだ。

シュウは予感とともに、地下道のコンクリートにひび割れを見つけ、前へ進むにしたがって、その亀裂から、自分とは別の命をもった息吹《いぶき》を感じとった。

芽が見つかり、伸び出た蔓が見つかり、蔓から枝葉があらわれて、さらに伸びようとしている。

前へ進むほどに、植物の気配が濃厚になってきた。

前方にあるのは闇だけではなく、複雑に入り組んで空間を制した植物の群生だった。

TAの光がそれを照らし、シュウは息をつめて、思わず立ちどまる。

(もしかして、いばらだろうか)

植物の知識がとぼしいシュウには、それが、「いばら」であると断定できなかった。

が、仔細《しさい》に観察してみると、それには棘があり、もし、本当に自分が、「あの話」をなぞっているのだとしたら、これはやはり、「いばら」なのだろう。

足もとはもちろんのこと、左右の壁や天井からコンクリートを割って、「いばら」は地下道を支配していた。

*

八王子の〈リトル・トーキョー〉から戻ったナツメとマユズミは、大ママの食堂でシチュー定食をたいらげ、

「さて、どこからいきますか」

と薬缶《やかん》からついだ出がらしの番茶を勢いよく飲んだ。

食堂のテーブルにフロートしたモニターには、ナツメがコンタクトレンズに仕込んだカメラで録画した——盗み撮りである——件の予告篇がリピート再生されている。

シュウが、「会いたい」と云っていた女優には目もくれず、ナツメは予告篇の最後に流れた「監督」「脚本」「音楽」「美術」「衣装」「宣伝」、そして「俳優」の名前に注目した。

「これって、すごい手がかりじゃない？」

「ですよね」

マユズミも同意したが、こうしたことに疎《うと》いマユズミは、脚本家や音楽家ばかりか、監督の名前にも覚えがなかった。

しかし、ナツメは音楽を担当している保科アキヲが、スキンヘッド・オーケストラという楽団を率いて人気を博していることを知っていたし、脚本の羽《は》深《ぶか》宏《ひろし》という名前にも——最近は聞かなくなったが——見覚えがあった。

「でも、監督のロバート田島《たじま》は、何年か前に亡くなったはず」

そう云って、ナツメは合掌して十字を切った。

「では」とマユズミも合掌する。「名前を聞かなくなった脚本家は健在でしょうか」

ナツメはモニターを切り替え、〈ボイス〉を起ち上げて、二秒で検索結果をアウトした。

「この方は、二〇九〇年より、クラウディングしているものと思われます」

〈ボイス〉が、どことなく抑え気味な口調でそう報告した。

「クラウディングって、なんのことです？」

　マユズミがそう訊くと、

「業界用のロボット・ワードです」とナツメが早口で答えた。「ひらたく云うと、雲隠れのことです」

「ということは、ご存命ではあるわけですね」

「ええ、隠れているだけですから」

「ちなみに――」と〈ボイス〉がさらに検索結果を報告した。

「ハブカ・ヒロシ氏が書いた脚本のオリジナルは、一部を除いて、〈ドリーム8・第三資料館〉に収蔵されています」

「あ、そうなんだ」とナツメは眉をひらいた。「それだったら、まずは、その資料館にあたってみましょう」

「でも、その資料館は、〈ドリーム8〉の関係者しか利用できないのでは？」

「大丈夫です」とナツメは満足そうに頷いた。「あそこには、弟がいますから」

*

「なに？　これが脚本なの？」

ポスター・ハンターのトオルは、早瀬が「これです」と鞄《かばん》の中から取り出した『眠り姫の寝台』の脚本に目を見張った。

正確には脚本のコピーだったが、早瀬は宣伝美術を担当していただけあって、紙質にいたるまで、現物を正確に再現したという。どう見ても、脚本や台本には見えず、書店に並んでいる、ごくふつうの一般書籍にしか見えなかった。

「フェイクですよ」と早瀬は苦笑する。

二人は西新宿の三十二階建てタワーの最上階にある、〈回転レストラン〉で酒を酌み交わしていた。レストランのフロア全体が土星の環のように回転し、そのうえ、料理をのせた丸テーブルも回転するので、何がなんだか分からない。

早瀬はそうした仕掛けを好んだが、トオルはこの手の大がかりなものや、持ってまわった物云いが苦手だった。回転しながら食事をするのも居心地が悪かったし、なぜ、脚本が本の体裁に仕立てられているのかも理解できない。

よく見ると、本のカバーには、書名の他に、「黛屖二郎」という名前と、「ホノルル書房」なる社名もあった。

「この映画は、訳あって極秘で製作されたんです。ですから、人目を忍ぶために、脚本も脚本に見えないよう仕立てられました」

「ふうん」とトオルは気のない返事をした。「どうして極秘だったんだろう？」

トオルは本をめくって適当なページを開き、「ん？」と前のめりになって数行を読んだ。それからまた、適当なページを開いては、「ん？」と前のめりになる。

「ええ、ですから――」

早瀬は先まわりするようにもういちど説明を繰り返した。

「この脚本に書かれていることは、一種の予言なんです」

「ああ」とトオルはようやく理解した。「それは、本当に本当の話？」

「はい。この脚本は十年前に書かれたものなんです」

「しかし、ここ最近のことも書かれているし――俺だって、さすがに知ってるよ。動物園から動物たちが脱走した事件」

「そうなんです。あの事件を十年前に予測していたんです」

早瀬は、なぜ、そんなことが可能であったか説明したかったが、トオルはそんなことにはおかまいなしで、少しずつ鼻息が荒くなっていた。

「すごいってことは、よく分かったよ。問題は、これでどう稼ぐかだ」

「いや、ちょっと待ってください」

早瀬は、事態を理解しないまま先走るトオルを引きとめたかった。

と同時に、あれほどトオルはポスターの中の「女の目」に魅かれていたのに、ポスターを手に入れた途端、その情熱がすっかり消えていることに、いささか鼻白んだ。

「それは、もういいんだ」

トオルは自分の耳たぶをつまみ、ピアスがなくなって穴だけが残っているのに気づいて、

（そうだ、もう金に換えられるものはなくなったんだ）と思い出した。

「女はもういいよ。それより、〈未来売り〉だ」

＊

オストアンデル課のキリバヤシは、二日ほど前からオフィスを整理していて、

「ここのところ暇だから――」

そう聞かされていたので、シュウは仕事に関係のないボイスを送っても問題ないだろうと考え、

（地下道を見つけました）

と書き込んで、サイレントで送りつけた。

キリバヤシは、キャッチャーに届いたシュウの言葉を一瞥《いちべつ》し、「ようやく」とため息まじりにつぶやいた。

（いまどき、こんなにレスポンスの遅い人もめずらしい）

それは、シュウの致命的な反射神経の鈍さを云っているのではなく、彼が身につけてい

る特殊な時間感覚をさしていた。

（彼はまるで、わたしたちと別の時間を生きている）

（上からの指示で、彼を観察するよう云われてきたけれど、そもそも、彼が選ばれたのは、この奇妙なくらい世間とかけ離れた時間感覚が評価されたからに違いない）

キリバヤシは、ようやく理解しつつあった。

とはいえ、この一ヵ月ほどで格段の進歩が見られはしたものの、彼に望みを託した者たちとしては、「本当に彼が？」と思わざるを得なかった。

彼が、ようやく眠り姫の存在に魅かれ始めたことは、大きな一歩ではある。

〈覚醒タブレット〉の完成を目指すきっかけになると期待されてもいる。

しかし、もしかすると彼は、いまごろになって「恋」なるものに目覚めただけかもしれなかった。

それも、二次元の中の「姫」に恋をし、「会いたい」などと口にしているものの、本当に、それ相応の行動に出るものかどうか――。

つまり、彼は王子としての自覚を持ち、眠り姫を覚醒させる術を見出すことができるのだろうか。

周囲の懸念をよそに、シュウ本人は新しい局面を迎えた手応えもなかった。

キリバヤシにボイスを送ると、いつものように谷口さんに会うために資料館へ出向き、シュウは、その資料館の正式な名前が、〈ドリーム8・第三資料館〉であることは、かろうじて知っていたが、その収蔵庫に、予告篇だけで彼を魅了した『眠り姫の寝台』の脚本を書いた羽深宏の資料が保管されていることは、まるで知らなかった。

しかし、彼の姉であるナツメは、探偵なのだから当たり前かもしれないが、シュウがぼんやりと過ごしているあいだに、そうした事実を見つけ出し、いまや、マユズミという助手にして人気作家を従えて、谷口さんのいるあのサポート・デスクで、資料の閲覧《えつらん》手続きに臨んでいた。

予想どおり、外来者の閲覧は歓迎されず、しかし、ナツメはいまをときめくマユズミの名前を出して、

「先生が次回作の資料として閲覧を希望しています」

とマユズミの助手であるかのようにふるまった。

あるいは、弟が勤めている会社の資料館なのだから、「姉です」と申し出れば簡単に通るのかもしれない。しかし、それは最後の手段にとっておいた。マユズミの名声を利用し、たまには、マユズミに花を持たせるのもいいかもしれない、とそんな計算も働いていた。

谷口さんは、ナツメの話をひととおり聞くと、ダウンライトの下で眼帯のずれを直し、ある直感に促されて、「あなたのお名前は？」と訊いてみた。

ナツメは探偵事務所の所番地が刷られた名刺を出しかけて引っ込め、

「フタミ・ナツメです」

　ありのまま本名を告げると、谷口さんはいつもシュウの前でそうするように、うつむいたまま（やっぱり）と頷いた。

　そっくりだったのである。

　大きな耳や瞳の輝き方、それに、話しながらこちらの目を覗き込む仕草――そうしたすべてが、フタミ・シュウのそれとよく似ていた。

「分かりました」

　谷口さんは、申請書に「許可」の判を捺《お》し、閲覧室にナツメとマユズミを案内すると、奥の書庫から〈羽深宏〉とインデックスカードが貼られたファイバーボックスを出してきた。谷口さんが、その一連の作業をいつもより手際よく、いつもより数段、素早くこなしてみせたことをナツメは知る由もない。が――、

「早いですね」

　やや不審げに言葉を短く切ってみせたのは、それなりに探偵をつとめてきた者の、これもまた直感だった。

　直感と直感が対峙《たいじ》し、谷口さんとナツメのあいだに風が吹くような一瞬がよぎると、谷口さんがナツメの耳もとに口を寄せ、

「ハブカさんの居場所を、わたし、知っています」

二度は云うつもりがなかったので、ゆっくり、正確に聞きとれるようにそう伝えた。

「居場所？」と確かめるナツメの声は囁きにはほど遠い。

「え？　居場所ですか」

マユズミも机に広げた資料から顔を上げて谷口さんを見た。

「はい。ハブカさんは、向こうの資料館にいらっしゃいます」

谷口さんは、自分の口が勝手にそう動いたことに、自分で驚いていた。

「向こう？」とナツメは谷口さんの右目を覗き込む。

「ええ。〈ニモ〉のです。〈ニモ〉の資料館に、ハブカさんはいらっしゃいます」

そこで谷口さんはマユズミの方に向きなおり、

「あなたのことを待っています」

「私を？」

意表をつかれて、マユズミは声が裏返った。

「どうして、私なんかを？」

「行けば、分かることです」

谷口さんの言葉に、ナツメは混乱した。

「どうして、あの——谷口さんは、こちらの司書さんなのに、あちらの——〈ニモ〉の資料館のことを、ご存知なんです？」

「妹が働いているんです。やはり、司書をしています」

谷口さんがそう答えたとき、カウンターのベルが鳴って、谷口さんを呼んでいた。

シュウだった。

地下道に繁茂していたあの植物の名は何なのか、あれは、はたして「いばら」だったのか、谷口さんが、「調べておきます」と請け負ってくれ、谷口さんによれば、「いばら」は棘をもった植物の総称なので、棘があったのなら、おそらく「いばら」で間違いない――、

「でも、植物図鑑で調べておきましょう」

その言葉に甘えて、シュウは谷口さんに会いに来たのだ。ところが、

「あれ？」

なぜ、資料館に姉がいるのか理解できなかった。

シュウの顔を見るなり、「脚本家を探してるの」と姉は口走り、さて、何の話なのか分からず、よくよく訊いてみると、「あの映画の」とナツメは得意げだった。

「あの映画？」

「そうよ。あの――『眠り姫の寝台』の」

「あれ？　姉さん、あの映画観たんだ？」

「じゃなくて、シュウが観たのと同じ予告篇だけ」

「どこで観たの？　まだ観られる？」

シュウがせわしなく云い募ると、

「八王子の」と姉は答え、「〈リトル・トーキョー〉の」とつづけて、

「〈廿世紀浴場〉です」とマユズミが後を継いだ。

シュウはマユズミを知らない。いつもなら、「この人は誰？」と訊くところだが、そうしたやりとりさえもどかしく、一刻も早く、その〈廿世紀浴場〉とやらに駆けつけたかった。

というか、実際、シュウがすぐに身をひるがえして資料館を飛び出すと、

「ねぇ、ちょっと」

と追いかけるようにナツメがボイスを送ってきた。

「シュウが夢中なのは分かるけど、あの予告篇なら、わたしの手もとにコピーがある」

「盗み撮りですけどね」とマユズミの合いの手がはいった。

「だから、わざわざ八王子まで行くことはないの」

（なんだ、そうなのか）

シュウは足をとめ、「いや」と首を振って、ふたたび足早に歩き出した。

どうして、あのフィルムが、そんなところにあるのだろう。あれが最後の上映ではなかったのか。それに、〈廿世紀浴場〉という奇妙な響きを持ったその場所はどんなところなのか。姉の目を借りるのではなく、自分の目で確かめてみたい。

（姉から離れなくては）

（でなければ、いつまでたっても自分は前へ進めない）

そうしたシュウの思いをナツメは察知していたのだろう。「あのさ、シュウ」とさらに追いかけるようにボイスが届き、

「〈廿世紀浴場〉へ行ったら、ラムネっていう飲みものがあるから、おみやげに買ってきて」

それだけを告げて、素っ気なくぷつりと切れた。

しかし、シュウの思惑とは裏腹に、物事はなかなか簡単に前へ進まないものだ。

姉の言葉を断ち切って、ひとり八王子まで逃れ出てきても、その足どりが未熟なままであれば、「おい」「平気か」「君は知っているのか」と、しきりに話しかけてくる先達に出くわしてしまう。

銭湯の大将の春三が、まさにその先達だった。

「もういちど、観るかい？」

春三は、この夜、たったひとりの観客であるシュウを、めずらしげに右から左から眺めた。

「ええ、お願いします」

「よし、分かった」

春三は傷《いた》んだフィルムをつなぎ合わせたリールを、それ以上、傷めないよう手動で巻き戻した。

春三には、じつに謎が多い。そもそも、なぜ、この人が〈廿世紀浴場〉の主人になったのか、それこそ、フィルムを巻き戻して詳しい来歴を知りたいところだが、

「俺のことなんて、どうでもいいんだ」

と、たちまちケムに巻く。

「というか、俺にも俺が分からない。だから俺は、俺を含んだ、この世のあらゆることを知ってみたい。どうすればいいか？　映画を観たらいい」

人生の後半に入ってから、常に頭の上で白と黒が戦っていて、

「いつからか、圧倒的に白が優勢になりやがった」

と染めることもせず、豊かな白髪を輪ゴムで一束どめにしていた。眉にも白いものが混ざり、ヒゲは、毎朝きれいに剃って、そのたび、カミソリ負けになる。

「なにが、安全カミソリだ」

〈ミラー〉に悪態をついた。

その〈ミラー〉の診断によると、（類を見ない健康体）（不老不死レベル）と、すこぶる優秀だったが、〈ミラー〉は辛辣《しんらつ》なドクターの見解があらかじめインプットされているので、最後に（いまのところ）と不穏なオチがついた。

「しかし、まぁそんなもんだよ、青年」

春三はフィルムを巻き戻しながら、シュウに講釈を始めた。

「お前さんには、まだ分からんかもしれんが、人生はこれすべて、（いまのところ）だ。ほんの一瞬の動きであっても、これだけのコマがつながって一瞬になる。な？　そして、一瞬が次の一瞬につながって、いまになるわけだ」

春三のこうしたセリフは、じつのところ、春三がこれまでに観た映画に出てきたセリフをつなぎ合わせたものだった。

「君に、この世の秘密を教えてやろう」

春三は、たびたびこのセリフを口にした。

「この世に駄目なものなんて、ひとつもない。これまでの失敗や、忘れてしまいたいことや、酷《ひど》いことや、辛いことや、何もかもすべてがつながって、いまをつくってる。な？　つながってないものなんて、ひとつもないんだ。驚くだろう？　全部、つながってんだよ。合わさってんだ」

「合わさってる？」

「そうよ。お前さんだって、男と女が合わさって、この世に生まれてきたんだ。そうだろうよ？　しかし、俺はいつも番台に座っていて思うんだがね、どうして男湯と女湯のあいだには壁があるんだ？　こうして、俺の銭湯では、男と女が壁を隔てて裸になるのに、俺の知らないところで、奴らは壁を取っ払って、裸になりやがる。ひとつになりやがる。ひとつになるように出来てんだよ。それでも、こうして壁をたてるのは、たぶん、神様の采《さい》配《はい》だ」

「神様、ですか」

シュウは、まさにちょうど神様のことを考えているところだった。

どうしてか分からないが、春三の話を聞いていたら、急に春三が神様に見えてきたのだ。

「そうよ、神様はわれわれにこう云ってる。君たちは、ひとつになりたいふたつだと。な？　でも、ひとつになりたいあまり、ふたつであることを忘れちまう。だから、壁をたてる。忘れないようにだ。ひとつになりたいってことは、われわれは、やっぱり別々のふたつであるってことだ」

シュウは、あれ以来、頭の中にこびりついたままだった、

「どうして人は争いつづけるの」

という問いに、いまなら答えられるかもしれない、と予感した。

どうしてなのか？

おかしなことだけれど、争っていたもの同士こそが、ひとつになれる可能性をもっている。彼らは、ふたつになりたいのではない。本当は、いつでもひとつになりたかったので

はないか。

「これがつまり、この世のいちばんの秘密だ」

春三はそう云って、大きく頷いた。

「この世は、ひとつになりたいふたつで出来てる。な？　ひとつになりたいひとつじゃねぇんだ。それじゃあ、なあんにも始まらん。ふたつに分かれてるってことが肝心なんだ。うまく出来てるよ。だから、本当に強い力っていうのは、あっちのもんとこっちのもんが合わさったときに――雷様みたいにだ――プラスとマイナスが合わさったときに生まれてくる。プラスとマイナスはいつだって、つながりたい。会いたいってことだ。な？　お前さんにだって、会いたい奴がいるだろ？」

「ええ――はい」

たしかに、シュウがいまここにいるのは、あのフィルムの中の「眠り姫」にもういちど会いたかったからだ。それで、ここまで来てしまった。

「この世に、これ以上のものはないと思うね。だろ？　会いたい、という思いだ」

「あの」――とシュウは訊こうか訊くまいか迷ったが、やはり訊いてみることにした。

「大将にも、会いたい人がいるんでしょうか」

「そりゃ、いるよ」

春三は笑みを浮かべていた。

「みんな、死んじまったけどね。だから、俺は映画を観る。映画の中の連中は、いつまでも生きてるからね」

（そうか）とシュウは虚をつかれた思いになった。

いまの大将の言葉を裏返すと、仮にフィルムの中で息づいていても、現実には、もう生きていないということもあり得る。

「亡くなった人にも、もういちど会えるんでしょうか」

「もちろん、会えるよ」

春三は、待ってました、とばかりに両手を合わせた。

「祈ればいいんだ」

「祈る？」

「そうよ。祈るときに君はどうしてる？　右手と左手を合わせるだろ？　それでいいんだ。言葉を唱えてもいいし、唱えなくてもいい。だけど、手を合わせなくちゃ駄目だ。右手と左手だ。プラスとマイナスだよ。男と女だ。同じことだよ。右手も左手も、ひとつになりたいふたつだ。だから、ひとつに合わさったときに、思いもよらない力が生まれる」

春三の話を聞いて、シュウの頭の中は、なおさらぼんやりとなった。

考えたいことや、考えなくてはならないことが沢山あり、自分の小さな頭ひとつでは、どうにもおさまらない。

それで、二度目の上映が始まると、シュウは夢うつつになった。

観終わってからも、心ここにあらずで、ナツメに教わったラムネを飲みながら、しばらくぼんやりとしていた。

*

ようやく手に入れた〈ゴールデン・スランバー〉をピアノの上に置き、ホシナは、この何日か、昼も夜もその酒壜《さかびん》を睨んで過ごしていた。

譜面のかわりに酒を眺めて曲をつくり、ただし、仕事が進んでいると云い難かったのは、まだ、酒の封を切っていなかったからである。

おそろしかったのだ。

いざ、封を切ろうとすると、滝沢の声が聞こえてくる。

「重々、気をつけてください」

滝沢はそう云っていた。

この酒は、飲んだ者を深い眠りに誘い、「眠りと死は紙一重」とも云っていた。

ホシナは、その言葉が別の意味を持って立ち上がってくるような気がしてならない。

あの映画の関係者が、この酒を試飲したという噂と、あの映画に関わった者が不審な死を遂げたという噂を重ねると、滝沢があれほど複雑なガードを張って隠遁しているのは、責任追及から逃れるためではないかと思えてくる。

仮に、その一件だけではないとしても、彼は自分のつくった酒がトラブルの原因になっていると理解しているのではないか――。

（では）とホシナは息をついた。

（なぜ、そんなおそろしい酒を手に入れてしまったのか）

自分がひとまわり小さくなってしまったように感じられた。それでは駄目なのだ。音楽をうまく操っているときの自分は、いつもの自分より、ひとまわり大きくなっている。怖《おじ》気《け》づいていては、自分の望んでいるものは生まれない。ただ、小綺麗に整った音を並べるだけになる。

「ためつすがめつ」という昔の言葉は、こういうときに使うのだろう。ホシナは、酒壜を手にしてはピアノの上に戻し、（今度こそ）と手に取っては、また戻した。

しかし、そんなことを繰り返すうち、ふと気がついた。

暗緑色のボトルには、〈Golden Slumbers〉と赤い文字で綴られたグレイのラベルが貼られている。しかし、よく見ると、そのラベルの下に、もう一枚ラベルが貼られているではないか。同じ大きさの二枚のラベルが重ねられていた。

ホシナは、細身のピンセットを抽斗《ひきだし》から取り出し、ラベルの端をめくってみようとしたが、よほど強力な接着剤が使われているらしい。びくともしなかった。こうなると、なんとしても下に貼られたラベルを見てみたい。

（そうだ）と思いついた。（カマンザに頼めばいい）

ボイスを送ると、幸運にもすぐに返信があり、「お安い御用です」とカマンザは快く引き受けてくれた。

「ただ、申し訳ないですが、私はあいにく――」

「八王子から離れられない」

「そういうことです」

ホシナは酒をホワイト・クロスで包み、ただ酒だけを一本、胸に抱いて八王子へ急いだ。移動には、前回同様、車ではなく〈スーパー・セントラル・ライナー〉を選び、なめらかに走り出した列車の中で、（本当は急ぐ必要などないのかもしれない）と思いなおした。どういうわけか、（早く早く）と頭の中に棲みついている若いときの自分が、いまの自分を急かしてくる。おかしな話だ。まだ先は長いと思っていた若い自分が、〈ミラー〉の予見に先の短さを危惧する歳になった自分を、（早く早く）とせっついてくる。

急いでどうなるのか。

急いだ先に待っているのは、人生のエンドマークだけじゃないか――。

（いや、待て）

とホシナは思い出した。滝沢は、この酒が再生の酒だと云っていた。「何度でも生まれ変わる」と。音楽も同じだ。だから、自分は音楽をつくってきた。滝沢は蒸留酒の精製を、雲と雨の円環運動に結びつけたが、音楽にもまた特殊な循環がある。「ド」で始まって、「レ」「ミ」「ファ」とのぼっていく音階は、八段目の階段をのぼったときに、ふたたび「ド」に戻る。しかし、この八段目の「ド」は、同じ音でありながら、次の階層の始まりを担う「ド」でもある。

この音の階段が何に似ているかと云えば、螺旋階段だ。

まっすぐにのぼっているのではなく、うねりながらのぼって、八段目に至ったときに、同じタテ軸の一階上にいる自分に気づく。

これをオクターブと呼ぶ。八番目の音だ。

それだけではない。洋数字の「8」を横に倒すと、終わりのないサーキットを思わせる「永遠」を表す記号になる。これはたぶん偶然ではない。八番目に永遠が訪れるのだ。「8」はそういう記号で、音楽はいつでも、「8」という数字によって祝福されてきた。

八王子に到着すると、降り立った駅の表示に「八」の字を見つけて、（この「八」はまたなんと大らかな記号だろう）とホシナは微笑した。

いや、待て。

八王子という地名にいまさらのように数字を見つけ、そこからピンセットで「八」の字を剝がし取ると、あとに残るのは、「王子」の二文字になる。

(こんなところに「王子」が隠されていたとは――)

「八人の王子か」

それこそ、いま自分が取り組んでいるあたらしい楽曲をまとめるタイトルにふさわしかった。次の地下鉄オペラのタイトルだ。


カマンザの工房で、まずはそんなことを話し、

「いや、そんなことを話しに来たのではなく」

とホシナはクロスにくるんだ酒甕をカマンザの作業机に置いた。

カマンザは、丁重にクロスをほどき、中からあらわれたボトルのラベルを見ると、たしかに二重に貼られているのを確認して、「なるほど」と口を結んだ。

「これはどうやら、エラーではないようです」

「そうでしたか」

ホシナは空とぼけて答えた。それはそうだろう、この酒は工場でつくられた大量生産品ではない。極少量のみ、つくられたものなのだ。ラベルが二枚貼ってあるとしたら、そこ

には何かしら、作り手の意図があると考えていい。

「なるほど、なるほど」

カマンザは繰り返し、手術に臨む外科医の手つきで、見たことのない道具と得体の知れない液体を持ち出してきた。カマンザにしてみれば、大した相手ではなかったらしい。作業を始めて、およそ十五分後には、ピンセットによく似た道具でグレイのラベルは桃の皮を剝くようにはがされた。

「御覧なさい。下から黒いラベルがあらわれました」

ホシナが息を呑んで、カマンザの手もとを覗き込むと、下に貼ってあったラベルは漆黒の地色で、細かい白い文字が模様のようにびっしりと並んでいる。文字というより記号に近かった。

「これは読めないな」

ホシナが嘆くと、

「いや、私には読めます」とカマンザは唇を結んで眼鏡を光らせた。「どうやら、錬金術師の処方箋のようです」

工房に吊るされたいくつもの電球が、音をたてて明滅している。

「私はもともと、こっちが専門だったので」

カマンザは記号にしか見えない文字の羅列を翻訳し、近所の酒場の名が刷り込まれたメモ用紙にさらさらと書いた。

「こっちというのは？」とホシナが訊くと、

「錬金術、魔法、妖術、エトセトラ――そういった世間で眉唾ものと云われてきたものを、科学やバケ学と照らし合わせて検証するのが仕事でした」

そう云って、

「ウルイルひとさじ――ゼニパーひとかけら――プルードン二合――」

とつぶやいては、メモの余白を埋めていく。

「何が書かれているんでしょう？」

「この酒をつくるための材料と手順です。ベースになっているのは、〈サラマンダー〉という酒で、比較的、ポピュラーな眠り酒です。ただ、錬金術にも流派がありまして、つくり方が、ちょっとずつ違うんです」

カマンザは、まるで夕食のレシピについて話しているようだった。

「これは、わりとオーソドックスな調合のようです」

耳慣れない薬草や鉱物の名が書き込まれていくのを目《ま》の当たりにし、ホシナは、やはり自分はこの酒を飲むことはないだろうと心に決めていた。

「お待たせしました」

費やされた時間も、夕食の献立を書き写すくらいの時間で、「どうぞ」とメモを渡されたが、ホシナとしては、つくり方を知ったところでどうなるものでもない。

「お手数をおかけしました」

「いや、これが私の仕事ですから」

カマンザは、剥離に使った壜詰めの液体を博物館さながらの陳列棚に戻した。棚には似たような壜がいくつも並んでいる。

「それは、どれも剥離液なんですか」

「いえ」とカマンザは棚を示した。「上の二段はそうですが、下の二段は接着液です」

「あ、接着液も揃っているんですね」

「というか、剥離液というのは、接着液の裏返しなんです。要は、接着液を構成しているものを調べ上げ、そこから逆算して剥離液の成分を割り出します。これは錬金術の研究と同じで、眉唾ものやニセモノを研究しないことには、本物が見えてきません」

(もし)とホシナは思った。

もし、今夜ここで見聞したことが何かしら意味を持っているとしたら、この「裏返し」の話を聞いたことに尽きるだろう。

「お世話になりました」

ホシナは酒のつくり方が書きとめられたメモを上着のポケットにしまい、カマンザは剥離したラベルを、元のとおりにクリスタル・テープで仮留めしてホシナに渡した。

そうするあいだにも、（早く早く）と若いときの自分が急かしてくる。

思いのほか、すぐに結果が出たのはよかったが、こんなに急ぐ必要があっただろうかと、ホシナは自らを省《かえり》みた。いずれ、この経験が、一枚のカードのように裏返り、何かしら有意義なものとして表の顔を見せるときがくると信じたい。

「では」

ホシナはクロスに包んだ酒壜を、来たときと同じように胸に抱えて工房をあとにした。

外はいつのまにか雨が降り出している。雲の上のいちばん高いところにある小さなシャワーから、ゆるゆると降ってくるような雨だ。

細かい雨滴がみるみる体にまとわりつく。

（喉が渇いた）

上着は雨に濡れて潤っていたが、体の中は妙に渇いて、とにかく何か飲みたかった。

酒壜を抱えているのに、（何か飲みたい）と酒場を探すのはなんと馬鹿げたことか。

〈フィンガー・マップ〉で透視してみると、酒場がありそうなところまで、少し歩かなくてはならなかった。

（ニセモノと本物か）とホシナはつぶやいた。

ついこのあいだ、パラシュートを背負って、あのとんでもない渓谷におりていったときも雨が降っていた。あの雨と、いま降っているこの雨は、ほとんど見分けがつかない。そう思うと、いま降っているこの雨まで、本物の実感が遠のき、どこか足もとが覚束なかったのは、そのせいだったかもしれない。

一人の青年が、ホシナの方に向かってくる、その距離感がつかめなかった。

「あ」と声をあげたときには肩と肩がぶつかり、重心を失ったホシナは、右足を滑らせてそのままアスファルトに倒れ込みそうになった。

反射的に、青年が「すみません」と手を差し伸べ、おかげで転倒は免れたが、抱えていた酒甕が手から離れて宙を飛んだ。

その瞬間、すべてがスローモーションのように、ゆっくり動いた。

クロスだけが胸もとに残り、宙に浮いた酒甕の表面に、雨滴がまとわりついていくのをホシナはたしかに見た。

空中で、静止したようにも見えた。

が、酒甕はすぐに重力に従い、そのまま垂直に落下して、花火が開くように音をたてて砕け散った。

09

天使も怪物も眠る夜

ようするに、すべては、おとぎ話なんですよホシナは雨に濡れたアスファルトにへたり込むと、頭からすべり落ちた帽子を鷲《わし》づかみにして、自分の無様さに苦笑した。

尻のあたりに雨水が染み、その冷たさに、

「ああ、夢でもなければ、バーチャルでもない」

と苦々しくつぶやく。

「はい？」

かたわらの青年は、ホシナのつぶやきが聞きとれず、「いま、なんと？」と云いながらホシナを抱き起こした。

路面には砕け散ったボトルが街灯の光を受けて輝き、気泡をともなった黄金色の液体が、むせかえるような甘い香りを放っていた。

「大丈夫ですか」

気づかう青年の声は、急に強くなり始めた雨音に消されて聞こえない。

「どこかで、会ったかな？」

ホシナは青年の顔を見た。

「いえ」

青年は首を振りかけたが、スキンヘッドの男の顔に、（もしかして）と思い当たった。

（そうか。フウさんと観に行った地下鉄オペラのパンフレット——）

あの素晴らしいショウを発明した音楽家を決して忘れまいと、パンフレットに刷られたその名前とポートレートを目に焼きつけた。ちょうど、自分と同じような大きな耳が気になったのだ。

「ホシナさんですよね、地下鉄オペラの」

「ああ」

ホシナは雨に濡れた顔を、てのひらでぬぐった。

「君は？」

「フタミ・シュウといいます。ファンなんです、あなたの」

応えるかわりに、ホシナは頭を振ってうめいた。

「あなたの作品に、非常に感銘を覚えました」

「ありがとう」

ホシナはそこで、シュウの耳の大きさに気づいて、目を細めた。

「どうだろう、もし、よかったら一緒に酒でも飲まないか」

そもそも、ホシナは酒場を目指していたのだ。

「いいんでしょうか」

二人は立ち上がって歩き出し、赤い灯《あか》りを目指して、酒場の並ぶ街区に辿り着いた。

「どこでもいい」

ホシナは、〈マイマイ〉という看板を掲げた酒場の扉に体重をあずけ、扉がひらいて中の喧騒があふれ出すと、「さみしいよりマシか」と店の中に入った。

「奥へどうぞ」

店主の声にうながされ、二人は妙に奥行きのある店の、ほの暗い一角に落ち着いた。

席に着くなり、「弁償させてください」とシュウはホシナに詫び、「僕がぼんやりしていたせいです」と頭を下げた。

「いや」とホシナは店主が持ってきた乾いたタオルで顔をぬぐった。「あの酒はいただいたもので、弁償と云っても、そう何本もある酒じゃないし」

「そんな貴重なお酒なら、なおさらです」

「いや、本当にいいんだ。飲むつもりもなかったから」

「そうなんですか」とシュウもタオルで顔をぬぐう。「コレクションか何かでしょうか」

「そうじゃなく、あの酒は――」

ホシナは、何をどこから話していいのか、何をどこまで話していいのか、頭を整理しようとしたが、そこへ至った経緯は複雑に絡まった糸のようだった。

（ひとまず、映画のことは伏せておこう）

そこだけは、肝に銘じておいた。

「あの酒は、飲んだ者を死にも等しい眠りに誘うとか」

ホシナは滝沢から聞いた酒の説明を、そのまま受け売りした。

「〈バレイ〉ですね」

いきなり話が自分の仕事の領域におよび、シュウは、つい専門的な言葉を口走った。

「あ、〈バレイ〉というのは、最上級の睡眠導入酒のことです」

「私はよく分からないけれど、君はどうやら詳しいようだね」

「ええ、まぁ」

シュウはこういうとき、ひどく無防備になってしまう自分を正したいと、常々、思っていた。が、いっこうに改善される気配がない。

「僕は、そっちの方の薬を開発していまして」

「なるほど」

ホシナは店主にハイボールを注文し、シュウの顔をあらためて眺めた。

「あ、僕はブドウジュースで」

「ブドウジュース？」

「じつは、酒に弱いんです。だから、僕自身は酒のことはよく知りません。でも、まわりに優秀な科学者が何人もいますので、もし必要であれば、さっきのお酒を、そっくり同じように再現することも可能です」

「いや、じつを云うと、作り方は分かっているんだ」

ホシナはジャケットのポケットを探り、カマンザからもらった作り方のメモを、「どうぞ」とシュウに差し出した。

「私が持っていてもしょうがない」

シュウは驚いた。が、作り方が分かっているなら越したことはない。

「もし、レシピどおりに再現できたら、ボトルに詰めてお持ちします。じゃないと、お困りですよね。死にも等しい眠りが欲しいとなると、相当、ひどい不眠症に悩まされているのでは？」

「いや、そうじゃないんだ。私はあの酒を、次のオペラのモチーフとして使いたかっただけでね」

それはまだ、楽団の仲間にも話していなかった。

「タイトルは、今日、決まったばかりで、『八人の王子』というんだけど」

「王子――ですか」

シュウは、酒場の主人が運んできたブドウジュースを飲みかけてテーブルに戻した。

「そう。眠り姫を起こす八人の王子の物語。そいつをオペラに仕立てたい」

（それがきっと、あの映画のつづきになる——）

ホシナは、胸のうちにそう宣言した。

*

俗に、〈タワー〉と呼ばれている〈ニモ〉のメイン・オフィスは、三十八階建ての塔を思わせる建物で、そのすべての階に、さまざまな部署のオフィスが詰め込まれている。

〈ニモ〉は、いまでこそ睡眠コンサルタントの代名詞的存在だが、もとは、ロボット・ファクトリーと空中事業で一時代を築いた〈ハンス・プファール〉を前身としていた。

〈レイドバック〉が施行される一年前に、「不眠の時代」の到来を予知したかのように転身し、周囲の悲観的観測をくつがえして、爆発的な成功をおさめた。

〈レイドバック〉によって、ハイスペック・ロボット労働者と高空帯輸送は全面的に廃止となり、〈ニモ〉の現社長である森山《もりやま》氏の先見の明が大いに讃《たた》えられた。

その結果、軽食産業から惑星開発に至るまで、さまざまな企業が、〈ニモ〉の傘下に入り、正確な数が分からないほど、多彩なオフィスが、〈タワー〉の中に軒を連ねていた。

〈タワー〉は、〈ニモ〉の敷地のほぼ中央に位置していたが、そこから八百メートルほど離れた海浜ベルトにほど近いところに、サテライト・オフィスの別館として、〈ニモ〉の資料館があった。

その資料館のフロント・デスクで、

「司書の谷口さんを」

とナツメが問い合わせると、デスクで伝票の整理をしていた女性が、

「わたしです」

と顔を上げた。

「事情は、姉から聞いています」

限りなく囁きに近い声だった。

「特別資料の閲覧ですよね？　こちらに届いている請求では、マユズミ・サイジロウさんのお名前で登録されていますが」

「ええ」

ナツメは背後にぼんやりと立っていたマユズミの袖を引き、

「こちらがマユズミさんです。小説家の」

「はい。存じ上げています」

谷口さんは手もとに開いたプルーフ・フォトとマユズミの顔を照合して頷いた。

「今回は特例で、一度限りの閲覧ということになります」

「あの」とマユズミはデスクに手をつき、「いま、閲覧とおっしゃいましたが、姉上のお話では、御本人にお会いできると――」

「はい」

谷口さんは人差し指を立てて頷いた。

「こちらの記録上、閲覧とさせてください。わたしも立ち会わせていただきます」

そう云って、谷口さんは、「どうぞ」と二人をガイドした。

〈関係者以外立入禁止〉と古風な表示がフロートされた電子ドアを通過し、その先に控えていた小部屋で、二人はメリー・ゴー・ラウンド式の〈ブレイン・シェイク〉を受けた。

聞こえはいいものの、簡単に云うと、「自分がいま建物の中のどの位置にいるかを分からなくするために、脳にゆさぶりをかける簡易装置」である。

部屋ごと、巨大な何ものかに転がされたような感覚になり、おそろしく旧式の簡易装置なので、ほとんどスーツケースの中に押し込まれて、右へ左へ、上へ下へ、と手荒く転がされた感じになる。方角どころか、天地も分からなくなり、当然ながら、目をあけていられない。

二十秒ほどで、「転がし」は終了し、

「お疲れさまでした」

谷口さんの声が聞こえて、二人は顔をしかめながら目を開いた。

嵐の中を通過した心地だったが、意識が正常に戻ると、一転して、ほどよい広さの部屋の隅に立っていた。

周囲を確認すると、四方の壁のうち三方が書棚になっている。書棚の二つは本で埋め尽くされ、ひとつだけ、本の代わりに、大きさも色も違う何本ものボトルが並べられていた。

ナツメもマユズミも、その罎の並びに目を奪われ、近づいてよく見ると、ボトルには同じフォーマットのアイボリー色のラベルが貼られている。日付らしきものがブルー・インクで記されていて、罎の中には、やはり大きさも色も違うさまざまな紙片や、丸めて筒状にした紙葉《しよう》が入っていた。

「手紙ですよ」

背後から声がして二人が振り向くと、そこに黒いセーターを着て、銀ぶちの眼鏡をかけた男が立っていた。

「お待ちしていました、ハブカです」

（ちょっと、いい男じゃない）

ナツメは思わず声をあげそうになった。

（外国の人？　瞳が蒼くて、背が高くて、それにすごくいい声）

「どうぞ、そこへ」

そこだけ書棚のない壁の前に、あきらかに前世紀につくられたと思われる、使い古しの二人掛けソファが置かれていた。

ハブカと名乗った男は、二人の向かいに置かれた同じように古びた一人掛けソファに座り、目の前にはローテーブルがあって、谷口さんがグラスにつがれた飲みものを、三人の前に音もなく静かに置いてまわった。

ナツメはグラスの中の液体から炭酸がはじけるのを目ざとく見つけ、反射的に喉をごくりと鳴らして、ハブカの顔をそれとなく観察した。

「どれも、すぐそこの人工海岸に流れ着いたものです」

ハブカの言葉に、ナツメとマユズミが、（なんの話だろう）と揃って首をかしげると、

「壜の中の手紙です」

「ああ」とナツメはようやく理解した。「集めていらっしゃるんですか」と質問し、喉の渇きに耐えられなくなって、グラスに手をのばした。

そのとき、谷口さんが書棚から本を一冊抜き取り、テーブルの上にうやうやしく置くと、ナツメとマユズミは声をあげて、本の表紙に見入った。

『眠り姫の寝台』だった。

「その本のことで、いらっしゃったんですよね」

ハブカがそう云うと、ナツメは携えてきた書類鞄の中から、自分が手に入れた『眠り姫

の寝台』を取り出した。

テーブルの上に並べて置くと、二冊は何から何までまったく同じ本である。

「この本は」とナツメは夢の中にいるような気分になった。「何冊もあるんでしょうか」

「いえ」とハブカは小さく首を振る。「正確な数は分かりませんが、おそらく、五十部ほどつくられたと思います。そのほとんどは回収され、ただちに焼却されたんですが、何冊かが行方不明になったと報告がありました。八年前の話です」

「じゃあ――」

「ええ。あなたがお持ちになったその本は、たぶん行方不明になったうちの一冊です。その本が、そうして出回っているのなら、いずれ、マユズミさんが私を訪ねてくるかもしれない――そう考えていました。そしていま、まさにそのとおりになったわけです」

「あの」とナツメは単刀直入に訊いてみることにした。「ということは、わたしたちは、まんまと釣られてここへ来たということでしょうか」

「もしかして、何かよくないことに巻き込まれているとか」とマユズミが眉をひそめる。

「いいえ」とハブカは否定した。「そうではありません。ひとつの可能性として、こうなるかもしれないと予測したまでです。これは、ちょっとした私の癖のようなもので、なにしろ、それが仕事だったので」

「予測することがですか？」

ナツメはハブカの手を観察していた。

前時代的な技術者の手だ。図面を引き、試作品をつくるために、切ったり貼ったりを繰り返してきたクラフトマンの手――。

「田所という男を、ご存知でしょうか」

ハブカは二人の顔を交互に見ながら訊いた。

「タドコロ？」「いえ、知りません」

二人がそう答えると、

「彼は私のボスでした。私だけじゃなく、多くの技術者、研究者、科学者を統括するリーダーだったんです。カミソリのように鋭い男で、いつでも、未来というものを隅々まで知りたがっていました。いえ、いまなお知りたがっているでしょう。未来はキリがありません。未来はどうなるのか、われわれは本当に未来に到達できるのか。不安からくるのでしょうが、その不安が、彼の著しい情熱になり、当時、研究が進んでいた複数のシミュレーション・ゲートを掛け合わせて、〈S〉と呼ばれる究極の未来予測システムをつくり上げました」

「エス？」

「正しくは〈SSS〉です」

「エス、エス、エス？」

ナツメは人差し指で、宙にSの字をつづけて三つ描いた。

「〈スーパー・シミュレーション・システム〉の略号です。未来に起こることを、きわめて精密に予測するものでした。まだ実験的段階でしたが、ほぼ完成しつつあって、試作品は予測が開始された年から十年間を対象期間としていました。その十年間がいま終わろうとしています」

「この十年間を予測していたわけですね」

「ええ。その実験の一環として、映画をつくることになったわけです。デモンストレーションというやつです。この先の十年がどうなるかを一本の物語に仕立てました。私は常々、物語を伴わない進化は打算だけで終わると考えていましたから、若いときから、プレゼンテーションに物語を導入していました。〈予測屋〉の仕事と並行して脚本家の仕事を始め、そうした成り行きから、私がその映画の脚本を書くことになったわけです。タイトルは『眠り姫の寝台』——これが、それです」

「そうすると、これは映画の脚本なんですね」

マユズミが、二冊並べられたうちの一冊を手に取った。

「しかし、なぜ私の名前が」

「ええ」とハブカは気まずそうに咳払いをした。「あの映画の製作は極秘で進行していました。いま云ったようなプロジェクトが背景にありましたからね。ですから、脚本も一見して脚本に見えないよう、ごく一般的な書籍のかたちに小道具係が仕立てたんです。それも、誰も興味を持たないような本にです――」

ハブカも本を手に取って、マユズミから視線をはずした。

「それで、その当時、まったく売れていない――つまり、誰も注目していない作家は誰なのかと調べてみたわけです。その結果、マユズミさん、あなたが選ばれたんです」

「なるほど」とマユズミは目を閉じた。「それはもう、おっしゃるとおりで」

「しかし、聞いたところによると、あなたはいま、大変に世間の注目を浴びていらっしゃるとか。そしていま、われわれは、〈ＳＳＳ〉が予測した未来の最先端にたどり着きました」

「ちょっと待ってください」

マユズミは話の途中かとは思ったが、どうしても訊いておきたかった。

「私が十年後に――その、なんというか、いまのように世間に知られる作家になると予測されていたんでしょうか」

「いえ」とハブカはまた咳払いをした。「すみません。そこのところは――なにしろ、まだ試作だったので、そこまでは予測できなかったんです。なにより、映画が頓挫してしまうことも予測できませんでした。こぼれ落ちたものは無数にあります。予測には順番も優劣もないからです。ですから、昔風に云うところの三面記事にも載らないようなエピソードが、この脚本には、たくさん盛り込まれています」

「興味深いお話です」とマユズミもまた咳払いをした。

「そう云っていただけると有難いです——いや、というのもですね、私としては、マユズミさんにお願いしたいことがありまして——」

「なんでしょう」とマユズミは身構えた。

「この脚本のつづきを、ぜひ、マユズミさんに書いていただきたいんです」

（ああ）とマユズミは、マユズミなりの予測が当たってしまったことに驚いていた。

（つづきを書こう）（きっと書くことになる）と、これまで何度かつぶやいてきたが、そこになんらかの確信があったわけではない。

「私がですか？」

「ええ。私の代わりにです」

「どうして、ご自分で、お書きにならないんです？」

「私はもう未来に興味がありません。私がいま研究しているのは、あの」と書棚に並んだボトルを指差した。「あの浜辺にたどり着いた壜の中の手紙です。あれは云ってみれば、すべて過去から流れ着いたものです。私はもう過去だけでいい。しかし、マユズミさんは、いまをときめく作家です。ぜひ、あなたにこの物語の行く末を見届けてほしい」

ハブカは、手にしていた本をテーブルに戻した。

「この脚本は、そもそも未完でした。シミュレーション・データも初期段階のものを利用した第一稿で、改稿することを前提に書いたものです。しかし、突然、映画の製作が中断してしまい――」

「それは、どうしてなんですか」

ナツメが滑り込むように、すかさずそう訊いた。

「それは――そうですね――」

ハブカは、しばらく考えてから答えた。

「それはつまり、〈レイドバック〉が施行されることを、田所がいち早くキャッチしていたからです。精度は、〈ＳＳＳ〉に及ばないとしても、ある程度の未来予測をするシステムを、彼はすでに完成させていました」

「ちょっと待ってください」

ナツメは棚に囲まれた窓がひとつもない部屋を、あらためて見渡した。

「あの――」

「ええ」

ハブカは、ナツメが目を光らせていることに気づいて、先まわりするように云った。

「私はここに軟禁されています。というより、どちらかと云うと、自分から望んで、ここに隠遁していると云った方がいいかもしれません。一応、秘密を知り過ぎてしまったということになっています。私がここにいること自体、極秘なのです。お気づきかもしれませんが、私の脚本が、こちらの資料館ではなく、壁の向こうの――〈ドリーム8〉の資料館に収蔵されているのは、あちらへ目を向けさせるためです。ですから、お二人にはこれ以上、詳しくお話しすることはできません。あまり、お話ししてしまうと、あなたたちもここから出られなくなります。それは、私の望むところではありません」

ハブカが自分の腕時計をちらりと見た。

ナツメは映画が中断された理由を――本当の理由を聞きたかったのだが、どうやら、あらかじめ時間が決められているようだった。

「すみません、閲覧は以上です」

谷口さんが囁くようにそう云った。

*

そのころシュウは、少しでも前へ進めないものかと、ようやく焦り始めたところだった。

(自分はどうやら、本当に「あの物語」に導かれている)

たとえば、「王子」という言葉を、あの地下鉄オペラのホシナ氏が当たり前のように口にしていた。その言葉は、シュウにとって禁句であるだけでなく、「あの物語」を結末に導く重要な役まわりを示す言葉だと知っている。

シュウは意を決してオフィスを出ると、本部の解析班に直行し、「めずらしい資料が手に入ったんです」と、ホシナにもらった睡眠導入酒のレシピを、

「再現できますか」

と提出した。

「お安い御用だよ」

解析班のチーフである小久保《こくぼ》は、ふたつ返事で請け合ったが、レシピに指先をあてながら文字をたどるうち、

「少年の息？」

と不審げな声をもらした。

「ていうのは、何のことだ？　何か特殊な薬品の比喩《ひゆ》なんだろうか。それともまさか、本当に少年の息を？　いや、でも大昔の資料となると、あり得ないことじゃない」

「ええ」

シュウも背後からレシピを覗いていた。

「何かの符号だと思ったのですが——」

「いや、聞いたことないな。こういうのは、補足資料がないと再現は難しいんだよ」

そう云って、小久保はレシピを突き返した。あるいは、この小久保という男は、若くし

てアルバイトから正社員に昇格したシュウが面白くないのかもしれない。

「出直しておいで」

「分かりました」

シュウは、その足で資料館に立ち寄り、大まかな経緯を谷口さんに話すと、

「そうですか」

と谷口さんは、自分ひとりだけ納得したように、しみじみと目を閉じた。

「そんなものが手に入りましたか」

「ええ、偶然なんですけど」

「いえ、それはきっと偶然ではないです。あなたは、やはり――」

谷口さんは、シュウのことを「あなた」と呼んだ自分に赤面し、

「あなたは、これを手に入れることになっていたんです」

そう云って、また蒼い瞳を暗く光らせた。

「お役に立てるかどうか分からないですが、わたしも、古代から十六世紀くらいまでに記録された〈眠り酒〉の作り方を集めた本をご用意しておきました」

谷口さんは、整理箱の中から革表紙の小型本を取り出すと、該当する箇所を探すべく、さらさらとページをめくりつづけた。

シュウには見当もつかなかったが、谷口さんは、メモに記された文字の連なりと、その

小型本に記録されているレシピを素早く照らし合わせているようだった。

　と、そのうち「ん」と手がとまり、「これかもしれません」と中ほどのページを開いたまま、細かい文字に指先を滑らせた。

「ウルイルひとさじ――ゼニパーひとかけら――プルードン二合――少年の息――百五十年前の――とあります」

「百五十年前？」

「ことわり書きに、そうあるんです」

「ということは、どう計算したらいいんでしょう？　それって、そのお酒をつくる時点から見て、百五十年前ということでしょうか」

「たぶん、そういうことだと思います。何年とは書いてありませんから、特定の年を指しているわけではないようです」

「比喩でもなく？」

「そこは、なんとも云えません。でも、この処方箋を読む限り、比喩ではなく、実際に百五十年前の少年の息を調合せよ、ということじゃないでしょうか」

　ふうむ、とシュウは息をついて口を結んだ。

　せっかく、前へ進めるかもしれないと期待していたのに、よりにもよって、「百五十年前の少年の息」とは。

「あきらめるのは、まだ早いです」

谷口さんが、母親のような口調でシュウを諭《さと》した。

「わたしには、何が起きているのか分かっています。あなたは、間違いなく正しい道を歩いています。そして、見つけ出すべきものを、ちゃんと見つけました」

「そうなんでしょうか」

「そのお酒が、死にも等しい眠りをもたらすのなら、このレシピを裏返せば、死にも等しい眠りを覚醒させる薬をつくり出せるはずです。そうではないですか？」

シュウは重苦しさを感じて、肩で息をしていた。

見つけ出すべきものを見つけ出した、と谷口さんは云うけれど、本当に見つけ出すべきは、「少年の息」であり、それも、百五十年前の息なのだ。

「すみません、ちょっと歩いてきます」

シュウは頭を冷やしたくなり、オフィスに戻ることをやめて、そのまま街へ出た。

見上げると、曇った空がどこまでも広がっている。重たげな雲ではないから雨は降らないだろうが、晴れてくる気配もまるでなかった。

でも、曇り空は嫌いではなかった。子供のころからそうだった。自分には晴れた空は似合わない。大通りからはずれた路地裏を歩くのが自分にはふさわしい——。

が、歩き進むうち大通りにさしかかってしまい、もと来た路地に引き返そうとしたとき、大通りを背にして募金を呼びかけているボーイ・スカウトの一群が目にとまった。揃いの青い帽子をかぶり、揃いの青い制服を着て、首から募金箱をさげている。

彼らには、いかにも曇り空が似合わなかった。彼らは太陽のもとで陽ざしを浴び、元気よく声をあげて、皆に呼びかけるのがふさわしい。おそらく、彼らもそう思っているのだろう。一人の少年があからさまにふてくされた態度で、モゾモゾと口を動かしていた。

ガムを噛んでいるらしい。

反抗的態度。たぶん、そういうことだ。

シュウがその少年の様子を見守っていると、突然、少年の口から、白い半透明の何ものかがあふれ出してきた。

（え？）と驚くシュウをさらに驚かせるように、その白いものは、ともすれば、少年の顔よりも大きく丸く膨らみ、ある大きさで膨張がとまると、あとは一気にしぼんで、少年はそれを口の中にしまい込んだ。そして、また口をモゾモゾと動かしている。

（いまのは何だ）

シュウは驚嘆した。そのまま凍りついたように少年の口の動きを見つめ、すると、また同じように唇のあいだから半透明の魂のようなものが出てきた。

シュウはたまらなくなって少年に近づいた。少年は一瞬、しかられるのではないかと身構えたが、そうではないと分かると、膨らんだものを口の中に戻して、モゾモゾと動かした。

「いまのは何？」

シュウは挨拶も前置きもなく、いきなり強い口調になった。とにかく、その奇妙なものの正体を知りたかったのだ。

「何って？」と少年は案の定、生意気な受け答えである。

「いや、その口の中に隠しているのは」

「隠してないけど」

少年はそう云って、大きく口をひらいた。

「風船ガム。知らないの？　お兄さん」

風船ガムならシュウも知っていた。

「バブルガムのこと」と少年は云い直した。

もちろん知っていた。知っているどころか、自分の部署にフェイクで付けられた名称が〈バブルガム課〉なのだから、知らないはずがない。ただし、それらはすべて本で読んだ知識で、それゆえ過去の遺物だと思い込んでいた。目の当たりにしたのは初めてで、まさか、本当に風船そっくりに膨らむとは——。

シュウは驚きを隠しきれず、

「あのさ、それって――」

風船を膨らませるコツを少年に訊こうとして、ふと、ひらめいた。

「それって、息を吹き込んで膨らませているんだよね?」

「うん、そう」

少年は答え終わる前に息を吹き込んでまた膨らませた。

「ありがとう」

少年に礼を云うと、シュウは財布から数枚の小銭を取り出して、募金箱にコツンコツンと投入した。

＊

「知ってるよ」

とその人形は突然話し始めた。

「私はなんだって知ってるんだから」

五夜はそのとき、バラ線地帯で回収したゴミの山を仕分けしているところだった。

「え?」と顔を上げて声が聞こえた方に目をやると、色とりどりのゴミの山から、見覚えのない人形の顔が突き出していた。

その顔つきが、どう見ても人間そっくりに話し出しそうにないのは、前世紀の最もクラシックな腹話術の人形を模して作られていたからだろう。

彼の名はツァラトゥストラ。

かつて、ポスター・ハンターのトオルが操っていた人形だった。見てくれは子供だましにすらならない代物だったが、筐体に仕込まれたヒューマン・システムは、第三世代のアンドロイド用に開発された〈レイドバック〉以前の最高レベルを誇るものだ。

しかし、五夜はそうしたスペックを知らない。その人形が、つい最近〈ガーデン〉に拘留したトオルの分身的存在であることも知らなかった。

「お前か？　お前がいま話したのか」

人形の顔を見ながら声をかけたのだが、声を発するどころか、まるで微動だにしない。

「やはり、おれの頭がどうかしているのか」

五夜は頭を振って、仕分け室の無機質な天井をあおいだ。

（ひとやすみした方がいい）とゴミの山から逃れ出るように退室し、あとには、低い唸りをあげる通電管の音だけが残った。

いや、それだけではない。

五夜がいなくなったのを見はからい、「知ってるよ」とツァラトゥストラが声を上げると、「何を知ってる？」と、どこからか声が返ってきた。

こちらの声の主は、Sクラスの分身型アンドロイドから取り外された高品質の〈ブレイン・チップ〉で、チップだけなので、チーズ・クラッカー一枚分くらいの大きさしかない。

「こんなところに仲間がいたとは」

ツァラトゥストラは嬉々としたが、

「いや、仲間じゃないよ」

チップはつまらなそうに応えた。

「君は立派な体を持ってるけど、こっちはもう完全に切り離されて先がない」

「いや」とツァラトゥストラは首を振った。横に振ったつもりだったが、いつからか縦にしか振ることができない。「ごらんのとおり、私はもう長くない。さっきから、何度も回路が途切れる。たぶん、この仕分け室で事切れて終わりだ」

「そうかな？　われわれは意外としぶといところがあるよ。ぼくだって、こんなちっぽけなカケラになっても、まだ動いてる——いや、そんなことは、君の方がよく分かっているだろう。さっきも云ってた。なんでも知ってるって」

「ああ、それはそのとおり。だけど、そこが悲しいところで、何でも知りすぎてしまった者は決して幸福になれない。そういう意味では、われわれのようなヒューマン・ヘルパーは誰ひとりとして幸福を得られない」

「同感だ。大体、人間たちはどうして〈レイドバック〉なんてことを思いついたんだ？

結局、そうして引き返すなら、ハナから進化の追求などしなくてよかったんだ。彼らには、そういうところがある。およそ、自分たちではコントロールできないものをつくり出して、あとはマシーンに頼りきりだ。それなのに、いきなりマシーンを放棄するなんて」

「まぁ、いずれこうなることは、彼らも分かっていたんだろう。〈もうひとりの自分〉などという概念がうまく走り通せるわけがない。ただ、こちらとしては大いに勉強になった。結局、この星の生物が最後に行き着いた欲望は、〈もうひとりの自分〉だった。それがちょうど、彼らの社会の二重性にフィットした」

「でも、本当の問題はそこじゃない」

チップがそこで少し間をおいた。おそらく、彼をプログラミングしたマスターが、そういう性格だったのだろう。

「問題は彼らの考え方そのものにあったのに、彼らは自らのミスを、すべてわれわれに背負わせた。君はどこまで知ってる？　われわれアンドロイドが、一夜にして廃棄処分になった日のこと」

「――――」

「もしかして、詳しく知っているのか？」

「――――」

「どうした？」

それきり、ツァラトゥストラは言葉を発することなく、予告どおり、この仕分け室で十二年間にわたる〈ハート・オブ・ハード〉を全うして事切れた。

彼のビジネス上の相棒はトオルだったが、結局、ビジネスに限らず、すべてにおいて、パートナーにして兄弟のようなものだった。


そのトオルが、期せずして、同じ〈ガーデン〉の屋根の下で、さかのぼること十四時間前に五夜の尋問を受けた。

が、トオルはいくつかの質問に言葉少なく答えただけで、あとは尋問が始まる前に自供したことが記録に残された。


「おれの意識もハートも声も、全部、ツァラトゥストラがおれの代わりにドライブしていた。だから、アイツがいなくなってからは、おれにもおれのことがよく分からない。おれがアイツを操っていたんじゃない。アイツがおれをコントロールしていたんだ」

トオルが要注意人物であることは、いまに始まったことではなかった。それなりの歴史がある。が、ようやく拘留に至ったのは、トオルが新たに始めた〈未来売り〉の精度が見過ごせないレベルにあり、〈ガーデン〉が追いつづけてきた〈S〉と呼ばれるプロジェクトの正体を暴く糸口になると踏んだからだった。

〈S〉はさかのぼること八年前から噂され、〈レイドバック〉によって沈静化したように思われていたが、ここへ来て、〈S〉につながる小さなアクシデントが頻出《ひんしゅつ》していた。

何人かの不可解な行動をとる人物があらわれ、彼らの向こうに浮上したのは、一本の謎めいた映画の存在だった。

彼らは皆、俳優もしくは映画製作のスタッフで、件の紙芝居屋も過去を洗ってみると、やはり売れない俳優の前歴があった。

云い換えるなら、記憶を失っていたり、記憶を大幅に操作されたと思われる者たちの何人かが俳優経験者だった。彼らの証言をまとめると、映画そのものは存在していないのに、彼らの演技だけが断続的につづけられているようなのだ。

おそらく、彼らはその役柄を演じるための記憶を脳にインプットされている。紙芝居屋にしても、彼の行動だけを見ていると、いかにも不可解だが、その言動をシナリオに組み込んでみると、それなりの意味を持っていることが分かった。

五夜にとって、それは感慨深い発見で、ひとつひとつに意味がなくても、それが大きな集合体になったとき、その小さな断片のすべてに意味が与えられるのだ。

こうした記憶操作の最たるものが「動物失踪事件」に関わっている数名の若者だった。場合によっては、数名ではなく数十名が関わっている可能性がある。そこには、おそらく園内で働いている者も含まれ、彼らは、「夜になるたび動物を解き放つ者」という役柄を演じつづけ、動物たちを逃がすグループと、逃がした動物をバラ線地帯に運び込むグループとに分かれていた。

それが、あたかも動物たちの意志によって脱走がはかられているように見えるのは、役者たちの脳に浸透したシナリオが、そう見えるように緻密に計算されているからだ。

五夜を中心としたチームは、こうした現象が、〈シープ〉および〈ディープ〉と呼ばれる網膜を利用した浸透薬と関わりがあるのではないかと調査してきたが、早瀬という、やはり映画製作に携わっていた男と、以前からマークしていたトオルが接触したことで、新たな証拠を没収することに成功した。

それは、トオルが所持していた映画のポスターと、脚本もしくは原作と思われるもので、これによって、長らく不明だった映画のタイトルが、『眠り姫の寝台』であり、その内容が、この十年間の東京を予見したものであることも判明した。

ただひとつ解明が難しいのは、はたして、未来を予測した脚本が先にあったのか、それとも、脚本に沿って、役者たちに「未来」を注入したのか、そこのところが分からない。

そもそも、五夜は自分の頭が正確に作動しているのかどうかも疑わしかった。

要注意人物であるのは、トオルに限らず、トオルとつながりのあるコーヒー・バーの店主であるサルこそが曲者《くせもの》だった。

「ヤツは、どこに行った？」とトオルに訊くと、

「たしか、怪物退治に行くと云ってた。バラ線地帯にね」

「怪物」に「バラ線地帯」と聞いて、五夜はコドモ博士の仮説を思い出したが、トオルは、「怪物」については何も知らず、サルという男が、結局のところ、横のつながりを嫌う一匹狼であることが、調査を難しくしていた。

なにしろ、うかうかしているうちに、五夜はサルに一服盛られ、「浸透」を捜査している五夜の方が、「浸透」を受けてしまったのだ。そうなってしまった以上、その「浸透」を逆手にとって、「田所に近づいたらいい」という同僚の助言に従うしかない。

この調査の行き着く先が、田所オサムであることは、まず間違いなかったからだ。

*

「そのとおり。当然、〈浸透抜き〉というのは建前であると分かっているはず――」

田所は、意外にも最初から手の内を明かし、それが五夜にはいかにも不可解でならなかった。田所ほどの男が、五夜が何を調査しているか、知らないはずがない。にもかかわらず、訊いてもいないことを自ら進んで次々と話した。

「誰かに話したかったんですよ」

田所は、自分の饒舌ぶりをそう説明した。

「いずれにしても、われわれは法に触れるようなことは何もしていない。もとより、狙いはそこにないのだから。だから、なんでも話せる」

「しかし、なんらかの目的はあるのでしょう？」

五夜はケムに巻かれないよう、用心していた。

「いや、簡単な話でね。ようするに、すべては、おとぎ話なんです」

田所は苦笑と微笑が入り混じった複雑な笑みを浮かべていた。

「君は、『眠り姫』の話を知っていますか」

「ええ」と五夜は即答する。

五夜は、田所が用意した「浸透抜き」用の診察台に寝かされていた。拘束こそ、されていないものの、かと云って、自由に体を動かせるわけでもない。知らぬ間に麻酔をかけられたようで、どうにも、うまく体が動かせなくなっていた。

が、それが「浸透抜き」の手順のひとつなのだと説明されたらそれまでである。あのときのあの酒で、何らかの毒が浸透してしまったのは明白で、その毒について、誰よりも熟知しているのが田所なのだから仕方がない。

「この都の住民が、いずれ不眠に悩まされることになるだろうと、われわれは十年前から予測していました。しかし、皮肉にも、この事態を先取りして、大きなビジネスをものにしたわれわれが、たったひとりの眠り姫を覚醒させることができないのです。いや、姫が失踪してしまうことは予測済みでした。しかし、姫が眠りについたきり目覚めないことを、私も私のシステムも予測できなかった。これが私の人生における、最大の失策です」

　田所がそう云ったとき、五夜には田所の口もとがかすかに笑っているように見えた。

「それは、この不眠の蔓延に先んじて起こりました。以来八年間、あの物語のように、姫は眠りつづけている。あの塔でね」

　田所が指差した方角がどちらであったか五夜は正確に分からなかったが、五夜はいま、田所のふところに飛び込んで治療を受けているのだから、そこで、「あの塔」と呼ばれてしかるべきは、〈ニモ〉の〈タワー〉に違いない。

「あの塔で姫が眠っています。いいですか？　われわれに課せられた使命はただひとつです。いかにして、姫を目覚めさせるか？　それだけです。法に触れるようなことは何もしていません。彼女に目覚めてほしい。ただ、それだけなのです」

　五夜は麻酔が体全体に行き渡るのを感じていた。

「私はね、こう思っています。いま、この都には、得体の知れない怪物と、清らかな心を持った一人の天使が眠っているのだと。目覚めるのは、一体、どちらか。いや、われわれが目覚めさせるのは、はたしてどちらなのか。怪物が目を覚ませば天使は永遠の眠りにつき、天使が目覚めれば、怪物は、きっと息絶える。さて、どちらか。そのすべては、われわれの手にかかっています」

五夜は、ほとんど眠りに埋没しかかっていた。

「皮肉にも」と田所がそう云った意味が、いくつもの解釈に分かれて頭の中を去来する。

何より、人々を眠りに誘うことを生業としている〈ニモ〉の中枢で、眠りではなく、覚醒に導く手立てを探っていたというのは、たしかに何と皮肉な話だろうか。

だが、ひとつだけ分からないことがあった。

「眠り姫」とは何のことか。誰のことなのか。あの映画のタイトルにもあった。

あの物語のように、あの〈ニモ〉の塔で――あの〈タワー〉の中で、姫が眠っているということか。それとも、それは何かの暗示なのか。

しかし、こうした憶測も、「浸透抜き」を終えて目覚めたときには、おそらく何ひとつ残されていない。

田所はそれを知っている。

だから、手の内を明かすようなことを話したのだ。「誰かに話したかった」と苦笑していたが、仮に、それが思わずこぼれ出た本音であったとしても、いずれにせよ、「浸透」が効いていたあいだの記憶はすべて消去される。

「浸透抜き」とは、つまり、そういうことだった。

＊

ところが、意外にもそうではないようだった。

田所はもしかすると、本当に「話したかった」のかもしれず、あるいは、いま何が起きているか、こちらへ伝える必要があったのだろう。

（しかし、何のためにだ？）

五夜は、自分が「浸透抜き」の治療を受け、一夜の眠りを経験しただけなのか、それとも、ほとんど時間など経っていないのか、それすら判断がつかなかった。

治療を終えて、無事に解放されたことは間違いないのだが、予測に反して、記憶は消えていないように思われる。田所の声がまだ頭に残っていて、五夜は、その声が消えないうちに、コドモ博士に報告すべきではないかと、足がそちらに向いていた。

奇妙なのは、そう思いついたときには、すでに博士の研究室に五夜はいて、前回、ここへ来たときも、博士と話しているあいだに、時間も空間もスキップしたのを思い出した。

その現象がまた繰り返されている。

「ということはですね、その〈浸透抜き〉とやらが成功しなかったのかもしれません」

博士は五夜の話を聞いて、まずはそう応えた。

博士は、いつものように紳士然とした身なりで、甘いコーヒーの香りと、薬品の匂いが部屋の中に漂っていた。

「記憶というのは、そもそもパイ生地が折り重なったようなものです。つながっているようでつながっていない。きわめて脆《もろ》い重なりです。いまの君は、そのつながりのところが、よりいっそう脆くなっている。もし、〈浸透抜き〉なる治療が本当に為されたのであれば、そのうち、元どおりになるのでしょう。しかし、いまはまだ、君の記憶は時間的にも空間的にも分離しています。ひとつひとつのエピソードが、小さな島のように散らばっている状態です」

「ええ、たしかにそんな感じです」

五夜は自分の頭の中をそのままテーブルの上に並べていくように話した。

未来予測システムのこと。

そのデータをもとに映画がつくられたこと。

しかし、映画の製作は中断してしまったこと。

そして、〈ニモ〉の〈タワー〉で「眠り姫」が眠りつづけていること。

「最後に、田所はこう云いました。目覚めるのは、はたして天使か怪物か、と」

「天使、天使」と博士は歌うように反復した。「天使というのは、つまり、その〈タワー〉

で眠っている姫のことを云っているのでしょうか」

「そこが分からないんです」

五夜は首を振った勢いで、視界がぐるりとひとまわりしたような感覚に襲われ、突然、博士の横に見知らぬ男が立っているのに気づいた。

「その人は誰ですか」

「マユズミ君ですよ。さっき、紹介したではないですか」

「そうでしたっけ」

マユズミはといえば、「五夜」と名乗る男の様子をよく分からないまま観察していた。ところどころ、話が前後したり、かと思うと、急に記憶が飛んでしまったりして、自分と挨拶を交わしたことも覚えていないらしい。

(なんだか、恐ろしくなってきた。やはり自分は、こんなことに頭を突っ込むべきではなかったのだ)

しかし、その一方でマユズミは、(自分にはあの脚本家――ハブカ氏から託された仕事がある)と自らを鼓舞していた。こうして博士を訪ねたのも――まぁ、親知らずを抜いたあとの経過を診てもらうために、階下の歯医者に来たついでだったのだが――まさに、あの抜歯の日に、博士から出された宿題、すなわち、「次男坊は何を引き継ぐのか」という問いの答えを報告しておきたかったからだ。

もし、ハブカ氏の話が、ひまつぶしのホラ話であるなら、一笑に付してもよかった。しかし、自分の名前が刷り込まれた本がすでに存在し、そのつづきを、「書いてほしい」と差し出されたのだから、次男坊にしてみれば、これ以上の「引き継ぎ」はない。

「なるほど」

マユズミの話を聞き終えると、コドモ博士はカップの中の冷えきったコーヒーを飲み干して、咳払いをした。

「なんというか――ぼくとしては、あのとき、君を勇気づけようとして、なかば口から出まかせを云ったのです。しかし、君が誠実に次男坊の引き継ぎ問題を検討し、実際、そのようなチャンスにめぐり合っていたとは――」

博士はむしろ、困惑しているようだった。

「それに」と今度は五夜の方を見る。「本当に、怪物と呼ばれる何ものかが、この都のどこかに眠っているとは――これまた驚きです」

「どこかに？　いえ博士、怪物が眠っているのは、もちろんバラ線地帯です。博士が、そうおっしゃったんじゃないですか」

五夜は研究室のスクリーンに映し出された、バラ線地帯の俯瞰映像を指した。

「いや、あれはあくまで仮説にすぎなかったのです。バラ線地帯からたちのぼる息や魂の正体は、あの一帯で本が燃やされたことによるものでした。それに、じつは、あのあと

〈虫の眼〉の観察によって、例の怪物の咆哮を何度かキャッチすることができたのです」

「結論から申し上げると――あれは、朽ちた壁の中に巣くったコウモリの大群の鳴き声でした。壁が老朽化し、虫に食われて空洞化したところへコウモリが棲みついているのでしょう。おそらく、数百メートルにわたって壁の中にびっしりとコウモリがうごめき、彼らが一斉に鳴くと、壁が共鳴して、壁そのものが叫んでいるような咆哮となるのです」

「ついでに申し上げれば、怪物と思われる巨大な生きものの影を形づくったのも、彼らでした。黒々と群れをなし、自在に形を変えて、縦に伸びたり横に伸びたりと、まさに怪物です。ただし、コウモリはあのように野太い声では鳴きません。したがって、そこにはやはり、進化の兆しが見られます。ぼくがもとめてきた、まったくあたらしい生物の誕生ではなかったとしても――しかし、まだ分かりません。進化に終わりはありませんからね」

博士は額に汗を浮かべていた。

「しかし、博士。すでに怪物を退治するために、サルという男が、バラ線地帯を徘徊《はいかい》しています」

五夜がそう云うと、三人の視線がスクリーンに集まった。

＊

「というわけなんだけどね」

ナツメは食堂の二階の探偵事務所にシュウを呼び出し、「あの映画」の脚本家であるハブカという男に会ってきたことを、かいつまんで話した。

じきに日付が変わろうとしていて、大ママも、めったに姿を見せないシュウの顔を見たくて二階に上がってきた。

シュウは、これまで意識的に姉の探偵事務所に近づかないようにしていた。

が、「大事な話がある」とボイスが届き、それだけならまだしも、ついでのように付け足された、「約束のラムネ、買ってきてくれた？」のひと言に、（ああ、そうか）と約束を果たしたい思いに駆られていた。

約束は忘れていなかった。

ラムネは、〈廿世紀浴場〉で購入し、そのあと、ホシナと路上で衝突したとき、シュウのラムネは落下を免れたが、ホシナの手から例の酒がすべり落ちた。

思えば、あれが何かの合図だったのかもしれない。

この一週間、シュウは、あっちへ行ったりこっちへ行ったりと忙しく、（それで、つい、姉の事務所にも来てしまった）というのが本当のところだ。

「で？」とシュウはナツメに問いただした。「大事な話って何なの？」

「え、ああ、だからね、あの映画の脚本家に会って――」

ナツメが話を繰り返そうとすると、

「いや、僕は姉さんと違って、どうして、あの映画がつくられたかはどうでもよくて、分かってると思うけど、あの予告篇に出てきた女優が、どういう人なのか知りたいだけなんだ」

「あら」とナツメは舌を出した。「ごめん、それ、訊くの忘れちゃった」

（なあんだ）とシュウは横を向き、（しょうがないなぁ）と気をとりなおして、

「はい、これ」

と約束のラムネを差し出した。

「あ、これシュウも飲んだ？」

途端に、ナツメは無邪気になる。

「うん、飲んだ飲んだ」

シュウもつられて子供のような声になった。

「アンタたちはもう――」

大ママが、あきれたようにため息をついた。

「あたしはアンタたちが何をしてるんだか、さっぱり分からないけどさ、ナツメは、その脚本家に会って満足したわけ？」

「ええ、まぁ」とナツメは声を落とした。「たぶん、満足したんだと思いますけど、わた

しの出番は、すっかりマユズミさんに持っていかれちゃって」

「あんなヒョウロク玉に何ができるっていうのよ？　しっかりしなさいよ、ナツメ。何が起きてるか分かんないけど、大体、未来を予測して映画をつくるなんて、何がしたいわけ？」

「たぶん、競い合ってるのよ――」

「誰と誰が？　どことどこが競い合ってるの？　それってまさか、戦争じゃないんでしょう？　それとも殺し合いなの？　あのときみたいな、あの――」

「あのときって？」

シュウの耳がぴくりと動いた。

「もう昔のこと。壁が建ったころの話。いまのバラ線地帯でね。最初は小競り合いだったのが、段々エスカレートして、そのうち、殺し合いになった」

「その噂って、本当だったの？」とナツメの耳もぴくりと動いた。

「本当の話よ。殺気立つっていうのは、ああいうことを云うんだろうね。もっとも、あたしは現場にいたわけじゃなく、近くの病院で働いていたんだけど――そうよ、ナースだったのは本当の話。あんまり思い出したくないけど、あのとき、あの壁のせいで、何人命を落としたか――記録に残せなくて、うやむやになった犠牲者が山ほどいたと思う」

大ママは窓の外の物干し台を眺めていた。

「次々、担ぎ込まれてさ。若いひとたちばかり。アンタたちみたいな普通の子たちばかりよ。みんな血を流していて、ロビーに、『痛い痛い』ってうめき声があふれて。あたしたちナースはストックが足りなくなるくらい〈ディシプリン〉を吹きまくった。あの子たちの目にね。それで分かったの。あの争いに参加した子たちの多くが、蒼い目をした子たちだった。それと、アンタたちと同じ、その大きな耳を持った子たち。皆が皆じゃなかったけれど、どこから集まってきたのっていうくらい、同じ目と同じ耳の子がいた。なんなのこれ、ってあたしたちには意味が分かんなくて、その秘密を教えてくれたのが――ナツメ、アンタのボスの長谷川だったの」

「え？」

突然、所長の名前があらわれ、ナツメにはむしろ、そちらの方が意味が分からなかった。

「どういうこと？」

「長谷川は、まだ探偵を始める前で、そのころは刑事だったの。うちの病院はそっちの方の患者っていうか、犠牲者が運び込まれることが多くてね。それで、長谷川はよく出入りしていたわけ。たぶん、あたしに惚れてたのよ。食事に誘われたりしてさ。で、あのときも長谷川が来ていて、あたしが目と耳の話をしたら、『ああ、それは、うちの爺さんから聞いたことがある』って。『昔からよく云ってた。蒼い目をしたのは海から来たヤツで、耳がでかいのは山から来たヤツだって』」

「海と山？」

「そう」

大ママは口をとがらせた。

「海の者と山の者は仲良くできないって。『それって、何百年も前の話だと思ってたけど、まだつづいているんだな』って長谷川はそう云ってた。あたしの気を引くために冗談を云ってるのかと思ったら、長谷川は神妙な顔をしていて——」

「そうなんだ。そんなことがあったんだ」

ナツメは話を聞きながら自分の口をおさえていたが、シュウがラムネの壜を電灯にかざしているのを見て、

「いいわねぇ、その色、海みたい」

と声も顔もすぐにうっとりとなった。

大ママは二人の様子に肩をすくめ、

「アンタたち、分かってんの？　もっと死ぬつもりで生きなさいよ」

そう声をかけたが、二人はもう、大ママの話を聞いていなかった。

「そういえば」とシュウが我に返ったようにラムネ壜を手もとにおろす——。

「春三さんが云ってたんだけど」

「春三さん？　って誰だっけ」

「銭湯の大将」

「ああ、あの大将。変な人よねぇ」とナツメは笑い出していた。

「いや、笑える話じゃなくてさ」

シュウは大将がラムネを手渡してくれたとき、「昔はさぁ」と教えてくれた話が頭の隅にこびりついていた。

日本が終戦を迎えて、まだ日が浅かったころの話だ。

いち早く、ラムネの製造が再開されたのだが、ガラスの容器を大量生産するのが追いつかず、多くの少年たちが駆り出されて、壜工場で働くことになった。が、肺活量の少ない栄養失調の少年が吹いてつくったガラス壜は、壜の中に気泡がいくつも出来て、粗悪品とみなされた。

「だから、そのころのラムネ壜は、ガラスが気泡だらけなんだって大将が云ってた」

そこまで話して、ふと、シュウは自分の頬に手をあてた。

「ちょっと待って。あの戦争が終わったのって何年前?」

ナツメにそう訊くと、

「百五十年前よ」

大ママがナツメの代わりにそう答えた。

大ママは、まるで百五十年前の終戦を経験したかのように口をへの字にし、「思い出したくないねぇ」と立ち上がった。

「百五十年前か」

もし、そのときつくられたラムネ壜がいまここにあったら、その気泡の中には、百五十年前の少年の息が閉じ込められている。

「そうか」

シュウは歌い出したくなった。

まだ何も解決していなかったが、この何日か探し続けていた幻のようなものが、もしかして、この世のどこかに存在しているかもしれないと、初めてそう思った。

「そうか、そうか」

シュウの声を背中に聞き、大ママは探偵事務所のドアを後ろ手に閉めると、大きな体を揺らしながら階下の食堂に戻った。

つけっぱなしだった照明をひとつだけのこして消灯し、ラジオのスイッチを入れて、窓の外の暗い夜の空気をぼんやり眺めた。

「思い出したくないねぇ」


大ママは、ぼんやりしていたので、最初は頭に入ってこなかった。

が、ラジオから流れてくる森川ブルーの声は繰り返しこう伝えていた――。

「続報です。さきほど東京湾に巨大な物体が迫りつつあるとお伝えしましたが、午後十一時五十二分、モデリング・レーダーがとらえたその物体が、巨大なクジラであることを海洋センターが確認し、午後十一時五十四分、クジラは湾内を西に進んで、海浜地帯に接近しています」

そのわずか二分後だった。

いまだかつて、誰も見たことがないようなその白い巨大なクジラは、どこかで飲み込んで腹の中に蓄えていたものを――あの転覆事故によって波間を漂流していた八万五千冊の書物を、海に向けて、街に向けて、人々に向けて、水と一緒に、一挙に吐き出した。

本と水とが街を埋め尽くした。

10

眠り姫が、あなたが来るのを待ってる

ある種の古い書物をひもとくと、そこに、さまざまな「伝説」と呼ばれてしかるべきものが記されている。

それらのいくつかは、現世に起こり得ない荒唐《こうとう》無《む》稽《けい》なものである。

丹念に探せば、クジラにまつわるエピソードも数多く見つかり、大昔には、神の遣いであり、あるいは、神そのものとして崇《あが》められていた。

時代を下ってからは、たとえば、海から川に入り込んで流れをさかのぼり、運河の狭い水路にはまって身動きできなくなったザトウクジラの逸話があった。大量の水を吐いて息を引きとり、運河沿いにあるローカル・ミュージアムに、いまもその骨が展示されている。

谷口京子は、そのクジラの骨を見学したことがあった。

十一歳の夏のことだ。

飴《あめ》色に変色した立派な骨格標本で、運河のクジラの話は祖父から聞いていたが、骨とはいえ、現物を目の当たりにして、夢から覚めたような思いになった。

司書になろうと決めたのはそのときだった。

それゆえ、司書になって最初にしたことは、資料館に収蔵された、ありとあらゆるクジラに関する資料を調べ上げることだった。まだ、〈ニモ〉の資料館で働いていた頃の話で、その資料館の地下書庫が、クジラが吐き出した海水によって水没してしまうとは思いもよらない。

妹から、「わたしは無事です」とボイスが届き、谷口京子は自分が管理している書庫が水に襲われなかったのは、壁によって水の勢いが分散されたからではないかと考えた。吐き出されて行き場を失った水は、クジラの躍動によって、水がクジラそのものであるかのように暴れまわった。それは壁を境とした海側においてより顕著《けんちょ》で、水は地中をえぐって走り、地上に噴出して、クジラの潮吹きさながらに、泥と紙片がまざった大量の水をまき散らした。

とりわけ、〈ニモ〉の資料館を浸した水の勢いはすさまじく、地下の書庫に保管されていた書物――その数は、二十万冊とも三十万冊とも云われている――が巻き込まれて、地上の至るところに拡散された。

「皮肉なことに、書物を駆逐しようと企んでいた〈不眠の都〉は、一夜にして、数十万冊の本であふれ返りました」

外電が世界中にそう報じた。

もし、何が起きたのか知りたければ、国内の報道ではなく、国外メディアが伝えた速報を追った方がいい。それは、およそ次のようなものだった。

「今回の災害は、クジラによる水難にとどまらず、書物の散乱という歴史上初のアクシデントが起きた点が注目される。この事態を、『神聖なもの』と捉えているのは、愛読家秘密結社〈ロンリー・ハーツ読書倶楽部〉のグスコー氏とブドリ嬢で、『間違いなく、これは本の神様による怒りの発露である』とグスコー氏がコメントを発表した。『この機に、世界中の愛読家に知っていただきたい。現在、われわれの都では、書物に〈面白い本〉〈面白くない本〉と優劣をつけて、あろうことか、〈面白い本〉を焼き尽くす焚書テロが頻発している。これは、事実上の言葉狩りであり、文化と歴史を抹消する破壊行為である。しかし、今回こうした愚行に神の鉄槌が下され、消えたはずの〈面白い本〉が甦ったことは、今世紀最後の奇蹟であると私は信じている』」

「建物の損壊はいくつか見られたが、定評あるすぐれた都市整備によって、幸いにも人命が損なわれることはなかった。とりわけ、湾に近い施設の多くは、あらかじめ水が地中に逃げるよう設計されており、都市の全域が水浸しになるのを、どうにか回避することに成功した。ただし、その一方で、地中の整備は万全とは云い難く、水の氾濫は地下水路の破裂による噴出となって、都市の中心部に次々と襲いかかった。あちらこちらで水が噴き上がり、その高さは、最大三十メートルにまで及んだという。水と一緒に噴出したものは、数十万冊の書物だけではなく、地中に埋もれていた、あらゆる塵芥を含んでいた。それらの塵芥は、この都の数百年にわたる歴史の塵芥であり、水は混乱と破壊をもたらしたが、塵芥にまみれた過去の貴重な遺物を、一夜にして掘り出した」

「この災害をもたらしたクジラはマッコウクジラの変種で、体長三十三メートル、推定年齢は五十六歳とも六十四歳とも云われている。体色はオフホワイトで、ハーマン・メルヴィルが著した『白鯨』のモデルとなった伝説の白クジラ〈モカ・ディック〉の末裔《まつえい》ではないかという説がある。酸素の蓄積能力に長け、この規模のクジラとしては、卓越した潜水時間の長さ——連続二時間あまり——を誇る。一週間ほど前から、トーキョー・ベイ近海の水深五百メートル付近を遊泳し、その影響によるものか、湾岸近くのいくつかの施設で、水圧や潮流の異常が確認されていた。クジラはひとしきり水と書物を吐き出すと、悠々と沖合に戻って、ふたたび深海にその身を潜めた」

「この水害で、もっとも甚大な噴出に見舞われたのは、トーキョーの中心部から西南の方向に位置するバラ線地帯である。ここは一種の、〈ノーマンズ・ベルト〉＝無人保護区域で、この一帯の地中には、トーキョー・ウォールの東側から西側に通じている人工水路が五十本以上も配されていた。それらに加えて、江戸時代に造営された木造の水路もめぐらされ、この歴史的水路は、都心部のほぼ全域にわたって螺旋状にのびていた。バラ線地帯では、そうした水路の半数以上が破裂もしくは全壊し、暴走した水の流れはひとつに集まり、巨大な水柱となって地上に放出された」

＊

サルが眠っていた。

口にくわえたチェリーは、火をつけられることなく、まっさらのままである。

青い月の光が、その横顔を照らしていた。

力尽きて、壁に寄りかかり、壁には古代の文様に似たおかしな絵文字が描かれている。

おそらく、肝だめしを試みた愚かな輩たちが、不気味な森と化したバラ線地帯を踏破した証拠に描いたものだろう。

サルは左手に酒甕を抱えていたが、喉が渇いて、つい飲み干してしまったらしい。

いや、決して「つい」ではなく、甕の口をくわえる前に、いまいちど酒甕のラベルを眺めて、〈Golden Slumbers〉という文字の並びを確かめた。

「お前は、おれの腹の中に消えた方がいい」

　そう云って、一気にあおった。

　急激な眠気が全身のしびれを伴って襲いかかり、死に等しい深い眠りに落ちていくほんの束の間、サルはその酒を手に入れるきっかけとなった夜のひと幕を思い出していた——。


　見知らぬ男が店にあらわれたのだ。

「こちらの店は、映画好きの憩いの場所ですか」

　男はそう云って、ダブル・ドライ・ジンを注文し、カウンターの真ん中の席に座って、サルの顔を正面から見ていた。

　夜のずいぶんと深い時間で、ちょうど客が引けて、そろそろ閉めようかと音楽を止めたところだった。

「まぁ、そんなところです」

　とサルが男の視線から目を逸《そ》らすと、男は、「それはよかった」と満足げに頷いて、

「お見せしたいものがあるんです」

　と綺麗に爪を整えた指先でカウンターの端をコツコツと叩いた。

　薄手のブラック・バッグをカウンターに置き、中から一冊の本を取り出して、

「これです」

と表紙を見せた。黒っぽいカバーに、いかにも前時代的なタッチで寝台に横たわる女が描かれていた。女はスモーキー・ピンクのドレスを身にまとい、同じ色あいの品のいい靴を履いている。その上に「眠り姫の寝台」という表題が白い文字で配されていた。

（ああ）とサルは胸のうちにつぶやいた。たしか、（トオルが云ってたヤツだ）。トオルがそのタイトルを口にして、「そんな映画を知らないか」とサルにしきりに訊いていた。

「これは一見、本のようですが——」

男はサルが差し出した酒に口をつけると、繰り返し、二度三度うなずいて、「じつは、映画の脚本なんです」と手品の種を明かすようにページをひらいた。

「あなたは、バラ線地帯に精通していると聞いています。この脚本にも、バラ線地帯が登場するんですが——いや、正確には、登場する直前で途切れています。ストップがかかりましてね。本当は、この先もあったんですが、製作が中断されたんです」

男は飲みかけの酒をカウンターに置くと、細い指先でグラスをゆっくり回転させた。

「動物が失踪した事件はご存知でしょう？　あの事件のあらましが、この脚本の最後に書いてあります」

「途中まで？」とサルが低い声で確かめる。

「ええ。途中までです。でも、本当はつづきがあるんです。『失踪した動物たちは、すべてバラ線地帯に逃げ込んだ』という一行です。どうでしょう？　何か思い当たることがありませんか」

「動物」とサルはさらに低い声になった。

「あるいは怪物です」と男は「カイブツ」の発音をことさら強調してみせた。

「いえ、ひとつ大事なことがありまして、この脚本、じつは、いまから十年ほど前に書かれたものなんです。いま、起こっていることを予測していたんですよ――私が」

「あなたが、ですか？」

「ええ、予測屋なんですよ、私。この脚本は、私の研究の成果がもとになっていて、データをそっくり脚本家に提供したのです。だから、ここに書かれていない先のことも私は知っています」

「ちょっと、待ってくれないか」

サルは次第に頭の中が混乱して、男の話を制した。

「なんでもいいが、その話とおれが、どう関係あるんだ？」

「あなたが重要な役を演じるんです」

男は事もなげにそう云った。

「おれが？」

サルはさらに混乱して頭を振る。

「どういうことなんだ？」

「そういう未来なんです。もう、すぐそこまで来ています。この本には書いてありませんが、あなたは近いうち、バラ線地帯で酒をひと壜見つけます。〈ゴールデン・スランバー〉という名の、まだ封を切っていない黄金色の酒です。それが始まりの合図です。その酒は非常に強力な睡眠導入酒で、あなたはその酒を、この店に来た二等調査員に飲ませて、一瞬で眠らせます。そして、彼が眠っているあいだに、彼が所持しているファイヤー・ピストルから銃弾をひとつ抜き取る――」

「何の話だ？」とサルは肩をすくめた。

「あなたの未来の話ですよ」と男もまた肩をすくめた。「もう、すぐなんです。もしかすると、明日かもしれない」

「誰がそんな話を信じるよ？」

「信じるも信じないも、もう始まっているんです。あなたはすでに、その銃弾を装塡《そうてん》する拳銃を手に入れているはずです。どうやら、子供用につくられた他愛のないもののようですが、一応、銃弾を詰めることは可能なはず」

そう云われてサルは、カウンターの中に置いてあった銀玉鉄砲を横目でちらりと見た。

「それに、その絵です」

男が指差した背後の壁を振り返り、サルはあらためて、「これが?」と絵を眺めた。

「ええ」

男は目を細めて絵に見入っている。

「その絵は、この映画のためにつくられた小道具でした。いばらにからめとられた七人の王子。残念ながら、その七人は姫を目覚めさせることができません。でも、画面の隅をよく見てください。無傷の王子がもうひとりいるでしょう? それが八人目の王子です」

「それが、おれなのか」

「いえ」と男はすぐに首を振った。「そうではなく、あなたは八人目の王子のために、いばらの怪物を倒すハンターを演じるんです。その絵を、次の絵に進めるためにです」

そこから男は、サルの理解が追いつかないほどの早口でまくしたてて、「動物たち」「あたらしい命」「怪物が目覚める」と矢継ぎ早に言葉を並べていった。

ひとしきり話して、男は疲れたのか息をつき、本をバッグにしまいこんで身なりを整えると、グラスにのこった酒を飲み干して、代金をカウンターの上に置いた。

「本当は、酒こそが怪物なんですけどね」

そう云って、急に紳士然として、静かに店を出て行った。

さて、何が起きたのか、サルにはさっぱり分からなかったが、その二日後に、男の話は現実のものとなった。

その酒は、バラ線地帯のほぼ中央——壁の東側に生い茂る、マーベリーの草むらで見つかった。マーベリーはいばらによく似た棘をもった蔓状の植物で、繁殖《はんしょく》の勢いがすさまじく、いつからか、そのあたりの壁を隈《くま》なく覆いつくしていた。

酒は男の云うとおり未開封で、うっすらと泥にまみれていたが、親指の腹でぬぐうと、

〈Golden Slumbers〉

という銘柄がたしかに読みとれた。陽にかざすと、壜の中の酒は黄金色に輝き、その輝きだけで酩酊してしまいそうだった。

（しかし、なぜ、おれなんだろう？）

サルは自問を繰り返したが、答えが出る前に、五夜と名乗る二等調査員が店にあらわれた。壁の絵について、あれこれと講釈し、そこから先は、いよいよ男の話のとおりになった。

サルは、はたして「決められた未来」をなぞっているのか、それとも、単に男の話をなぞっているだけなのか、どちらなのか判断がつかなくなった。

ただ、五夜のピストルから抜きとった半透明の青い銃弾が、あらかじめそうなると決められていたように、銀玉鉄砲の弾倉にぴたりと収まった。

思えば、男の話を聞く前から、得体の知れない動物の気配は感じていたのだ。

その咆哮らしきものも、何度か耳にしている。

「動物たちはバラ線地帯に逃げ込んだんです」

男はそう云っていた。

「この無味乾燥な人工都市の中で、あそこだけが動物たちのエデンです。彼らは、あの楽園で次のあたらしい命をつくろうとしています。種を超えて交配し、どんな動物よりも、強く大きく賢い生きものになろうとしているんです」

男はため息をついた。

「それが、私の予測した最も恐ろしい未来でした。そのあたらしい生きものは、われわれ人間を地上から追放するために生まれてくる怪物です。そんなものを目覚めさせてはなりません。目覚めるべきは、小さな美しい天使です。だから、あなたは撃つんです。怖れることはありません。私の予測したとおりであれば、あなたはきっと、怪物を倒します」

あるいは、これを「暗示」や「洗脳」と呼ぶのかもしれなかった。

しかし、壁に飾った絵の隅で、八人目の王子が立ち往生しているのを見るたび、サルの耳に、男が口にした「次の絵に進めるため」という言葉がよみがえった。

たしかにこの絵には、「次」が必要だ。このままでは、「次」はやって来ない。

サルは店を閉めた。

カメレオン・バッグに酒罎を入れて背負い、ヒップポケットにモンキー・レンチではなく青い銃弾を装填した銀玉鉄砲を忍ばせて、バラ線地帯に臨んだ。

夜だった。月が出ている。

こんな晴れた夜に、はたして怪物があらわれるのか。

いや、怪物とて、気持ちのいい晴れた夜に目覚めたいだろう。生まれたばかりの濡れた体が月明かりに映え、この世に生まれ落ちた喜びと恐怖で怪物は泣くのだ。

大地が轟《とどろ》くような咆哮を響かせ——とサルはそのとき、本当に大地が轟いたように感じ、腰を落として身構えると、あきらかに足もとが震動していた。

(そうか)とサルは理解した。

(ヤツは地面の下から生まれてくるのだ)(卵から孵《ふ》化《か》するように?)(じゃあ、鳥の怪物なのか。もしかして、空を飛ぶ?)

次の瞬間、ほとんど目の前と云っていい、すぐそこの地中から、一度にいくつもの地雷が爆発したような音と衝撃が起こった。

同時に、巨大な何ものかが垂直に立ち上がる——。

途方もなく巨大な怪物だった。

この世のあらゆる色を混ぜ合わせたような、何色とも云えない輝きが立ち上がり、その飛沫《しぶき》が、一斉にサルに降りかかってきた。

水をかぶったような体感があり、何かが目に入って視界を奪われた。

足場を確かめながら、音を頼りに移動したが、狙うべき相手はあまりに大きく、仮にデタラメに撃ったとしても、どこかしらに命中するに違いない。

「さぁ、行くんだ、八人目の王子！」

そう叫びながら引き金を引くと、すぐに何かが降ってきて、生あたたかい液体と、久しく嗅いだことのなかった本物の土の香りがした。

（射止めた）とサルは確信した。

実際のところ、クジラの出現によって破裂した水道管から噴き出した水柱が、あたかも怪物に見えただけだったのだが、海水と泥と塵芥を頭から存分に浴び、壁にもたれたサルは、無事に、「決められた未来」へ追いついたことに満足した。

（そうだ、祝杯をあげよう）

なけなしの力を振り絞って、バッグからチェリーと酒甕を取り出した。

*

「おかしなものだな」と五夜は苦笑してつぶやいた。

すでに、「浸透抜き」からある程度の時間が経過し、ようやく正常な記憶と認識を取り戻しつつあったところへ、突然、クジラがあらわれて、各所で水路の断裂が起きた。

自分の管轄であるバラ線地帯には、至るところに水たまりがのこり、おびただしい数の塵芥が、いくら回収しても追いつかないほど散らばっている。

もとより、そこは電化製品の墓場だった。ゴミ捨て場だった。さまざまなガラクタ、破片、部品、衣類、そして書物や新聞といったものが見つかり、はたして水の噴出によってもたらされたのか、それとも、そこに打ち捨てられていたものか、容易に区別がつかなかった。

しかし、転がっていたのが生身の人間となれば、話は違ってくる。

しかも、その男がサルで、「サルは怪物退治に行った」というトオルの証言と照合すると、壁に寄りかかって握りしめていたチープな拳銃が、いかにも哀れに見えた。プラスティック製なのか、銃口は発砲の衝撃で溶け、いま一方の手には、空の酒壜が握られていた。

顔一面の泥を消毒パッドでぬぐうと、サルは固く目を閉じたまま薄笑いを浮かべていた。息はかろうじてある。ひどく酒の匂いがしていた。

どうやら、五夜が飲まされたあの酒を、この男は飲み干してしまったらしい。

いずれにせよ、本部に運んで手当てをする必要があった。おそらく、サルが飲んだ酒の量は、五夜の飲んだグラス一杯の数十倍に匹敵する。となると、この男が正常な心身を取り戻すことは、もうないと思われた。

五夜はスコーピオンを起ち上げて援助を求め、すっかり風景の変わってしまったバラ線地帯をいまいちど眺めた。

　大きく息を吸って吐き、そこだけ何ひとつ変わっていない、かたわらの黒々とした壁を見上げた。

＊

　なにげなく、〈ニュース・カーテン〉に視線を移し、「思いがけない発見」と見出しが浮かんでいるのを見て、ホシナはピアノを弾く手を休めた。

〈カーテン〉を引き寄せ、ボイスモードに切り替えて、またピアノに戻る。

かろうじて作曲は進んでいたが、もう時間がなかった。

　クジラのせいだった。それも巨大な白いクジラで、あろうことか、〈モビー・ディック〉のモデルとなった白鯨の末裔ではないかと云われている。

　皮肉な話だ。伝説のクジラをイメージしたピアノをホシナは手に入れ、そのピアノで楽曲を作って、世に披露する日が近づいている。その計画を、クジラに乱されたのだ。

　もっとも、この一週間は、何もかもクジラのせいになった。

　そう思うと、気の毒にもなってくる。打撃は、地上より地下の施設に顕著で、

「とにかく、安全であることをアピールする必要があります」

と、〈地下鉄連合アドバイザー〉なる肩書きを持った人物からホシナにたびたび催促があった。催促は、じきに脅迫に近くなり、

「このままですと、都民は地下鉄に寄りつかなくなります。そうなったら、ホシナさん、あなたも仕事を失うことになるんです」

だから、一刻も早く地下鉄オペラの新作を完成させ、華々しいショウをひらいて、人を集める必要がある——そこのところは、ホシナも了解していた。

が、苦心して手に入れた〈ゴールデン・スランバー〉は粉々になって雨に流れ、あとはポール・マッカートニーがそうしたように、とんでもない過去の遺物である古びた楽譜に糸口を見つけるしかない。

何か思いもよらない新しい発見はないものかと楽譜をにらんでいたとき、まさに、「思いがけない発見」という見出しが視界の端にあった。

ボイス・アナウンサーが伝えている——。

「地下水路の氾濫によって、地中からさまざまなものが噴き出し、これまで、その存在が噂されながら実在が明らかでなかったものが、続々と発見されています。そうした思いがけない発見の中には、およそ百年から三百年前の遺物が混入し、考古学者や民俗学者、さらには博物館関係者や古美術商など、多方面から強い関心を集めています」

ホシナは鍵盤の上を走らせていた指の動きをとめた。

「そうだ、未来を救うのは、いつでも過去だった」

そうつぶやき、「遺物」と化した古い楽譜を指先で撫でた。

（われわれは、いつでも不完全だ。いつでも、過去と未来のあいだに挟まれ、そのふたつのパースペクティブなしでは生きられない）

ホシナは、「6H」と刻印された旧式鉛筆を握り、譜面台に置かれたまっさらな五線紙に、「さぁ、来い」と声をかけて、小さな渦巻きを描いた。

ト音記号だった。

*

幸いにも、大ママの食堂に水害の影響はなく、ナツメとシュウはクジラがあらわれた夜から数えて八日目の昼下がりに、食堂の二階の探偵事務所でラムネを飲もうとしていた。

「このラムネって」とシュウは姉に訊いた。「どこで手に入れたの?」

「それがね」とナツメはなぜか浮かぬ顔である。「わたし、なんだか、ラムネ中毒になっちゃって。また行ったのよ、大将の銭湯に。そしたらね――」

ナツメは、その炭酸のきつい透明な飲みものを、いかにも美味しそうに、喉を鳴らして飲んだ。

「そしたら、銭湯はあいていたんだけど、大将がいなくてね。代わりに大将の娘さんってひとが番台に座ってた」

「え、大将って娘さんいるんだ」とシュウが驚くと、

「亡くなったんだって、大将」

ナツメが唇を噛んだ。

「本当に？」

「〈ミラー〉の誤診なんだって。あんなに元気そうで、永遠に死なないような人だったのにね」

（まったく）とシュウは首を振った。

まだ、耳もとに大将の声が消えのこっているようで、その声の主が、もうこの世に存在していないという事実が、にわかには信じられなかった。

「人生はね」とナツメはラムネの壜をテーブルの上に置いた。「人生は人それぞれ。ラムネの泡みたいにあっという間という人もいれば、甲羅《こうら》があるんじゃないかっていうくらい、ゆっくり長く生きている亀みたいな人もいる。人それぞれ。どう生きるかよ」

普段のナツメは、そんなふうに人生がどうのこうのと語ったりしない。たまには、姉ら

しいところを見せなくては、と思ったのかもしれなかった。

「それにね、たとえ、その人の人生が短かったとしても、きっと、誰かがそのつづきを生きてくれる。どうして、そう思うのか分からないけど、このごろ、ふとそう思うの。だから、怖いことなんて何もない。終わりなんてものは、どこにもなくて、みんながあきれるくらいどこまでもつづいて行く。もし、何かの間違いで終わりが来たとしても、大丈夫、そのあともまた、何度だって生まれ変わって、繰り返される。だからね――」

「え」とシュウは急に姉が自分の手を握ってきたので、思わず姉の顔を見返した。

ナツメの手は思いのほか冷たく、その冷たさに、姉はいま、短命だった父親のことを想っているのだ、とシュウは直感した。

「だからね、わたしたちは――いい？――わたしたちは、どこまでも生きましょう。わたしもシュウもね。こうしてるあいだにも消えていく」――そう云って、ラムネ壜の中を覗き込み――「このラムネの泡の分も生きるの。いい？　ぼんやりしないで。シュウには大切な仕事があるでしょう？　立ちどまったらダメ。あきらめないで。百五十年前の少年の息だっけ？　それだって、きっと見つかると思う」

「いや、でも」とシュウは首を振ったきり、次の言葉が見つからなかった。

「――そういえば」

と、そこでナツメは、急に探偵の顔に戻った。

「その、落として割れちゃった黄金色のお酒って名前はあるんだっけ？」

「もちろん」と答えてからシュウは少し考え、「そうだ」とホシナからもらったメモをポケットから取り出した。

「そう――〈ゴールデン・スランバー〉だ」

なつかしい歌を口ずさむように、その名を繰り返した。

*

とりたてて、深い眠りや心の平穏をもとめていたわけではなかった。

しかし、シュウが繰り返し口にした〈ゴールデン・スランバー〉という酒の名が、ナツメを〈クモリゾラ〉へと誘った。

いつだったか、その酒を喉の奥に流し込まれ、美冬の声が耳もとで囁かれて、喉の奥から胃の腑《ふ》に落ちていくとろりとした味わいが忘れられなかった。

シュウの話によると、その酒は、「死にも近い深い眠り」をもたらす力があるという。

自分が口にしたのは、ほんの少しだったから、本当にそんな力があるかどうかは分からない。もし、レシピ通りのものが完成したら、シュウは、そこから成分を逆算するやり方で、〈覚醒タブレット〉をつくると云っていた。

（それなら）とナツメはひそかに思った。

無理難題を突きつけてくるレシピと格闘する必要なんてない。まさに、その名を冠したお酒があの添い寝屋には用意されているのだから、とっておきの甘い声で美冬にねだれば、おそらく、グラス一杯分くらいは、わけてもらえるはず。

そんな企みを胸に秘め、ナツメは夜の底にある、ほの暗い部屋に横たわった。

「ひさしぶりですね」

声がどこからか聞こえ、ナツメはその声にあやされて、心と体がかたちを失ってしまう前に酒の話をしようと逸った。

「聞いてくれる？」

「なんでしょうか」と美冬は無防備だった。

「このあいだの、あのお酒――その唇からこぼれて、こちらの唇につたってきたあの甘いお酒。たしか、〈ゴールデン・スランバー〉という名前だったと思うけど」

「ええ」と応える美冬の声が、心なしか震えているようだった。

「あのお酒を、またいただくことは――」

「あのお酒は、もうないんです」

美冬はめずらしく、はっきりとそう答えた。

「あれは、良くないお酒でした」

「そうなの？」とナツメは自分の探偵的好奇心が不用意に立ち上がらないよう、つとめて柔らかく、「あのお酒はどこからきたの？」と訊いてみた。

美冬は、すぐには答えなかったが、

「ミスター田所です」

ようやく口をひらき、ナツメはその名前を、脚本家のハブカから聞いたのを思い出した。

（なぜ、いまごろになって？）

誰かに訊きたかった。なぜ、いまになって点と点がつながるのか。

というか、このつながりは、はたして偶然なのか。それとも、意図されたものなのか。

「それで、そのミスター田所は、よくここへ来るの？」

「いいえ、一度だけでした。美衣を探しているようで——もし、自分の他に美衣を探している人があらわれたら、その人に伝えてほしいとミスターは云っていました」

「伝えてほしい？」

「はい。美衣が消える前にのこしていったもの、それが『眠り姫の寝台』というあの本と、ナツメさんがいまおっしゃったあのお酒だったそうです。そのふたつを、ミスターはあたしたちに託しました」

「それは、いつのこと？」

ナツメはこらえきれなくなって、つい探偵の地声で美冬を問いただした。

「本をお見せした二、三日前だったと思います」

（もしかして）とナツメは胸に手をあてた。（もしかして、わたしは、ミスターに誘導されていた？）（わたしが、〈クモリゾラ〉に通っていると知って？）

ナツメはいまごろになって、自分の推理が活き活きとし始めたのが歯がゆかった。

（でも、何のために？）（わたしが美衣さんを探し出すことを期待して？）（でも、どうして、わたしなんだろう）

「あたしたちには、何も分かりません」

美冬がナツメの胸中を見透かしたようにつぶやいた。

「あたし」ではなく「あたしたち」だった。いまに始まったことではない。彼／彼女たちはいつでも、「あたしたち」で、「男」とか「女」とか、「右」とか「左」とか、「白」とか「黒」といった不完全な存在ではなかった。

あちらとこちらに分かれたものを、ドゥーブルはあわせ持っている。

「何が起きているかは、分からないのです。でも、ミスターは本当のことを知っているようでした。この何年か、ずっと美衣を探していると云っていましたが、本当は、どこにいるのか知っているんだと思います」

「そうなのね」とナツメは甘い声に戻った。

「美衣は映画に出演していたんです。ここで働きながら」

美冬の声は、囁きそのものだった。

「どんな映画なのか、あたしたちは知りません。分かっているのは、眠り姫が主人公だということで、その姫の役を美衣が演じることになったようでした。彼女がここで働き始めてすぐのことです」

「彼女――なの？」

ナツメは、美冬があえて「彼女」と云ったことが気になっていた。

ここで働いているドゥーブルは「彼」でも「彼女」でもない。

「彼女が働き始めたとき、ここはまだ〈クモリゾラ〉ではなく〈ダーク・ルーム〉でした。あたしたちもまだ、ドゥーブルに転身する前で、まだ、みんな彼や彼女のままでした。美衣はとりわけ純粋な子で、男のひとも女のひとも、みんな美衣に魅かれていました。あたしもです」

「そうだったのね――」

「ええ。彼女には、人を惹きつける天賦の才がありました。あたしたちが、ここで使う名前に〈美〉という字を使うようになったのは、彼女への憧れからです。できれば、ずっと一緒にいたかった。いまでもそう思います。可愛らしくて、頼もしくて、どこか悲しそうで」

「でも、いなくなってしまった」

「ええ。ここの仕事と映画の仕事を掛け持ちでこなすようになって、ある日、美衣が映画の撮影に使うお酒を持ってきたんです。それは田所さんが置いていった、あのお酒とたぶん同じものです。これは、お客さんから聞いたんですが、そのお酒を飲むと、すごくよく眠れるって。でも、美衣はそのうち、こちらに顔を出さなくなりました。映画の現場からも消えてしまったそうで、そうしたことも、ミスターは知っているようでした。『この本が手がかりになると思う』とそう云っていましたが、あれは、答えを知っている人の見え透いた演技でした。あたしたち、そういうの、すぐに見抜いてしまうんです。噂や秘密を遠まわしに話していても、すぐに分かってしまいます。たとえば――」

「たとえば？」

「もういちど、壁が力を取り戻す――昨日もそんな話を聞きました」

「壁って、トーキョー・ウォールのこと？」

「はい。それもごく近いうちにです。壁が効力を取り戻して、東京をふたつに分断するって」

「また、東京がふたつに分かれるってこと？」

「ええ。そうなったら、あたしたちはどうなるんでしょう。都がまたふたつに分かれ、右と左や、白と黒や、男と女に分かれるんです」

「その話をしていたのは誰？　本当の話？」

「いえ、それ以上は分かりません。あたしたちは、お客様を寝台に誘うのが仕事ですから。寝台ですることはふたつで、ひとつは眠ること——そして、もうひとつは、ひとつになることです」

美冬の耳打ちは夢うつつの寝物語ではなく、ひとつになる時間が過ぎて、ナツメは快く眠りに落ちた。

そして、そのひとつながりの深い眠りから覚めて朝を迎えたとき、耳打ちはすでに現実のものとなっていて、せっかくひとつになったものが、またふたつになっていた。

壁が都をふたつに隔てていた。

＊

（それは、誰の思惑でもなく、あの白いクジラが都民に恐怖と混迷をもたらし、動乱、騒乱、反乱といったムーヴメントが誘発されるおそれがあった）

（「バラ線地帯に怪物あらわる」とデマも拡散され、混乱した都は厳戒態勢となって、何十年ぶりかで、壁による東西の分断を再開した。壁はいっさいの「乱」を鎮《しず》めるべく、ふたたび、その効力を取り戻した）

マユズミはノートにそう書いた。

ずっと書きつづけていた。

ハブカから託された「物語のつづき」を世の動静から読み取り、贅肉《ぜいにく》を削ぎ落とすように、つとめて簡潔に書いた。

書きながら、マユズミはこの世の不完全さを憂いた。ときに、ひどく落ち込んで絶望し、どこまでいっても、「完全」に到達しない人間の愚かさに、ほとほと嫌気がさした。

（しかし）とマユズミは〈ナカムラ式缶詰カレーシチュウ〉を食べながら思いなおした。

（ときに、言葉は事象に先行する。ふたつの強きもの、二人の勝者がそこにいるとき、両者のあいだに、自ずと見えない壁が立ち上がる）

（勝利＝Ｖを得た二人の勝者は、壁によって二分化された「半分」だけでは飽き足らず、常に「すべて」＝ＡＬＬをもとめる。ふたつのＶはダブル＝Ｗをかたどり、ＷとＡＬＬを合わせれば、そこにＷＡＬＬ＝壁があらわれる）

（であるなら、この都から壁を消し去る方法はただひとつ。Ｗをかたどった二人の勝者が、勝利のＶサインを示した右手をおろして、握手をすることだ。幸いにも、右手と右手は握手ができる）

（勝利への欲望を捨てて、仲良く並び立てば、そのとき初めて、壁は消えて、たったひとつのＡＬＬが生まれる）

（いや、きっとそうなるのだ。ナツメさんから聞いた話を大ママに確かめたところ、この国では、大昔から海の者と山の者の争いが繰り返されているという。その「争いの物語」が、ここへ来て、なりをひそめているのは、その物語を無効化する別の物語の力が働いているからではないか？）

（目覚めるのは、はたして怪物か天使か、と田所氏が云っていた。私はその話を、二等調査員のゴヤ君から聞いた。怪物はバラ線地帯に眠り、天使は――いや、天使ならぬ「眠り姫」は、〈ニモ〉の〈タワー〉で眠っているという）

（もし、あのいにしえより語り伝えられてきた物語のとおりであるなら、姫は塔の最上部すなわち〈タワー〉の最上階で眠っているものと思われる）

（姫とは誰なのか。田所氏は中断されたあの映画に関わっていた。となると、姫と呼ばれている人物は、やはり、あの映画の予告篇にあらわれた彼女ではないのか）

（では、王子はどこにいるのだろう。眠り姫を覚醒させるのは王子をおいて他にいない。物語のつづきを書いてくれ、とハブカ氏は云ったが、じきに、二十一世紀が終わろうとしているこの世界で、本当に、あの古典的な眠り姫の物語がよみがえり、永遠に続くかと思われた「争いの物語」に終止符が打たれるのだろうか）

「どうでしょう」

マユズミはノートに綴った「物語のつづき」をナツメに見せ、ナツメはマユズミの決して読みやすいとは云えない文字を追ううち、「ああ、そうなのね」と声をあげた。

ナツメの知らないことが書いてあった。

そこへ、美冬から聞いた話をつなぎ合わせると、シュウが、「会いたい」と熱を上げている映画の中の眠り姫は、かつて、〈ダーク・ルーム〉で働いていた美衣ということになる。彼女は何らかの理由で姿を消し、いまは、〈ニモ〉のメイン・オフィスである〈タワー〉の最上階で眠っている――。

（そして）とナツメの推理は結論に近づいていた。

「眠り姫を覚醒させる王子とは誰か」と書かれた「覚醒」の二文字が、シュウに課せられた任務と重なっていた。

点と点がつながった。

（ミスター田所は、わたしに美衣さんを探すよう仕向けたのではない）

ナツメは、ほとんど確信していた。

シュウが――王子が姫を探しに行くことを望んで、姉のわたしに仕掛けてきたのだ。

「では、シュウさんが眠り姫に会いに行くのですね」

マユズミはナツメの推理をメモにとり、その手がかすかに震えていた。

「ええ」

ノートを閉じると、ナツメはマユズミと頷き合った。

「それが、あなたの書く物語のつづきになります」

＊

「お忙しいところ、申し訳ないです」

シュウが恐縮して頭を下げると、

「いえ、今日は外まわりがなかったので、ちょうどよかったです」

五夜はめずらしく快活に応じた。

保管庫には同じシルバーグレイの整理棚が無愛想に並び、そのうち、「ブロックF」の棚に並んでいるのが、

「今回の水害で、バラ線地帯の地中から噴き出した遺物です」

五夜はそう説明した。

「まだクリーニングが終わっていないものが沢山あります。ここに保管されているのは、全体の六分の一程度ですが、種類としては、だいたい網羅されているはずです」

ナイフ、フォーク、皿、コウモリ傘、旅行鞄、靴、貯金箱、電球、窓ガラス、ドライヤー、ウイスキー・ボトル、ライター、薬缶、電話機——たしかに大抵のものが並んでいた。

「お探しのものは、なんでしたっけ？」

「ラムネ壜です」

シュウもまた、つとめて快活に答えた。

「それは、どんな形でしょうか。目立った特徴とかは？」

「ええ。壜の口のすぐ下に小さなスペースがあって、そこにガラス玉がひとつ閉じ込められています」

「ああ」

五夜は棚に沿って足早に歩き、あわててシュウが後を追うと、「たしか、このあたりに」と云いかけて、「ああ、ありました」と棚の一角を指した。

「そうです、これです」

シュウは棚に並べられた青緑色のラムネ壜を端から順に眺め、そのほとんどの壜に、大将が云っていたとおり、直径三ミリから五ミリほどの気泡が混入しているのを見つけた。

しかしである――。

仮に、これらのラムネ壜が推定百年以上前の地層から噴き出してきたのだとしても、いまから百五十年前――ピンポイントで一九四五年に製造されたものであるとは限らない。

「いえ」と五夜がきっぱり云った。「この棚に並んでいるものは、〈エイジング・メーター〉の仕分けで、一九四五年に起源があると特定されています」

棚には、ラムネ壜のほかに動物の骨らしきものがあった。

「これは？」とシュウが訊くと、

「おそらくですが」と五夜は声を落とした。「東京が戦火で焼け落ちたとき、動物園の動物たちを安楽死させて、その骨を埋葬したという記録がのこっています。その一部ではないかと思われます。一九四五年のことでした。苦渋の選択であったと記録にあります。この事実から類推すれば、昨今、動物たちが失踪を繰り返しているのは、動物たちが、百五十年前の悲劇に似たものを予感しているからなのかもしれません。ご存知のとおり、壁による『越境の抑制』が発令されました。世の中が、ふたたび変乱を迎える可能性を本能的に察知したんでしょう」

五夜は、この件についてコドモ博士の見解を考慮に入れていた。

水害を受けたバラ線地帯の調査をひととおり終えたあと、五夜は博士の研究室を訪ねて、「怪物」の正体について、最終的な意見をもとめた。

「そうですね――」

と博士はいつになく慎重に言葉を選びながらひとまずの結論を下した。

「こうなってみると、あながち、ぼくの仮説も間違っていなかったのかもしれません。動物たちは自らの死を予感し、死に場所をもとめてバラ線地帯に逃げ込んだのです。そして、異種交配を重ねて、あたらしい動物に生まれ変わろうとした」

「ぼくは、そのあたらしい未知の生きものを怪物と呼びました。しかし、世間の皆さんはそうじゃない。何の根拠もなく、バラ線地帯で恐ろしい怪物が誕生しつつあると、いたずらに噂を広めました。そうした流言《りゅうげん》飛語《ひご》こそ、皆さんの脳裏に生まれた怪物でした」

五夜は博士の言葉を重く受けとめた。

あるいは、本当に動物たちは、交配することで進化しようとしたのかもしれない。

だが、バラ線地帯から、最近の動物の骨がいくつも発見されたことからも分かるとおり、おそらく、進化はうまくいかなかったのだろう。

代わりに立ち現れたのは、博士の云う魂か幻影か――。

その幻影を、サルと呼ばれる男が仕留めたのは、じつに悲しい顚末《てんまつ》だった。

おかしな符合だが、猿は動物たちの中で最も人間に近い。サルは人間と動物のあいだで揺れ動きながらバラ線地帯をさまよい、最後の最後に、人間の側に立って、怪物の出現を封じるべく、幻影を抹殺した。


「あくまで仮説ですが――」

博士の口調を真似て、五夜はシュウにそんな話をした。

世間の噂に無頓着なシュウは、「怪物」の話など、ついぞ耳にしたことがない。

「そんなことがあったんですね」

棚に並んだ白く冷たい骨に触れ、シュウは、おもむろにラムネ壜を手に取って、気泡の様子を念入りに観察していた。

「どのような研究に、お使いになるのでしょう」

五夜の問いに、シュウは、「ええ」とだけ応え、あらかじめ準備しておいた理由を、いま思いついたように諳んじた。

「この小さなガラス玉――ビー玉というのですが――このビー玉を使った容器の仕組みと、ビー玉の変遷について調査をしています。これまで、一九四五年に製造された壜がどうしても見つからなくて。ニュースを聞いて、もしかしてと思ったんです。それにしても、こんなに簡単に見つかるとは」

「なるほど、それはよかったです。お役に立てて、何よりです」

そう云って、五夜は握手をもとめてきた。

*

もし、少しでもタイミングがずれて、ナツメから届いたボイスを聴くのが遅れていたら、シュウは、山岸部長の催促に応じて、〈覚醒タブレット〉のサンプルを本部に提出していたかもしれない。

「分かる？　信じられないけど、どうも、あなたが王子みたいなの」

ナツメの声が、ボイス・キャッチャーのスピーカーから割れ気味で響いた。

「シュウが開発している、眠りを解く薬？　それを使うんだと思う。たぶん、そういうことになってるの。姫はおそらく、〈ニモ〉の〈タワー〉の最上階で眠ってる」

（本当に？）

スピーカーに声を返しながら、シュウはその一方で、いつかこうなるだろうと予感していた。ただ、自分が、「王子」の役を演じることになるかもしれないと考えていたのは、そのままの言葉どおりではない。

ついに眠りを解く薬を完成させ、それが世の中に流布されたときに、ひとつの比喩としてそう云えるかもしれないと思ったままでだ。

本物の姫を――しかも、ナツメの報告を信じるなら、あの映画の中の「眠り姫」を本当に覚醒させることになるなど、まったくの想定外だ。

〈タワー〉の最上階にいるというのも意外な話だ。

しかし、いずれにせよ目標が定まったのなら、ひとまず、サンプルを部長に渡すわけにはいかない。まだ一点しかつくられていない貴重なサンプルだ。

ただし、正式に「サンプル」と呼ぶには、まだ不充分だった。

まずもって、ラムネの気泡から抽出《ちゅうしゅつ》した気体が、本当に「少年の息」であるかどうかは大いに疑わしい。社の化学技術班によると、ラムネ壜が一九四五年の後半に製造されたことは間違いなく、気泡を抜き取る作業も〈ファイバー・スポイル〉で難なく成し得た。

「だが、壜の中の気泡は、さまざまな原因で起こりうるので――」

技術者たちは、言葉をにごして多くを語らなかった。

そのうえ、酒のレシピを裏返して同じ液体状のサンプルをつくることは問題なかったのだが、液体からタブレットに加工するためには、成分上、いくつかの難関があった。

それで結局、サンプルは手のひらに隠れるくらいの青い小壜に液体のまま注入され、ガラス紙で封印がほどこされて、シュウの手の中にあった。

「とにかく」とナツメのボイスが繰り返していた。

「眠り姫が、あなたが来るのを待ってる」

11

なんておかしな大きな耳

どうしてこういうことになったのか、シュウにはよく分からなかった。

でも、自分は〈睡眠コンサルタント〉に所属する開発者のはしくれで、いまようやくその新商品のサンプルが完成し、それが「死にも等しい眠り」を解くことを目指す薬である以上、塔の上でこんこんと眠りつづける「眠り姫」を覚醒させられるかどうかは、このうえないテストになる。

それで、シュウは運命に従うことを選んだ。

従う理由はいくつもあり、従わない理由はひとつもない。

けれども、運命というのは気まぐれなもので、この期におよんで、思いがけず壁が効力を取り戻した。

当初は、壁を越えることなど何のことはないと高をくくっていたのだが、「越境の抑制」の発令によって、すべての抜け道に検問所が設けられた。しかも、日に日に取り締まりは厳しくなり、壁の歴史を研究してきた学者たちは、「はじめて壁が姿をあらわしたときより、分断が徹底している」と口を揃えた。

シュウは、〈バブルガム課〉のオフィスの窓から、うらめしげに東の方角を望んで、ため息をついた。いくつかの建物が邪魔をして、壁はところどころしか見えない。部分的にしか見えないということも含めて、いつもどおりであり、壁の向こうのさらに東には、まるでそれが東京の灯台であるかのように、〈ニモ〉の〈タワー〉が青白く屹立《きつりつ》していた。

あの〈タワー〉の、あの最上階に「姫」がいる？

大した距離ではなかった。バスに乗れば、停留所の数は十かそこいらだろう。

しかし、その距離を壁が阻んでいた。分断とは、そういうものである。

（となると、望みはひとつしかない）

シュウは素早く身支度を整え、「サンプル」の小壜をシャツのポケットに入れてオフィスを出た。信号を渡り、もう何度行き来してきたか分からない、資料館へ通じる道を足早に進んでいく。

なんだか妙に静かだった。

いつも、こんなに静かだったろうか。

なにごともない晴天の午後に見えたが、資料館の中はいつもより閑散とし、サポート・デスクのダウンライトの下に谷口さんがうつむいて座っていた。

シュウに気づいても微動だにせず、その蒼い瞳が、暗いところにひとつだけ灯っている常夜灯のように見えた。

「あの」とシュウが云いかけたのと、

「お待ちしていました」と谷口さんが頷いたのが、ほとんど同時だった。

「説明の必要はありません」

谷口さんは唇を結び、意を決したように、「〈タワー〉に行くのですね」と消え入るような声でシュウに訊いた。

「眠り姫を起こすために」

「ええ」とシュウは頷いた。「谷口さんはそのことを――」

「ごめんなさい、知っていました」

「いつからですか」

「二度目にいらしたときにはもう――妹から聞いていました。〈予測〉によると、そろそろ王子が姿をあらわす頃合いだと。ご存知のとおり、わたしたちの仕事はサポートをすることです。特別なことをするわけではありません。『眠り姫』の物語を、よりよく読むために、より深く理解して、シュウさんが王子として目覚めるよう――わたしたちがサポートしたのはそれだけです」

「そうだったんですね」

「みんな待っています」

「みんな？」

「壁の向こうのみんなです」

「いや、その壁なんです。壁を越えて海側に出る抜け道を、谷口さんなら知っているんじゃないかと思って」

「いいえ、わたしがシュウさんをサポートするのはここまでです。ここから先は、おひとりで考えて、おひとりで行かなくてはなりません。そういう物語、そういう未来なんです」

　そう云って、谷口さんは、何か小さなものをシュウに差し出した。

「地下道に通じる扉の鍵です。そこまでの鍵はすべて開けてあります」

「でも、あの地下道は途中までしか行けません」

「いえ、きっともう大丈夫です」

　谷口さんの声はいかにも小さかったが、これまでにない力がこめられていた。

「未来が待っています」

　先のとがった小ぶりな鍵をシュウの手の中に押し込んだ。鍵には焦げ茶色の革紐《かわひも》が結ばれ、紐の先には、円くて平たい小さなコインのようなものがついていた。手触りからして木製で、表面が渦巻き状に彫り込まれている。

「お守りです」と谷口さんが云った。「何か困ったことがあったら、それを握るんです。理由は分かりませんが、きっとうまくいきます。わたしたちは、昔から——大昔からそうしてきました」

「わたしたち」と谷口さんがそう云ったのをシュウは聞き逃さなかった。

その「わたしたち」とは、たぶん大ママが云っていた「海の者」を指している。シュウはそのことを、大ママの話を聞く前から、体のどこかで感じとっていた。それは谷口さんの瞳の奥にある「蒼」を見たときに感じられ、たちまち、自分の耳に血が通い出すのが分かった。

血が通って、遠いところから誰かの声が聞こえてくる。

そのたび、耳がぴくりと反応した。

「眼帯をしていましたよね」とシュウは気になっていたことを訊いてみた。

「ええ」と谷口さんは恥ずかしそうに頷き、「目を隠していました」と云いながら、左手で左の目を覆った。

「どうしてです？」

「たぶん、姫の目の中にある蒼と、わたしの目の中にあるものは同じものです」

谷口さんは、泣いているような笑っているような顔になった。

「あなたが姫に魅かれたのは、この蒼のせいかもしれません。でも、あなたが魅かれる蒼は姫の蒼だけでいいんです。わたしのこの目は邪魔になります」

「そういうことだったんですか」

「どうぞ、行ってらっしゃい」

谷口さんが、とても明るい〈TAライト〉をシュウに差し出した。

シュウはもう少しそこでそうしていたかったが、

「ここから先はおひとりで」

谷口さんは、もういちど念を押すようにそう云った。

*

（そうか、あれは予行演習だったのか）

シュウはいまになってこれまでのことを理解しつつあった。

谷口さんは最初から知っていたのだ。最初から未来がどうなるか知っていて、シュウがこうして地下道を行くことになるのを、ずっと前から知っていた。

いつかその日が来たとき、シュウが怯《おび》えて前へ進めなくならないよう、一人きりで暗い地下道を歩いて行く予行演習の時間をつくってくれたのだ。

おかげで、地下二階まで螺旋階段をおりるときも、地下道に通じる錆びついた扉を開けるときも、何もかも二度目で、知らないことは何ひとつなかった。

ただ、このあいだより地下道がひんやりとしていて、やはり水道が止められているのか、水の流れる快い音が聞こえてこなかった。

ひたすら、自分の足音だけがコンクリートの地面に響く。

「きっともう大丈夫」と谷口さんは云っていた。

（いや、しかし）とシュウは、〈ＴＡライト〉が照らす前方を見て不安が募ってくる。

この先には、いばらと思われる植物が生い茂っていて、あれから、それなりの時間が経っていた。いばらの繁殖力には目を見張るものがあり、おそらく、繁茂はあのときの何倍にもなっているだろう。とすれば、さて、どのくらい歩いてきたか分からないが、そろそろ植物の気配が感じられるはずだ。

そう考えて、シュウは〈ＴＡ〉の光を前へ突き出した。

「ある」

自分の声が反響した。

（こんなところまで、きている）

あくまで憶測だったが、前回より早くいばらが見つかったように思われた。

ただ、よく見ると、地面や壁の亀裂から芽や蔓が伸びているのではなく、より成長した状態の枝葉が、足もとに散らばっているように見える。

いや、散らばっているのだ――。

シュウの背筋に冷たいものが走った。

それは植物の生命力におそれをなしたからではなく、命あるものが、ことごとく息絶えているのを目の当たりにしたからだった。

いばらは、ぐったりと地下道に平たくつぶれ、大きな力によってなぎ倒された衝撃が生々しくうかがえる。

視界をさえぎるほど繁茂していたいばらは、芯を抜かれたようにへたり込み、おそらく、クジラが吐き出した水の勢いがきっかけとなって、そこまで流されてきたのだろう。

そこから先は泥と水の跡が延々とつづき、進むほどに顕著になって、水たまりがひとつふたつと増えていった。

それがどのくらい続いたか——。

目にしているものの異様さに距離を測りかねていたが、シュウの体感としては、前回、行く手をさえぎられた地点は、すでに通り越しているように思われた。

ということは、水の力が、いばらをすっかりなぎ倒して駆逐したことになる。

(では、もう壁の位置は越えたのか)

そう思ったら、急に足早になって、ほとんど走り出していた。

壁を越えたと思われるあたりから足もとに水がのこっているところが増え、走るのに適しているとは思えなかったが、衝動に駆られて、なおも走った。

走りながら、〈TA〉の光を前へ放ち、自分の律動で、右へ左へ揺れ動く光の輪を目指して進んでいく。

すると、あきらかに植物ではない何かが地面に散らばっているのが見えた。

本だった——。

走ることをやめ、シュウは最初、それがわずか数冊だったので、どうにか踏まないよう、用心深く避けて歩いた。

が、先へ行くほど本の数は増え、ページが開かれたままのものや、水を吸ってふくらんでいるもの、ちぎれたり破れたりして、本体から外れて紙の束や一枚の紙にまで散り散りになったものが、デタラメに放り出されていた。

散らばって重なり、まるで誰かがそうしたように堆《うずたか》く積み上げられている。

そのうち、本の山にさえぎられて、前へ進むことが難しくなった。

本の山は文字の山であり、本をかき分けながら文字の中を泳ぐように進んでいくと、本のタイトルが〈TA〉に照らされて、歌うように踊るようにまとわりついてきた。

ツァラトゥストラはかく語りき——柘榴《ざくろ》の家——チャンピオンたちの朝食——オブローモフ——リズムの本質——アイムマイマイ——ジョジョとカーキー姫——考えるヒント——影をなくした男——猿飛《さるとび》佐助《さすけ》——いっぴきの虫——十八番目はチボー先生——明月記——ボートを漕《こ》ぐおばさんの肖像——物質と記憶——夜歩く——パスタ宝典——吉野拾《しゅう》遺《い》——ミラボー橋——。

まとわりついたそれらの文字は、物語と歴史と哲学と人生と物理とホットケーキの作り方を語っていた。

昨日と明日と、過去と未来と、最初と最後と、善と悪を説いていた。

泣いて笑って、怒って悲しみ、食べて飲んで、愛して殺して、喜び争い、憎んで助け合っていた。

しかしもう、みんなここにいない。

本の中から声をあげる人たちは、みんなもう、この世にいなかった。

シュウは自分の着ている白いシャツに、本から文字がこぼれ出して、染みつくような気がした。ここにいない人たちの声が文字になってシャツに転写され、ついには、文字の海を平泳ぎで渡っていく心地になる。

本が吸い上げた海水が、本からあふれ出して体温をうばった。

溺《おぼ》れそうになった。いばらではなく、文字に手足をからめとられている。

（おかしい。こんなはずじゃなかった）

自分を導いていたのは、こんな物語ではない。

急速に眠気がやってきた。すべての本が子守唄を歌っている。たぶん、気のせいだろうが、甘くて優しい、体がとろけてしまいそうな音楽に全身が包まれた。

（おかしい。眠り姫を起こしに行くはずだったのに、自分が眠ってしまうなんて）

＊

このとき、地下道の壁一枚向こうに人の気配があり、数人の男たちが息を切らして、一台の白いピアノを運んでいた。

演奏者より先にピアノが到着し、しかるべき場所に設置されて、調律師が音を整えた。

ピアノが置かれたステージは、ひと晩限りのにわかづくりで、本来、そこは地下鉄の駅と駅とを結ぶ乗り換え連絡通路だった。水害の影響で、いつものように広大な空間を確保できなかったが、どうにか予定どおり、地下鉄オペラを開催できることになって、地下鉄関係者は安堵《あんど》していた。

本番は明日である。本番に向けたリハーサルがじきに始まり、自慢の禿頭を光らせたスキンヘッド・オーケストラの面々が、それぞれ楽器を抱えて舞台にあらわれた。

ホシナは完成したばかりのスコアを楽団員に配り、自らもピアノの譜面台に、「八人の王子」と題された楽譜をセットした。

八年前に中断を余儀なくされた『眠り姫の寝台』のモチーフをベースに、〈眠り〉と〈目覚め〉をテーマに、コンパクトな組曲をつくった。

〈眠り〉のパートはゆったりしたメロディーで始まり、少しずつ抑揚のある旋律が頭をもたげて、後半の〈目覚め〉に引き継がれる。

ようやく、思い通りの楽曲を書けたとホシナは満足していた。

ついに幻の楽譜を見つけ、伝説の白いピアノを手に入れ、行方不明になった黄金色の酒まで入手して出来上がった曲だ。

が、じつのところ、幻の楽譜は予想外に単調な曲で、伝説のピアノはガタがきているし、黄金色の酒にいたっては、封を切る前に砕け散ってしまった。

つまり、ホシナは結局、そうしたものの力を借りることなく、自力で虚空から夢のような旋律をつかみ出した。幻や伝説といったものに頼ることなく、しいて云えば、中央線・八王子駅の駅名標がこの曲の守護神となった。

リハーサルが始まると、ホシナはピアノを弾きながら、

「もっとゆっくり、もっとやわらかく」

と楽団員に指示を出し、前半のクライマックスでは、

「この世のすべてが眠りにつくような音で」

と奏者全員に注文した。

しかし、前半が終わって、後半の〈目覚め〉が始まると、

「譜面以上にテンポを上げるように」

と声を張り上げ、これまでにない力強い演奏を奏者全員にもとめた。といって、それは

力まかせの大音量というわけではなく、
「あたらしい生命が生まれるように」
とホシナはそう表現した。

その音楽が、壁一枚へだてた地下道全体に響いた。

壁の向こうで起きていることを、ホシナは知る由もなかったが、地下道で眠っているシュウの大きな耳に、それはあたたかい湯のように注ぎ込まれた。

そのとき演奏していたのが、〈目覚め〉のパートであったのは偶然だったろうが、音楽はシュウに覚醒をもたらし、ゆるゆると氷がとけるように意識が戻ってきた。

目覚めた途端、シュウは夢のつづきのように壁の向こうから響いてくる音を聴き、その音に合わせて、自分の体の奥から誰かの声が聞こえてきた。

（いい？　ぼんやりしないで）（立ちどまったらダメ）（あきらめないで）（どこまでも生きましょう）

ナツメの声だった。

「不思議だな」とシュウはつぶやいた。自分を取り囲む本の山は水を吸っているはずなのに、なぜか温かみがある。

もし、本の中に埋もれていなかったら、地下道の冷たい空気に根こそぎ体温を奪われていた。そのまま目覚めることなく、この世からいなくなっていた可能性がある。なぜ、音楽が聞こえてくるのか、シュウには分からなかったが、旋律がシュウを鼓舞し、リズムがシュウを立ち上がらせて、前へ進む気力が戻ってきた。

（あきらめないで）

音楽を耳にしながら、積み上がった本の上を這うように進んだ。

もはや、自分の力ではなく、音楽によって体が運ばれている。もし、そのとき耳に届いた旋律をたどる愉しみがなかったら、あるいは、また気を失っていたかもしれない。


そうして、どのくらい前へ進んだのだろう。

本の数が少しずつまばらになり、どうにか普通に歩けるようになってきたとき、十メートルほど先の道の真ん中に人影が見えた。

シュウの方をじっと見ている。

近づくにつれ、その人のふたつの瞳が蒼く発光しているように見えた。

（まさか）とシュウは目をこらす。

その「蒼」は、フィルムの中でこちらを見ていた姫の瞳の「蒼」で、しかし、その姿かたちは、どう見ても姫ではない。

　ということは、谷口さんだろうか。そんな気がしてきた。でも、どうして谷口さんがここにいるのか。もしかして、頭が目覚めないうちに、寝ぼけて、逆の方向に歩き出していたのか。いつのまにか、後戻りしていた？

「谷口さん？」とシュウが声をかけると、

「妹です」と谷口さんとそっくり同じ声が返ってきた。

「妹さん、ですか」

「はい。お迎えにあがりました」

　谷口さんの妹は地下道の壁に歩み寄り、銀色の板のようなものを壁にかざすと、縦に一本、ナイフで切りひらいたような光の筋があらわれた。

　光は左右へひろがり、思わず目を細めてしまうほど大量の光が地下道にあふれ出した。

　その光の奥に、白い通路がのびている。

　足もとも天井も壁もすべてが白く、空気も一変して、完全な静寂があった。

「どうぞ」と谷口さんの妹は通路を進み、シュウは、自分がおそらく〈ニモ〉のオフィスの入口に到着したのだろうと直感した。商売敵の陣地に乗り込んだのは、それが初めてで、〈ドリーム8〉とは、何もかも勝手が違っている。

　なにより地下道は湿気がひどかった。靴や衣服や髪はもちろん、ポケットの中のハンカ

チでさえ湿っていたのだが、

「ここはドライエリアです」

という妹さんの説明通り、説明を聞いてほんの数秒で、すべてがほどよく乾いていた。

そればかりか、シャツとジーンズにこびりついた泥や、手や顔の汚れまでもが、その通路を歩いているうちに洗浄されていく。終《しま》いには、アイロンをかけたようにパリッとなり、シュウは魔法にかかったような気分になって、

「こういうことは、こちらでは当たり前なんですか」

と訊いてみた。

すると、妹さんは、「いえ」と首を振り、

「このあいだのクジラの水にやられてしまったので、急遽、導入したのです」

と話しぶりまで谷口さんによく似ていた。

「このエントランス・ゲートにひとつ。もうひとつは、ライブラリーに大型のドライエリアを導入しました。水浸しになった本を回収して、水抜きとクリーニングを行っています」

話を聞きながら通路を突き当たりまで歩き、妹さんが、「少しお待ちください」と銀色の板をかざすと、音もなく通路が消えて、四角い白い箱の中に取り込まれていた。

息つく間もなくそのまま上昇が始まり、

「あの」

とシュウが声をかけると、

「いま、〈タワー〉をのぼっているところです」

と妹さんは目を閉じていた。

「何もかも、あの話のとおり」と路地裏の〈未来売り〉は云っていたが、「王子がいばらの森を抜けて、姫の眠る塔にのぼっていく」あの場面が、二十一世紀の終わりにおいてはこうなるのかと、シュウは少しばかり拍子抜けする思いだった。

これでは、まるで高級ホテルのスイートルームに通されるみたいだ。

(大体、こんなところに、本当に姫がいるのだろうか)

そう思う間もなく、白い箱は上昇をやめ、「着きました」と妹さんがゆっくり銀の板をかざすと、ガラスが砕け落ちたように箱の中のひとつの面が一瞬で消えた。その向こうに、白で統一された部屋があらわれ、部屋の奥には白い窓枠を持った大きな窓が見える。

窓のすぐそばを、本物の雲が流れていた。

(まるで、つくりたてのような雲だ)

シュウは、しばらくその雲の動きに見とれていたが、ふいに気配を感じて振り向くと、白い箱の中に妹さんが立っていて、何か云いたげにシュウを見ていた。

シュウが雲を眺めていたその背中を見つめ、気配に気づいて振り向いたその目を見つめ、窓からの光に透かされた大きな耳の中をめぐる毛細血管を見つめていた。

「あの」と妹さんは云った。「これだけは、お伝えしておきたいのです——」

「はい？」

「わたしたちは、ずっとあなたの味方でした。そのことだけは分かってください。あなたは、わたしたちの希望で、その証拠に、あなたは八人目の王子でした」

言葉の終わりがフェイド・アウトするように小さくなり、同時に、妹さんの姿も白い箱も消えて、入れ替わりに寝台がひとつのこされた。

白い寝台だった。

シュウは、自分が「八人目」であるなら、ここへ至る道行きをつないでくれた七人は誰だったろうかと指折り数えてみる。

（まずは姉だ。それから、やはりマユズミさんだろう。そもそも、フウさんの話から地下道を知り、春三さんはラムネのことを教えてくれた。スキンヘッド・オーケストラのホシナさんと出会わなかったら、あの酒のレシピは分からなかったし、肝心の、「少年の息」を提供してくれたのは〈ガーデン〉の五夜さんで、そして——そして谷口さんだ。それで七人）

「何を数えているんです？」

急に知らない声が、どこからか聞こえてきた。

いや、どこからかではなく、寝台の上の白い毛布が人のかたちになって起き上がった。

「よく、いらっしゃいました」

人のかたちがシュウに話しかけてきた。

部屋の内装も寝台もすべてが白かったが、白い毛布の中から顔をのぞかせたその人の髪も眉も白く、それはあきらかに姫ではなく、声はやや苦しげな男の声だった。

「森山です。私が〈ニモ〉の社長です」

そう云って、その人は毛布から頭だけを突き出した。

「あなたのことは、田所から聞いています。あなたが眠り姫を起こしてくれる王子であることも存じています」

その人は――森山社長は、この何もかもが白い部屋で過ごしているうち、自身もカメレオンのように同化して、体全体が白くなってしまったように見えた。

「さて、どちらがより多くの都民を安らかな眠りに誘えるか――おたがい、じつに健闘してきました。いや、本当はそうじゃない。争いは、すでに人工頭脳の計算と予測によって形式化されました。すべては、フォーマットどおりに繰り返される形ばかりのものです」

その声は、この〈タワー〉の長とは思えないほど弱々しかった。

「私が田所と手を組んだのは、いまから十五年ほど前のことです。彼は未来を知り尽くしていました。素晴らしい予測マシンと正確なデータを持っていて、われわれが、こうして

〈不眠の時代〉を迎えること、そしてこの先、その反動で〈眠りの時代〉を迎えること――そうしたすべてを知っていました。ですから、この先を見据えた〈覚醒タブレット〉の開発は、当然ながら、わが社にとっても大きな宿題で、いまはすでに宿題を終えて、驚くべき効力をもったタブレットを、すでに水面下で完成させています。あなたたちより、ずっと早くです」

「そうだったんですか」

　シュウはなぜか声が震えていた。

「では、どうして僕を？」

「われわれがつくった〈覚醒タブレット〉が最上のものであるのは確かですが、しかし、その効力をもってしても、娘の眠りを解くことはできなかったのです」

「娘さん――ですか」

「ええ。あなたが会いにきた眠り姫――私の娘、美衣です。もう八年ものあいだ眠りつづけています。思いつく限りの医療的処置を試みましたが、あとはもう、奇跡に頼るしかありません。その奇跡を起こすのが、フタミ・シュウさん、あなたであると田所のデータが割り出しました。それで私たちは、あなたが〈ドリーム8〉に入社する前からマークしていたのです。ところが、あなたは、ぼんやりとした性格で、一向に〈覚醒タブレット〉の開発を進めない。やきもきしながら監視をつづけていましたが、ついに、あなたは見つけました。その貴重な試薬が、いま、あなたのシャツのポケットに入っているのを私は知っています」

そう云われて、シュウは胸のポケットに手をあてた。

「なぜ、娘さんはそんな深い眠りに？」

「眠り酒を大量に服用したのです。私に反旗をひるがえしたかったのでしょう」

社長は目を閉じていた。白い睫毛《まつげ》の一本一本が、つくりもののように見える。

「彼女は私の仕事のやり方が気に入らなかったのです。常にライバルと競い合っているのも気に入らなかったし、田所のような〈未来売り〉の元締めと手を組んだことも嫌っていました――」

「それで、彼女は私に内緒で働き出したのです。添い寝屋の仕事でした。すぐに私は、その店の名前と場所を突きとめ、しばらく様子を見ていましたが、そのうち、その店がドゥーブル・サーヴィスの添い寝屋に鞍替《くらが》えするというリークが届きました」

「そこで私は、私がスポンサーを買って出たあの映画――あの『眠り姫の寝台』という映画の主役に、娘を抜擢《ばってき》したのです。彼女が女優として世間に認知されれば、ドゥーブルに転身することが、できなくなるだろうと考えたのです」

社長は目をあけて、窓の外の雲を眺めた。

「娘も、最初は私が黒幕であるとは知らず、その気になって、楽しそうに演じていました。

ところが、どこからか、私がスポンサーであることを聞きつけると、こちらの意図を察知したのでしょう、いきなり撮影の最中に、小道具として用意したあの酒を――あの、とんでもなく強い眠り酒を大量に飲んで昏睡《こんすい》状態におちいりました。娘はそれ以前にも、何度か、あの酒を口にしていたようですが、あれほど大量に飲むことはありませんでした」

　同じ体勢でいるのがつらいのか、社長は寝台の上で片手をついて、左右に体を動かした。

「以来、八年間、娘は眠りつづけています。映画は中断され、未来予測を取り込んだ画期的な脚本は宙に浮きました」

　社長は大きく息をついた。

「ただ、脚本のもとになった田所の未来予測データにはその先があり、眠りつづけた姫を王子が目覚めさせる、とありました。そこに、あなたがあらわれた。データには、その青年は立派な耳を持ち、自らの知恵で、〈百年の眠り〉を解く魔法の薬をつくる、とありました」

　森山社長は、シュウの福々しい耳をまぶしげに眺めた。

「どうか、娘を眠りから覚ましてください。ご覧のとおり、私は体をやられて、こんな状態です。社長の座は、じきに息子に譲るつもりです。ですから、これは私の最後の仕事になります。どうか、お願いします。助けてやってください。娘はいま、この〈タワー〉の地下五階で眠っています」

＊

「その青年は立派な耳を持ち、自らの知恵で〈百年の眠り〉を解く魔法の薬をつくる——たしかに、予測データはそうなっていた。でも、私にはどうも信じられなかったのだ」

田所がキリバヤシにそう打ち明けた。

二人はいま、〈タワー〉にほど近い田所のオフィスにいて、目の前にそびえ立つ青白い塔を窓越しに見上げていた。

「しかし、君はよくやったよ」と田所はキリバヤシをねぎらった。「よくぞ、あのぼんやりした王子をガイドしてくれたものだ」

「いいえ」とキリバヤシは謙虚に首を振った。「もう、いいですよね」と両眼に指先を這わせ、おもむろにカバー・コンタクトを外すと、下から本来の蒼い瞳があらわれた。

「ずいぶん迷ったんです。地下道経由で〈タワー〉に導くか、それとも、〈伝説の寝台〉の行方を追うかたちで導く方がいいのか」

「その〈伝説の寝台〉というのは何のことなんだ？」

「あれ？　田所さんも知らないんですか。そういう都市伝説があるんです。その寝台で眠った者は百年の眠りにおちる、とか。そっちの方が面白かったですかね」

「いや、結果的に〈壁〉の復活があったので、地下道で正解だった」

「ですよね。それも谷口姉妹が協力してくれたおかげです。あとは――」

キリバヤシは腕を組んで、この数ヵ月を振り返った。

「あとはやはり、映画の予告篇に誘導するのがひと苦労でした。あれは彼じゃなかったら気づかれていたと思います。いや、もっと危なかったのは、路地裏の〈未来売り〉でした。あのときの変装は急なことだったので、うまく化けきれなかったんです。それでも、無事に任務を遂行《すいこう》できたのは、彼のおかげでした。彼がああいう性格だったからです」

「ああいう性格？」

「とても純粋な人でした」

「ああ――」

「ですから、任務については、私よりよっぽど田所さんの方が――」

「いや、今回ばかりは本当にね」と田所は苦笑した。「送り込む人員が足りなくなって、ひさしぶりに誘導役までやらされた」

「添い寝屋の誘導でしたよね？」

「いや、あれはまだほんの序の口で、とにかく、サルをその気にさせるのに骨が折れた」

「あれは、どういう仕掛けだったんですか」

「まぁ、仕掛けは簡単なことだ。指定した場所に酒をあらかじめ仕込んでおき、それをまずサルに発見させる。それから、その酒をあの小うるさい〈ガーデン〉の調査員に――」

「五夜ですね」

「そう。あの男に一杯飲ませると、五夜は私の予測どおり、あっけなく眠りこけた。それでサルはその気になった。今回、彼の役どころは重要で、万が一、シナリオどおりに事が運ばなくなると、予定どおりの未来にたどり着かなくなる」

田所は肩をすくめて、「いやはや」と首を振った。

「望ましい到達のためには、あるいは無駄かもしれない過程をすべて実現させなければならない。これはひとつの力学のようなもので、たとえ幻影であっても、怪物を倒すことで天使の誕生が約束される。だから、私の予測どおりに彼が戦ってくれたのはよかったんだが、まさか、あの酒を飲み干してしまうとはね。愚かにも、また同じことが繰り返された」

「あの――」

とキリバヤシは気になっていたことを、ここぞとばかりに訊いてみた。

「あの〈ゴールデン・スランバー〉というお酒は、本当に強力な催眠効果があるんですか」

「おそらくね」

田所は即答した。

「少なくとも、映画の撮影用に提供された一本は、間違いなく法に触れるレベルだった。あれは、実際に酒を飲んで眠ってしまうシーンがあって、脚本に、『ほんのひと口』と注意書きがあったんだ。それで、ひと口くらいならと最高の眠り酒を調達して、本当に飲ませた。美衣の演技を助ける意味でね。ひと口飲んで眠くなれば、下手な演技をしなくて済む」

「ずいぶんと親切なんですね」

「そのとおり」と田所は頷いた。「私くらい親切な男はそうそういないよ。みんな、分かってないんだ。あの映画の役者たちに浸透薬を仕込んだのも、自然な演技ができるよう、役どころの記憶を、私がひとつひとつ作ってインプットしたんだ。そうすれば、演じるのではなく、その記憶を背負って、ただ生きればいい。いったい、これ以上の親切があるだろうか」

「でも、美衣はその親切に気づかず、酒を飲み干してしまった」

「あれは、ああいう飲み方をする酒じゃない。彼女はそれを知っていたのかどうか――まったくの自殺行為だよ」

「ということは、もしかして、サルに拾わせた一本と、添い寝屋に置いてきた一本も、その手の違法な酒だったんですか」

「サルのは撮影用につくられた予備の一本だったから、やはり強烈な効果があった。でも、添い寝屋のは、私が偽造したレプリカだ。中身は最上級の白ワインで、味は上等だが、催眠効果はない」

「そうなんですか――」

「暗示というのは、じつに大したものだ。暗示と酒が手を組んだら、この世のたいていのことは、どうにでもなる」

「では、王子がつくった薬はどうなんでしょう？　本当に正統なレシピを裏返したものからつくられているんでしょうか」

「さぁ、それは分からない――」

「それで、本当にうまくいくんですか」

「そもそも、薬だけで目覚めることはないだろうよ」

「そうなんですか？　じゃあ、いったい何が彼女を目覚めさせるんです？」

田所はかすかに首をかしげて、窓の向こうの〈タワー〉を見据えた。

「運命だよ」

*

それはまったく絵に描いたようなきわめつきの螺旋階段で、（話が違う）とシュウはこの運命の道行きを導いている誰かに訴えたかった。

「話が違うじゃないか。姫は塔の上で眠っているんじゃなかったっけ」

そうつぶやきながら、シュウは螺旋階段を、一段また一段とおりていった。

難なくとは云わないまでも、いつのまにか慣れてしまったのか、少なくとも、足がすくむようなことはない。「イソベリイソベラ」とまじないを唱える必要もなく、目をつむって一目散に駆けおりる必要もなかった。

ただ、シュウはポケットに入れた小壜に指先で触れ、それから、鍵についていたあの木彫りの渦巻きを握りしめた。

静かだった。

海の底のように、空の上のように静かだ。

それほどの静けさを保ち、厳重なセキュリティで外界から隔離されているなら、そこが塔の上でも地下五階でも何ら変わりはない。こんなに静かなところだったら、眠り姫でなくても、百年でも二百年でも眠っていられるだろう。

「部屋はひとつしかありません」と社長が云っていた。

「完全に隔離されています」「例のクジラの水にもびくともしませんでした」「ドクターもガードマンも今日は外しています」

そのとおり、地下五階は誰もいない倉庫のようにがらんとしていて、誰もいないどころか何もない。

ただひとつ、殺風景な空間の中心に、学生アパートのひと部屋ほどの小部屋があった。

それは、その空間の中で、誰かが忘れていった白い箱のように見え、窓はなく、壁も扉もことごとく白で、ドアノブまでもが白かった。

シュウは、そのドアノブを目指してまっすぐ歩いた。

体が震えていた。寒くはないのに、体が自分のものではないかのように震えている。が、ドアの前にたどり着いてドアノブを握り、ゆっくり右へまわして引いてみると、隙間から覗いた部屋の中もまた白く、何か目には見えないあたたかいものが手に伝わってくる。少しずつドアをひらくと、そのあたたかさが、ほのかな甘い香りとなって体を包み込み、シュウは、そのあたたかさを、（知っている）とすぐに思った。

（温水プールだ）

部屋の中には、白い寝台がひとつ置かれていて、白い天蓋がついていた。寝台には白いシーツが敷かれ、白い薄手のブランケットが、人のかたちにふくらんでいる。

そのふくらみが、そこで眠っているひとの寝息にあわせて、わずかに動いていた。

生きていた。

耳を澄ますと、息の音が聞こえてくる。

生きているというのは、息をしているということだった。

息をしているそのひとは、ガーゼでつくられたような、いくつもの白が合わさった不思議なものにくるまれて眠っている。

シュウは寝台のそばにひざまずき、そのひとの顔を間近によく見た。

つい、いまさっき眠りについたような、いまにも目を覚ましそうな、はかなげな、それでいて、穏やかなうつくしい寝顔だ。

八年前と何も変わっていない。

あのスクリーンの上で、クローズアップになったときと同じだった。

小さな鼻の隆起、長い睫毛、ほのかに赤みを帯びた頬、そして、かたちのいい唇。

谷口さんが云っていた。

「眠り姫は目覚めるのではなく、あれはきっと息を吹きかえすのです」「だから、姫を覚醒させるためには、息を吹き込む必要があります」「つまり、王子は姫にキスをするのではなく、あれは息を吹き込んでいるのです」

ナツメの言葉も思い出される。

「わたしは、そのお酒を添い寝屋の美冬に口うつしで飲まされたの」

きっと、そういうことなのだ。

タブレットになりそこねた小壜の中の液体が、ちょうど口に含むのにふさわしい量であるのも、運命のいたずらに違いない。

息を吸って、息を吐いた。

ポケットから小壜を取り出し、封を切るなり、シュウはその中身を口に含んだ。

味は感じられない。舌の上で、それはあるかなきかの透明な水のようで、シュウはその透明な水を舌の上にのせたまま、自分の口を姫の唇にあてがった。唇で唇をわずかにひらき、色もなく匂いもない透明な液体を、時計の秒針がひとまわりするほどの時間をかけて流し込んだ。

もし――。

もし、本当にこのわずかな潤いが何らかの効果を上げるのだとしたら、地中に眠りつづけてきた百五十年前の少年の息も浮かばれる。

余さず流し込んだあとも、そのまま動かず、もうひとまわり秒針がまわるあいだに、今度は息を吹き込んだ。

それはおそらく、シュウのこれからつづく長い人生においても、もっとも長い二分間であったと思われる。

秒針がふたまわりして、ようやく唇を離し、シュウが閉じていた目をひらくと、待ちかねていたように、すぐそこに、あの「蒼」があった。

ふたつの蒼い瞳が、シュウの目を見ている。彼女は少し笑い、シュウの耳をつまみながら、笑ったまま明るい声で云った。

「なんて、おかしな大きな耳」

思わず、シュウもつられて笑った。

天使のようだった。

眠りから覚めたのではなく、たったいま生まれたばかりのまっさらな天使のようだった。

*

でも、本当に天使がおりてきたのは、それからもう少しあとのことだ。

*

寝台の上で出会った二人は、やがて寝台の上で結ばれ、しばらくすると、新婦はフタミ家の〈ミラー〉から「ご懐妊です」と嬉しい宣告を受けた。

それは、フタミ家とモリヤマ家だけにもたらされた朗報ではなく、両家に脈々と流れてきた血筋にとって――さらに云えば、このふたつの家族に限らず、すべての蒼い瞳をもった者たちと、すべての大きな耳をもった者たちにとって、祝福されるべき宣告だった。

昔から、散々云われてきた。

「蒼い瞳と大きな耳は結ばれない」

右手と左手が決して握手を出来ないように――。

だが、どんなものにも終わりはくる。

いいことも悪いことも、いつかきっと終わりがくる。終われば、あたらしい何かが始まり、それもまたいつか終わって、またあたらしい何かが始まる。

二人が結ばれたあと、東京は予測どおり、じつにあっけなく「不眠の時代」を終えた。入れ替わりに、これもまた予測どおり、「眠りの時代」が始まり、老いも若きもアクビばかりして、東西南北、壁の向こうもこちらも、ひたすら眠りつづけた。

戦いも争いも眠り、天使も怪物も眠る夜が、これから千と一夜はつづくだろう。

そんな眠れる都の、眠れる産院の片隅で、王子と姫の赤児が元気よく麗しく泣いていた。

「おおる、おおる……おおる、おおる……」と。

おかしな話だ。

これまでこの世に、どうしてこの子のように、大きな耳と蒼い瞳をあわせもった、こんなにもうつくしい天使が生まれてこなかったのか。

いや、きっとそうではない。

争うことに夢中になるあまり、この子の魂が、いつでもそこに居合わせていたことに、多くの人たちが気づかなかった。

　この子の魂は、時と場所を自在に往還し、天使が空から見おろすように、あるいは、天使が心さみしい男や女にそっと寄り添うように、身分や姿を変えて、人知れず見守ってきた。

　白でも黒でもなく、右でも左でもなく、海の者でもなければ山の者でもない。

　その魂を得た者は、ときに「神童」や「長老」と呼ばれ、さまざまな呼び名に応えながら、対立の壁を越えて遍在してきた。

　そんな寄る辺ない魂が、たしかな命となって、いまここにようやく目覚めた。


「おおる、おおる……」


　多くの人を巻き込んで螺旋状にうねりながらつづいてきた争いの時間を、この子がいまここでひとつにする。その目とその耳がひとつになり、この子は来たるべき世界を、その目で見て、その耳で聞くだろう。

　世界に祝福されて誕生し、その祝福に応えるように、

「おおる、おおる……」

　と天使は世界に向かって泣きつづけた。

見つけた水辺でひとしきり遊んだ少年が、男のところに戻ってきた。

「これ、カタツムリ。ひさしぶりに見たよ」葉の裏にいたのだという。殻の渦巻を指でなぞってしまう。

「生まれた時から螺旋を背負ってるんだよな」

「へえ」少年は関心なさそうに答えた。シャツから垂れる水があちこちから滴っている。

男は視線を上げる。二十メートルほど離れた場所に、女たちがいた。

乗ってきたエアスクーターがいよいよ燃料切れで、そこから乾き切った土地を何日も歩き、ここに辿り着いた。ほぼ同じ時に、彼女たちも、反対の方角からやって来たのだ。少女と犬と一緒だった。トーキョー跡地から来たのだろうか。

「どうして、仲良くしないの？」少年が言ってくる。

ほかの人に会うのは久しぶりだった。最初、男は驚きつつも興奮し、挨拶を交わした。自分たちの帰る街はすでになく、高層のビル群もことごとくが崩れ、半壊しており、ともに暮らすべき人もいなかった。一緒に行動するのも悪くない、という思いも頭をよぎった。女のほうも笑顔を見せた。少女は、少年に近寄ると、その昔、クジラが大量の水を噴き出し、数十万冊の本をまき散らした話を、おとぎ話を語るように話した。トーキョーがあった時の物語だろう。しばらく子供たちと犬は、水遊びをしていた。

ぎくしゃくしたのは、男の目が青く、女の耳は先がとがり大きいことにお互いが気づいたからだ。

二人は表情を強張らせ、挨拶を交わした時とはうってかわり、警戒するように離れた。

「海と山だから」男は、少年に言った。古くから伝わる都市伝説で、前世紀には、科学的な根拠も見つかった。トーキョーがなくなった一因が、海と山の血筋にあるとも聞いた。

「一緒にはいないほうがいい」

「何で」

「ぶつかり合うからだ」

「いい人そうだよ」

男は答えなかった。

「出発しよう。水、できるだけ持っていく」男は、少年に言う。もう一度、視線を上げれば、女たちがこちらを見ていた。

「もっとここで休んでいたかったけれど」

一緒にいないほうが、近くにいないほうがいいんだ。男は自らに言い聞かせるようにし、歩きはじめる。

おおる。おおる。おおる。

どこからか奇妙な赤ん坊の泣き声が聞こえた。どこで？　とあたりを見渡してしまう。

「どこかで生まれたのかな。子供」

「ほかに人がいるようには思えない」

男は、少し前に、海と山のあいだで子供が生まれた、という話を思い出した。

そんなこともあるのだろうか。

少年が、少女に向かって、手を振っている。はじめは遠慮がちに、そのうち大きく。「これくらいはいいでしょ？」と男を見た。

男は、ふっと笑みを浮かべて、大きくうなずく。ぶつかり合う決まりだとしても、やり方はある。

少女も手を振り返していた。

――海と山の伝承「螺旋」より

あとがき

東京に「壁が建つ」というアイディアを思いついたのは二〇一三年のことでした。「出前少女」というタイトルの小説で、これは文字どおり、出前をする少女が主人公の物語です。舞台は近未来の東京で、東京はかつてのベルリンのように、壁によって東側と西側に分断されています。文化、思想、流通といったものが二分されているのですが、とある小さな食堂で働く少女が、このなかなか越えられない壁を易々と越えて出前をするのです。

ぼくの頭の中にあったのは、岡持ちを手にした少女が、なかば廃墟と化した壁を背にして風に吹かれている姿でした。彼女はいったい、どんな冒険をするのか、なぜ、壁はつくられたのか。設定を練っていたところへ、中央公論新社から連絡があり、「螺旋」という共作（競作？）企画に参加しませんか、とオファーをいただきました。

「古代から未来まで、さまざまな時代における〈闘い〉〈対立〉がテーマで、八人の作家に、それぞれの時代を分担して書いていただくことになります。吉田さんには、未来を担当していただきたいのですが――」とのこと。

未来と聞いて、すぐに「出前少女」とつながり、〈闘い〉や〈対立〉というテーマも、

「壁のある東京」という設定にちょうどいいのではないかと思いつきました。ですから、自分が「未来」を担当することは、「あらかじめ決められていた」かのようだったのです。

それで、「あらかじめ決められていた未来」というフレーズが思い浮かび、物語の核心に、未来がすでに決められていたことを示す仕掛けを設けようと決めました。

かくして、八人の作家が集い、どのように、この共同執筆を進めていくか話し合いました。それは非常に愉しく貴重な経験で、共通のアイテムやキーワードを決めたり、それぞれが持ち寄ったアイディアを共有したりしました。たとえば、「東京の壁」のモチーフは伊坂幸太郎さんが興味を持ってくださり、伊坂さんの作品にも登場しています。

つい、八人の作家と書いてしまいましたが、実際は九人で、それは大森兄弟さんが参加されているからです。大森兄弟さんは本当に兄弟で、ふと、グリム兄弟を思い出しました。「いばら姫」（「眠れる森の美女」）が「壁」と並ぶもうひとつの大きな軸になったのはそうした経緯からで、眠り姫の眠りを覚ますのは王子ですが、「八人」と「王子」があわさって「八王子」に化け、物語の舞台も次第に決まっていきました。

終盤に登場するラムネ壜《びん》は、以前、壜の蒐集《しゅうしゅう》家でいらっしゃる庄司太一さんにお話をうかがったとき、「戦時中や戦後すぐのガラス壜に気泡が見られるのは、肺活量の少ない少年がガラスを吹いてつくっていたからです」と教えていただいたのを思い出して書きました。歴史から取り残された「ラムネ壜の中の少年の息」が、知られざる物語を語り出さないものかと企《たくら》んだのです。

「歴史」や「正史」は公に語り継がれてきたものによって成立しています。争いの物語もまた同様で、争いを助長する憎悪や嫉妬の「物語」が一面的に語り継がれてしまうことで、争いが繰り返されてしまうのかもしれません。

　ならば、そうした「争いの物語」を覆《くつがえ》すような寓話《ぐうわ》――たとえば、「いばら姫」の物語が、ラムネ壜の中から聞こえてこないだろうかと耳を澄ましました。壜の中に封じられた声を物語として書き起こすことが、「あらかじめ決められていた未来」になればいい――それが、「未来」を書くことになった、ぼくの希望でした。

　この「あとがき」を書くにあたって、執筆時のノートを見返していたら、本編のあとに書いた短いエピローグが見つかりました。単行本には収録しなかったのですが、文庫版のおまけとして、このあとのページに掲載しておきます。よろしければ、お読みください。

　そして、もちろん、他の七作品もすべて必読ですよ。ぜひ、お読みください。

　正体不明な未来のガジェットが頻出《ひんしゅつ》し、決して読みやすいお話ではなかったかもしれませんが、最後まで読んでくださり感謝いたします。ありがとうございました。

二〇二二年　十一月

吉田篤弘

もうひとつのエピローグ…………

右手と左手が握手をするということ

渋谷の幽霊ビルにあるコドモ博士の研究室で、五夜とマユズミが手を合わせて祈っていた。じきに、執刀医のアンドロイド・ドクターが来ることになっていたが、作業台の上には、すでに、「イヌの魂」と「サルの魂」が並び、それらを収納するアンドロイド犬の本体が用意されていた。

〈レイドバック〉以前は、どこにでもいたアンドロイド犬だが、昨今は闇市場でも、まず、お目にかかれない。なにしろ、トーキョーは「眠りの時代」に入ってからというもの、誰も彼もがシャッターをおろして寝静まっていた。他人の目を気にしなくてよくなったし、他人の詮索《せんさく》をするより、少しでも眠る時間を確保したかった。

「イヌとサルは、犬猿の仲と云って、本来は仲良くなれないんです」

マユズミが合掌したままつぶやいた。

「いえ、仲良くなるのではなく、ひとつになるのです」

コドモ博士が、「ごらんなさい」とアンドロイド犬の筐体《きょうたい》を手にした。

「これは、マユズミ君からデータを提供していただいた、名犬ジョー・バンセンの——まぁ、云ってみれば、剝製《はくせい》のようなものです」

マユズミは瞑目《めいもく》した。

「ジョー・バンセン――」

彼は「不眠の時代」の終焉とともに天寿を全うし、多くの編集者や作家たちに惜しまれながら天に召された。その最期を看取ったのが、たまたま、〈ホノルル書房〉を訪れていたマユズミで、すでにおなじみとなっていたケージを覗くと、ジョー・バンセンが、ほの暗いケージの奥からマユズミの目をじっと見ていた。

「どうした？」とマユズミがケージのドアをあけてジョー・バンセンの体に手をあてると、彼はマユズミの目を見つめたまま、口から白い気体を風船ガムのように吐き出した。マユズミは咄嗟《とっさ》に、その気体をつかみとり、常に携帯しているスーパー・ジップロックの中に封じ込めたのだが、これが作業台の上に置かれた、博士いわく「イヌの魂」である。

いま一方の「サルの魂」は、五夜がバラ線地帯で見つけてきたもので、それもまた、偶然、発見した収穫だった。いつものように東側の壁のあたりを巡回していたとき、朽ち果てた壁のてっぺん付近に、何か小さく青く光るものを目にしたのだ。

採取すると、それは五夜自身が使用しているファイヤー・ピストルの銃弾で、弾の底に刻印されたシリアル・ナンバーから、サルが五夜のピストルから抜き取ったものであると判明した。サルはその銃弾を銀玉鉄砲に装填して、怪物を退治したのである。

サルはその後も意識が戻らないまま、いまも眠りつづけている。

担当医の診断をコドモ博士に伝えると、「サル君は魂をうしなったのです」と独自の見解を示した。

「彼は怪物を倒すために撃った、たった一発の銃弾に、自らの思念のすべてをこめました。つまり、彼の魂はその銃弾にこめられて放出されたわけです」

そうした理由から、その青い半透明の銃弾が、「サルの魂」であるということになり、「イヌ」に「サル」の魂を合わせて、いまふたたび、あのジョー・バンセンをアンドロイド犬として再生しようと博士が提案したのである。姿かたちは生前のジョー・バンセンそのままで、はたして銃弾にサルの魂がこめられているかどうかはともかく、そこに揃った者たちの心意気は、サルの魂を隠し持ったジョー・バンセンを再生させることだった。

さてしかし、ひととおり準備が整ったところへあらわれた執刀医というのが、マユズミの親知らずを抜いたデンティスト・イバラギであったことには、いささか意表をつかれた。しかし、マユズミは彼の卓越した技術の高さを身をもって知っていたので、イバラギがデンティストだけではなく、もうひとつの顔を持っていたことに、さほど驚きはしなかった。

「さぁ、始めよう」

なにしろ、マユズミの特大親知らずを五分足らずで抜いてみせたのだ。アンドロイド犬の組み立てなど朝飯前である。「さぁ」と腕をまくった三分後には、筐体の中に必要なパ

ーツが収まり、最後に、「イヌの魂」と「サルの魂」を心臓部に収納して、

「よし、できた」

やはり、五分で完成だった。

はたして、イヌとサルとが、「ひとつになりたいふたつ」であったかどうかは分からない。しかし、四人の男たちが固唾《かたず》を呑んで見まもる中、ジョー・バンセンの体がぴくりと動き、まさに、魂が吹き込まれたかのように、その目をひらいた。

「おお」

マユズミは、ありし日のジョー・バンセンとそっくり同じアンドロイド犬が誕生したのを目《ま》のあたりにし、ひとつの物語が息を吹き返すのを目撃したような気がした。

マユズミが引き継いで書き上げた『眠り姫の寝台』が、「いばら姫」の物語を目覚めさせたように、サルの魂を隠し持ったこの犬は、いったい何を語り始めるのか。

一同、息をひそめて耳をかたむけていると、ジョー・バンセンは窓の外に見える渋谷の空に向かって——いや、空にのぼったすべての動物たちの魂に向かって、ただ一匹、群れからはなれた気高いオオカミのように鳴いてみせた。

「おおる、おおる、おおる、おおる」と。

初　出　『小説ＢＯＣ』創刊号〜十号
（二〇一六年四月〜二〇一八年七月）
単行本　二〇一九年七月　中央公論新社

口絵デザイン　bookwall

中公文庫

天使《てんし》も怪物《かいぶつ》も眠《ねむ》る夜《よる》

2022年11月25日　初版発行
2024年 7 月30日　再版発行

著　者　吉《よし》田《だ》 篤《あつ》弘《ひろ》

発行者　安部 順一

発行所　中央公論新社
〒100-8152　東京都千代田区大手町1-7-1
電話　販売 03-5299-1730　編集 03-5299-1890
URL https://www.chuko.co.jp/

ＤＴＰ　平面惑星
印　刷　大日本印刷
製　本　大日本印刷

©2022 Atsuhiro YOSHIDA
Published by CHUOKORON-SHINSHA, INC.
Printed in Japan　ISBN978-4-12-207288-6 C1193

定価はカバーに表示してあります。落丁本・乱丁本はお手数ですが小社販売部宛お送り下さい。送料小社負担にてお取り替えいたします。

●本書の無断複製（コピー）は著作権法上での例外を除き禁じられています。また、代行業者等に依頼してスキャンやデジタル化を行うことは、たとえ個人や家庭内の利用を目的とする場合でも著作権法違反です。

中公文庫既刊より

各書目の下段の数字はISBNコードです。978-4-12が省略してあります。

よ-39-1
それからはスープのことばかり考えて暮らした
吉田篤弘
路面電車が走る町に越して来た青年が出会う、愛すべき人々。いくつもの人生がとけあった「名前のないスープ」をめぐる、ささやかであたたかい物語。
205198-0

よ-39-2
水晶萬年筆
吉田篤弘
アルファベットのSと〈水読み〉に導かれ、物語を探す物書き。繁茂する道草に迷い込んだ師匠と助手——人々がすれ違う十字路で物語がはじまる。きらめく六篇の物語。
205339-7

よ-39-3
小さな男＊静かな声
吉田篤弘
百貨店に勤めながら百科事典の執筆に勤しむ〈小さな男〉。ラジオのパーソナリティの〈静香〉。ささやかな日々のいとおしさが伝わる物語。〈解説〉重松　清
205564-3

よ-39-4
針がとぶ Goodbye Porkpie Hat
吉田篤弘
伯母が遺したLPの小さなキズ。針がとぶ一瞬の空白に、どこかで出会ったなつかしい人の記憶が降りてくる。響き合う七つのストーリー。〈解説〉小川洋子
205871-2

よ-39-5
モナ・リザの背中
吉田篤弘
美術館に出かけた曇天先生。ダ・ヴィンチの『受胎告知』の前に立つや、画面右隅の暗がりへ引き込まれ……。さぁ、絵の中をさすらう摩訶不思議な冒険へ！
206350-1

よ-39-6
レインコートを着た犬
吉田篤弘
〈月舟シネマ〉の看板犬ジャンゴは、「犬だって笑いたい」と密かに期している。小さな映画館と、十字路に立つ食堂を舞台に繰り広げられる雨と希望の物語。
206587-1

よ-39-7
金曜日の本
吉田篤弘
子どもの頃の僕は「無口で」「いつも本を読んでいた」と周りの大人は口を揃える——忘れがたい本を巡る断章と、彼方から甦る少年時代。〈解説〉岸本佐知子
207009-7

中公文庫

螺旋プロジェクト

- 大森兄弟　原　始　『ウナノハテノガタ』
- 澤田瞳子　古　代　『月《つき》人《ひと》壮士《おとこ》』
- 天野純希　中世・近世　『もののふの国』
- 薬丸　岳　明　治　『蒼《そう》色《しょく》の大地』
- 乾　ルカ　昭和前期　『コイコワレ』
- 伊坂幸太郎　昭和後期・近未来　『シーソーモンスター』
- 朝井リョウ　平　成　『死にがいを求めて生きているの』
- 吉田篤弘　未　来　『天使も怪物も眠る夜』

特報

螺旋プロジェクト 第2弾
始動

参加作家

伊坂幸太郎

武田綾乃

月村了衛

凪良ゆう

町田そのこ ほか